ZHONGGUO XIAOSHUO
100 QIANG

中国小说100强（1978—2022）

# 夏天，有客到

滕肖澜 著

北京联合出版公司
Beijing United Publishing Co.,Ltd.

图书在版编目（CIP）数据

夏天，有客到 / 滕肖澜著. -- 北京：北京联合出版公司，2023.9
(中国小说100强)
ISBN 978-7-5596-7051-9

Ⅰ.①夏… Ⅱ.①滕… Ⅲ.①长篇小说－中国－当代 Ⅳ.①I247.5

中国国家版本馆CIP数据核字(2023)第118006号

## 夏天，有客到

| 作　　者： | 滕肖澜 |
| --- | --- |
| 出 品 人： | 赵红仕 |
| 出版监制： | 张晓冬　范晓潮 |
| 责任编辑： | 王　巍 |
| 特约编辑： | 和庚方　张　颖 |
| 封面设计： | 武　一 |

北京联合出版公司出版
(北京市西城区德外大街83号楼9层　100088)
北京兴星伟业印刷有限公司印刷　新华书店经销
字数182千字　650毫米×920毫米　1/16　19印张
2023年9月第1版　2023年9月第1次印刷
ISBN 978-7-5596-7051-9
定价：58.00元

**版权所有，侵权必究**
未经书面许可，不得以任何方式转载、复制、翻印本书部分或全部内容。
本书若有质量问题，请与本公司图书销售中心联系调换。
电话：010-65868687

中国小说100强（1978—2022）丛书

# 编委会

**丛书总策划**

张　明　　著名出版人
张　英　　资深媒体人

**编委主任**

吴义勤　　中国作协副主席
　　　　　中国小说学会会长

**编　委**

吴义勤　　中国作协副主席、中国小说学会会长
宗仁发　　《作家》杂志主编
谢有顺　　中山大学教授、中国小说学会副会长
顾建平　　《小说选刊》副主编
张　英　　资深媒体人
文　欢　　作家、出版人

# 总　序

"中国小说100强"（1978—2022）是资深出版人张明先生和腾讯读书知名记者张英先生共同策划发起的一套大型文学丛书。他们邀请我和宗仁发、谢有顺、顾建平、文欢一起组成编委会，并特邀徐晨亮参与，经过认真研讨和多轮投票最终评定了100人的入选小说家目录。由于编委们大多都是长期在中国文学现场与中国文学一路同行的一线编辑、出版家、评论家和文学记者，可以说都是最专业的文学读者，因此，本套书对专业性的追求是理所当然的，编委们的个人趣味、审美爱好虽有不同，但对作家和文学本身的尊重、对小说艺术的尊重、对文学史和阅读史的尊重，决定了丛书编选的原则、方向和基本逻辑。

从文学史的角度来说，1978年以后开启的新时期文学是中国当代文学的黄金时代，不仅涌现了一批至今享誉世界的优秀作家，而且创造了许多脍炙人口的文学经典，并某种程度上改写了20世纪中国文学史的版图。而在中国新时期文学的经典家族中，小说和小说家无疑是艺术成就最高、影响力最大的部分。"中国小说100强"（1978—2022）就是试图将这个时期的具有经典性的小说家和中国小说的经典之作完整、系统地筛选和呈现出来，并以此构成对新时期文学史的某种回顾与重读、观察与评判。呈现在读者面前的这套丛书是对1978—2022年间中国当代小说发展历程的一次全面、系统的整体性回顾与检阅，是中国当代文学经典化的重要成果，从特定的角度集中展示了中国新时期文学在小说创作方面的巨大成就。需要说明的是，与1978—2022年新时期文学繁荣兴盛的局面相比，100位作家和100本书还远远不能涵盖中国当代小说的全貌，很多堪称经典的小说也许因为各种原因并未能进入。莫言、苏童、余华等作家本来都在编委投票评定的名单里，但因为他们已与某些出版社签下了专有出版合同，不允许其他出版社另出小说集，因而只能因不可抗原因而割爱，遗珠之憾实难避免，而且文学的审美本身也是多元的，我们的判断、评价、选择也许与有些读者的认知和判断是冲突的，但我们绝无把自己的标准强加于别人的意思。我们呈现的只是我们观察中国这个时期当代小说的一个角度、一种标准，我们坚持文学性、学术性、专业性、民间性，注重作家个体的生活体验、叙事能力和艺术功力，我们突破代际局限，老、中、青小说家都平等对待，王蒙、冯骥才、梁晓声、铁凝、阿来等名家名作蔚为大观，徐则臣、阿乙、弋舟、鲁敏、林森等新人新作也是目不暇接，我们特别关注文学的新生力量，尤其是近10年作品多次获国家大奖、市场人气爆棚的新生代小说家，我们秉持包容、开放、多元的审美立场，无论是专注用现实题材传达个人迥异驳杂人生经验、用心用情书写和表现时代精神的现实主义作家，还是执着于艺术探索和个体风格的实验性作家，在丛书里都是一视同仁。我们坚信我们是忠实于自己的艺术理想、艺术原则和艺术良心的，但我们并不认为自己的角度和标准是唯一的，我们期待并尊重各种各样的观察角度和文学判断。

当然，编选和出版"中国小说100强"（1978—2022）这套大型丛书，除了上述对文学史、小说史成就的整体呈现这一追求之外，我们还有更深远、更宏大的学术目标，那就是全力推进中国当代文学"经典化"的历程和"全民阅读·书香中国"建设。

从 1949 年发端的中国当代文学已经有了 70 多年的发展历程，但对这 70 多年文学的评价一直存在巨大的分歧，"极端的否定"与"极端的肯定"常常让我们看不到当代文学的真相。有人认为中国当代文学达到了前所未有的高度和水平。王蒙先生在法兰克福书展上就说：中国当代文学现在是有史以来最繁荣的时期。余秋雨、刘再复甚至认为中国当代文学的成就远远超过了现代文学。也有人极端否定中国当代文学，认为中国当代文学都是垃圾。他们认为现代文学要远远超过当代文学，中国当代文学连与现代文学比较的资格都没有。比如说，相对于鲁（迅）、郭（沫若）、茅（盾）、巴（金）、老（舍）、曹（禺）这样大师级的人物，中国当代作家都是渺小的侏儒，根本不能相提并论，两者比较就是对大师的亵渎。应该说，与对中国当代文学的肯定之声相比，对当代文学的否定和轻视显然更成气候、更为普遍也更有市场。尽管否定者各自的角度和出发点不同，但中国当代作家、作品与中外文学大师、文学经典之间不可比拟的巨大距离却是唱衰中国当代文学者的主要论据。这种判断通常沿着两个逻辑展开：一是对中外文学大师精神价值、道德价值和人格价值的夸大与拔高，对文学大师的不证自明的宗教化、神性化的崇拜。二是对文学经典的神秘化、神圣化、绝对化、空洞化的理解与阐释。在此，我们看到了一个非常有趣的悖论：当谈论经典作家和文学大师时我们总是仰视而崇拜，他们的局限我们要么视而不见要么宽容原谅，但当我们谈论身边作家和身边作品时，我们总是专注于其弱点和局限，反而对其优点视而不见。问题还不在于这种姿态本身的厚此薄彼与伦理偏见，而是这种姿态背后所蕴含的"当代虚无主义"。这种"虚无主义"的最大后果就是对当代作家作品"经典化"的阻滞，对当代文学经典化历程的阻隔与拖延。一方面，我们视当下作家作品为"无物",拒绝对其进行"经典化"的工作,另一方面又以早就完全"经典化"了的大师和经典来作为贬低当下泥沙俱下的文学现实的依据。这种不在同一个层面上的比较,不仅毫无意义,而且只能使得文学评价上的不公正以及各种偏激的怪论愈演愈烈。

其实,说中国当代文学如何不堪或如何优秀都没有说服力。关键是要进行"经典化"的工作,只有"经典化"的工作完成了才有可能比较客观地对当代的作家作品形成文学史的判断。对当代的"经典化"不是对过往经典、大师的否定,也不是对当代文学唱赞歌,而是要建立一个既立足文学史又与时俱进并与当代文学发展同步的认识评价体系和筛选体系。当然,我们也要承认,"经典化"问题是一个非常复杂的问题,并不是凭热情和冲动一下子就能完成的,但我们至少应该完成认识论上的"转变"并真正启动这样一个"过程"。

现在媒体上流行一些对于中国当代文学经典化冷嘲热讽的稀奇古怪的言论,其核心一是否定中国当代文学有经典、有大师,其二是否定批评界、学术界有关"经典化"的主张,认为在一个无经典的时代,"经典"是怎么"化"也"化"不出来的,"经典化"是一个实实在在的"伪命题"。其实,对于文学,每个人有不同的判断、不同的理解这很正常,每一种观点也都值得尊重。但是,在"经典"和"经典化"这个问题上,我却不能不说,上述观点存在对"经典"和"经典化"的双重误解,因而具有严重的误导性和危害性。

首先,就"经典"而言,否定中国当代文学早就不是什么新鲜事,对当代文学的虚无主义态度在很多人那里早已根深蒂固。我不想争论这背后的是与非,也不想分析这种观点背后的社会基础与人性基础。我只想指出,这种观点单从学理层面上看就已陷入了三个巨大误区:

第一个误区,是对经典的神圣化和神秘化的误区。很多人把经典想象为一个绝对的、神圣的、遥远的文学存在,觉得文学经典就是一个绝对的、乌托邦化的、十全十美的、所有人都喜欢的东西。这其实是为了阻隔当代文学和"经典"这个词发生关系。因为经典既然是绝对的、神圣的、乌托邦的、十全十美的，那我们今天哪一部作品会有这样的特性呢？如果回顾一下人类文学史，有这样特性的作品好像也没有。事实上，没有一部作品可以十全十美，也没有一部作品能让所有人喜欢。在这个问题上，我们应该明确的是，"经典"不是十全十美、无可挑剔的代名词，在人类文学史上似乎并不存在毫无缺点并能被任何人所认同的"经典"。因此，对每一个时代来说，"经典"并不是指那些高不可攀的神圣的、神秘的存在，只不过是那些比较优秀、能被比较多的人喜爱的作品而已。从这个意义上说，当今中国文坛谈论"经典"时那种神圣化、莫测高深的乌托邦姿态，不过是遮蔽和否定当代文学的一种不自觉的方式，他们假定了一种遥远、神秘、绝对、完美的"经典形象"，并以对此一本正经的信仰、崇拜和无限拔高，建立了一整套关于中国当代文学的伦理话语体系与道德话语体系，从而充满正义感地宣判着中国当代文学的死刑。

第二个误区，是经典会自动呈现的误区。很多人会说，是金子总是会发光的。但对文学来说，文学经典的产生有着特殊性，即，它不是一个"标签"，它一定是在阅读的意义上才会产生意义和价值的，也只有在阅读的意义上才能够实现价值，没有被阅读的作品没有被发现的作品就没有价值，就不会发光。而且经典的价值本身也不是固定不变的。如果一个作品的价值一开始就是固定不变的，那这个作品的价值就一定是有限的。经典一定会在不同的时代面对不同的读者呈现出完全不同的价值。这也是所谓文学永恒性的来源。也就是说，文学的永恒性不是指它的某一个意义、某一个价值的永恒，而是指它具有意义、价值的永恒再生性，它可以不断地延伸价值，可以不断地被创造、不断地被发现，这才是经典价值的根本。所以说，经典不但不会自动呈现，而且一定要在读者的阅读或者阐释、评价中才会呈现其价值。

第三个误区，是经典命名权的误区。很多人把经典的命名视为一种特殊权力。这有两个层面的问题：一，是现代人还是后代人具有命名权；二，是权威还是普通人具有命名权。说一个时代的作品是经典，是当代人说了算还是后代人说了算？从理论上来说当然是后代人说了算。我们宁愿把一切交给时间。但是，时间本身是不可信的，它不是客观的，是意识形态化的。某种意义上，时间确会消除文学的很多污染包括意识形态的污染，时间会让我们更清楚地看清模糊的、被掩盖的真相，但是时间同时也会使文学的现场感和鲜活性受到磨损与侵蚀，甚至时间本身也难逃意识形态的污染。此外，如果把一切交给时间，还有一个前提，那就是对后代的读者要有足够的信任，要相信他们能够完成对我们这个时代文学的经典化使命。但我们对后代的读者，其实是没有信心的。我们今天已经陷入了严重的阅读危机，我们怎么能寄希望后代人有更大的阅读热情呢？幻想后代的人用考古的方式对我们这个时代的文学进行经典命名，这现实吗？我不相信后人对我们身处时代"考古"式的阐释会比我们亲历的"经验"更可靠，也不相信，后人对我们身处时代文学的理解会比我们亲历者更准确。我觉得，一部被后代命名为"经典"的作品，在它所处的时代也一定会是被认可为"经典"的作品，我不相信，在当代默默无闻的作品在后代会被"考古"挖掘为"经典"。也许有人会举张爱玲、钱钟书、沈从文的例子，但我要说的是，他们的文学价值早在他们生活的时代就已被认可了，只不过很长时间由于意识形态的原因我们的文学史不谈及他们罢了。此外，在经典命名的问题上，我们还要回答的是当代作家究竟为谁写作的问题。当代作家是为同代人写作还是为后代人写作？幻想同代人不阅读、不接受的作品后代人会接受，这本身就是非常乌托邦的。更何况，当代作家所表现的经验以及对世界的认识，是当代人更能理解还是后代人更能理解？当然是当代人更能理解当代作家所表达的生活和经验，更能够产生共鸣。因此，从这个角度来说，当代人对一个时代经典的命名显然比后代人更重要。第二个层面,就是普通人、普通读者和权威的关系。理论上,我们都相信文学权威对一个时代文学经典命名的重要性,权威当然更有价值。但我们又不能够迷信文学权威。如果把一个时代文学经典的命名权仅仅交给几个权威,那也是非常危险的。这个危险表现在什么地方呢?就是几个人的错误会放大为整个时代的错误,几个人的偏见会放大为整个时代的偏见。我们有很多这样的文学史教训。在这个问题上,我们既要相信权威又不能迷信权威,我们要追求文学经典评价的民主化、民主性。对一个时代文学的判断应该是全体阅读者共同参与的民主化的过程,各种文学声音都应该能够有效地发出。这个时代的文学阅读,最理想的状态应该是一种互补性的阅读。为什么叫"互补性的阅读"?因为一个批评家再敬业,再劳动模范,一个人也读不过来所有的作品。举个例子:现在我们一年有5000部以上的长篇小说,一个批评家如果很敬业,每天在家读二十四小时,他能读多少部?一天读一部,一年也只能读三百部。但他一个人读不完,不等于我们整个时代的读者都读不完。这就需要互补性阅读。所有的读者互补性地读完所有作品。在所有作品都被阅读过的情况下,所有的声音都能发出来的情况下,各种声音的碰撞、妥协、对话,就会形成对这个时代文学比较客观、科学的判断。因此,文学的经典不是由某一个"权威"命名的,而是由一个时代所有的阅读者共同命名的,可以说,每一个阅读者都是一个命名者,他都有对经典进行命名的使命、责任和"权力"。而作为一个文学研究者或一个文学出版者,参与当代文学的进程,参与当代文学经典的筛选、淘洗和确立过程,更是一种义不容辞的责任和使命。说到底,"经典"是主观的,"经典"的确立是一个持续不断的"过程","经典"的价值是逐步呈现的,对于一部经典作品来说,它的当代认可、当代评价是不可或缺的。尽管这种认可和评价也许有偏颇,但是没有这种认可和评价,它就无法从浩如烟海的文本世界中突围而出,它就会永久地被埋没。从这个意义上说,在当代任何一部能够被阅读、谈论的文本都是幸运的，这是它变成"经典"的必要洗礼和必然路径。

总之，我们所提倡的"经典化"不是要简单地呈现一种结果，不是要简单地对一个时代的文学作品排座次，不是要武断地指出某部作品是"经典"，某部作品不是"经典"，不是要颁发一个"谁是经典"的荣誉证书，而是要进入一个发现文学价值、感受文学价值、呈现文学价值的过程。所谓"经典化"的"化"实际上就是文学价值影响人的精神生活的过程，就是通过文学阅读发现和呈现文学价值的过程。可以说，文学的经典化过程，既是一个历史化的过程，更是一个当代化的过程。文学的经典化时时刻刻都在进行着，它需要当代人的积极参与和实践。因此，哪怕你是一个对当代文学的虚无主义者，你可以不承认当代文学有经典，但只要你还承认有文学，你还需要和相信文学，还承认当代文学对人的精神生活具有影响力，你就不应该否定当代文学经典化的重要性。没有这个"经典化"，当代文学就不会进入和影响当代人的生活，就失去了存在的意义。每一个人，哪怕你是权威，你也不能以自己的好恶剥夺他人阅读文学和享受文学的权利。

从这个意义上说，当代文学的经典化当然是一个真命题而不是一个伪命题。在一个资讯泛滥的时代，给读者以经典的指引是文学界、出版界共同的责任，而这也是我们编辑出版这套书的意义所在。

最后，感谢张明和张英先生为本套书付出的辛劳，感谢北京立丰天文化传播有限公司、北京金圣典文化有限公司的资金支持，感谢全体编委和北京联合出版公司各位编辑，感谢所有对本套丛书的出版给予大力支持的作家和他们的家人。

是为序。

吴义勤<br>
2022年冬于北京

## 目　录
Contents

爱会长大____1

大城小恋____53

老陶的烦心事____107

拈花一剑____124

夏天，有客到____185

寻人启事____205

又见雷雨____224

# 爱会长大

一

下午一两点的地铁，不算很空，但也绝不太挤。相比早晚高峰时段，至少能做到站有站相，坐有坐相。站着的人稳稳拉着扶手，或是倚着车门，不必担心被挤得前胸贴后背。坐着的人大可以腾出空来翻看手机，膝盖绝不会抵着前面人的小腿。各人有着自己的一片空间，互不侵犯。液晶屏幕里滚动放着娱乐新闻，吸引着乘客有一搭没一搭地观看。抱着婴儿行乞的女人，走得犹犹豫豫，此刻没了人墙肉壁的掩护，完全暴露在众人的目光下，多少有些名不正言不顺，喂奶是无论如何不好意思了，胸口那块拉得严严实实，一丝半点也不露。倒是卖报纸的人依然来去如风，说着一口洋泾浜的上海话，"《新闻午报》《环球时报》啊要伐，新版地图啊要伐"——从这节车厢走到那节车厢。

很寻常的一个春天的下午。像纪录片里随意截取的一个镜头，无甚出奇之处。若不是接下去发生的事，只怕眼睛一眨，便要忘却的。

"有小偷——"一个二十多岁的女孩触电似的尖叫起来。

顿时，整个车厢被惊动了。众人齐刷刷朝她看去。事件的苦主——女孩留着披肩长发，睫毛涂得很长很浓，像波斯猫的眼睛。她慌乱地翻着自己的包，一遍又一遍地，"我的手机——我的手机被偷了——"

女孩蹲下身子，连椅子底下也找了一遍。有人说，肯定是上车时候就被偷了。女孩哭丧着脸说，不会，我刚才还发了条短信呢，不到五分钟。说着，又问旁边人，借手机用一下好吗，我试试打我的手机。大家都觉得这女孩没经验，一般小偷到手之后，马上就会把手机关掉，谁会傻乎乎地等你来打？

还是有人借给她。女孩接过，拨了一个号码。

戏剧性的一幕发生了——几秒后，居然真的响起了一串欢快的铃声。大家循着铃声找去——坐在靠门边的青年男子张口结舌，一副惊慌失措的模样。他显然还没回过神来，众人已把他——小偷团团围住。

"这、这是我自己的手机。"青年男子从包里拿出手机——黑色的诺基亚N73，结结巴巴地向大家解释。

太可笑了。谁也不会信他。"居然碰得到这么笨的小偷——"有人手脚麻利地报了警。到站时，两个保安把这名笨贼带下车。女孩问保安，我可以不去吗？保安说，受害人一定要到场，派出所要备案的。女孩便也跟着下车。临走时还不忘向借她手机的那个人盈盈一笑："谢谢哦！"

小插曲告一段落。车厢里又恢复了平静。地铁上失窃的事不少，但像这么人赃并获圆满解决，毕竟令人欣喜。只是有些太顺利了，反让人觉得奇怪。一会儿，有人自言自语："我总觉得那个小偷好像是和小姑娘一起上来的，两个人本来还坐在一起——"话一出口，自己也觉得匪夷所思，闭上嘴。旁边有人听见了，本想接口，可刚好到站了，只得下车。又上来几个人，坐的坐，站的站——很快地，便没人记得刚才的事了。春天的下午，空气里混着湿湿的花草泥土的气息，像掺了些鸦片，让人昏昏沉沉地想睡觉。大家都很忙，自己的事情都忙不过来了，谁还有空去多想别人的事呢？

派出所里，女孩被一个老警察劈头盖脸地训斥：

"我真是输给你了——你晓得这是什么行为？这是妨碍公务，浪费警力！我要是跟你较真，可以告到法院判你的刑，晓得吗？——小两口耍花枪我见得多了，可还没见过像你们这样耍花枪的——哎哟真要命，今天碰到赤佬了！"

女孩坐着，一声不吭。波斯猫似的眼睛眨巴眨巴。

警察骂累了，在她面前"啪"的放一张纸，又扔过来一支笔：

"签名！"

女孩拿过，看了一眼，在末尾处端端正正地签上——"董珍珠"。

她走出来，陈程站在门口，手插在裤袋里，一只脚在地上碾来碾去。她见到他，并不停留，径直往前走。他不紧不慢地跟在后面。两人走了一段。红灯时，她停下来打手机，在包里翻了一阵，没找到。他提醒她，是不是刚才藏起来了。她这才想起手机被自己放在夹层里了。戏演过了头，自己也忘了——拿出来，正要拨号码，瞥见他似笑非笑的表情。"看什么看？"她凶巴巴地道。

"我的老婆，连看都不能看？"他道。

"不能看！"斩钉截铁地。

他耸耸肩。她打电话回家，是苏丽娟接的。她让她转告爸爸一声——她要离婚。电话那头显然没有过分惊慌，问她，陈程怎么说？她气呼呼地道，他没意见，让我看着办。哦，那回来再说吧。苏丽娟挂了电话。

她放好手机。往前走。陈程跟她并肩走着，问她，是不是去你家？

3

她不理。他又道，旁边就是家乐福，先去给你爸买瓶酒，老是空手去多不好意思啊。她道，自家女儿，有啥不好意思的。他道，你是没关系，可还有我呢，女婿空手上门不像样子。她嘿的一声，道，我又没说让你一块儿去。

她说着停下来，朝他看。有些狐疑地。

陈程愣了愣，道："别这么看我，吓飕飕的。"

她盯着他，眼珠上上下下地："我问你——刚才在地铁里，你怎么不解释，就那么乖乖地跟着去派出所——你到底打的什么鬼主意？"

他嗤的一笑，两手一摊："我能打什么鬼主意——我跟你讲，我也懒得解释了，随便你怎么闹，就算闹到天边去我也奉陪。我反正也豁出去了，看看你这个女人到底会闹到什么地步——董珍珠啊董珍珠，我遇到你，标标准准是秀才遇到兵，一生一世都讲不清了。"

董珍珠出生那天，下了场很大的雪，整整一天一夜。很快又是一道彩虹，映在白茫茫的雪地上，衍射成无数道透明的七彩的光，漂亮极了——上海很少有这样的景观。说到底还是自然现象，再正常不过。但到了董珍珠父亲眼中，便是天生异象了，和宝贝女儿的出生绝对有关。董父在工厂当会计，平常的爱好便是文学，喜欢看书，偶尔也写点散文诗歌什么的，在《新民晚报》上发过豆腐干文章。女儿出生，头一件事便是取名字——这可是了不得的大事。董父搬来《康熙字典》，足足翻了两天，却始终找不到一个合适的。焦头烂额中，倒悟出一个道理"大俗即大雅"，其实也是偷懒，替自己找个借口——索性便给女儿取名"董珍珠"，琅琅上口，意思也明白，真正是父母的掌上珍珠。

董珍珠不到两岁，便在父亲的教育下，背《唐诗三百首》。董父的意思是，把女儿培养成一个标标准准的淑女，高贵典雅，气质不凡，要是学文那更是再好不过了。董父总结自己一生，觉得除了世道不好，父母不抓紧自己太懒散也是个原因。因此，对女儿便格外严格，一丝一毫也不敢放松。董珍珠也着实争气，一直到初中，都是品学兼优。每次开家长会，董父都是穿着中山装梳着小包头盛装出席的。问题出在董珍珠初三那年。董珍珠的妈妈因为得淋巴癌去世了。孩子还小，家里没个女人不行，半年后，董珍珠的父亲又再婚了。续弦叫苏丽娟，在街道计生办工作，前夫是病死的，没小孩。苏丽娟这个女人不错，勤劳肯干，对董珍珠也好，真的当亲生女儿看待。可毕竟又不是亲生的，七分疼爱里总带了三分客气。该骂的时候不敢骂，该打的时候也不敢打。董珍珠正值青春期，渐渐的，变得有些叛逆。董珍珠的奶奶那时还活着，老人家有些拎不清，说苏丽娟是故意要把珍珠宠坏，"不是亲生的，就不负责任"。话说多了，苏丽娟也有些恨了，索性真的不管不顾了，还扔下一句"我倒要试试看能把一个孩子宠到多坏"——话是这么说，终究不会那么过分。可心里到底还是存了芥蒂，对着一个别人家的女儿，与其吃力不讨好，倒不如省些功夫，也落个自在。没多久，董珍珠的奶奶生病住院，董珍珠的父亲是独子，天天陪夜看护，也没心思管女儿。一个忙得团团转的亲爸，一个不愿多管事的后妈，由得董珍珠自生自长，渐渐的，天性中的不羁和野性一点点显露出来。为了一个铅笔盒，和同桌打架，把人家脸上划出几道血痕；跟别的女孩抢男朋友，几天几夜野在外面不回家；成绩不及格，冒充父亲的笔迹签名，还很到位地在家长联系本上写"董珍珠成绩有所退步，请老师严加管教"，若不是老师突然家访，只怕一生一世都要蒙在鼓里——董父怎么也没想到，女儿竟会变成这样。直到董珍珠奶奶去世，他定下心来准备好好管教，已经为时太晚。总算董珍珠人还是聪明的，再不济也进了一所区重点，高中三年被父亲拿着皮带收骨头，倒也跌跌撞撞考进一所二流大学——只是淑女是再也无望了。

头疼的事情还在后头。大学毕业不到一年，董珍珠便自说自话结婚了。新郎只大一岁，也是个毛孩子。董父横看竖看，都没觉得这个陈程好在哪里，外表一般，人也傻头傻脑的。唯一的好处是读中文系，这点倒是很称董父的心意，可毕业后分在一家游戏公司，专写人物对白——这能叫文学吗？有次董父让他把写的东西拿来看看，结果大失所望，不客气地说，这种玩意儿是写给傻瓜看的。陈程笑眯眯地回了句，游戏本来就是给傻瓜玩的。董父本来还想把自己写的那些豆腐干文章让他拜读一下，这么一来，也没了兴致。可女儿喜欢有什么办法——董珍珠也实在是干脆，偷了家里的户口簿，请了半天假，回来轻飘飘地一句，我结婚了。董父一口血几乎吐出来。苏丽娟倒还镇定，结婚的那些零碎事情，她这个后妈少不得要操心，反正骂不得打不得，倒不如省下力气，安排后面的事。结婚那天，亲家那边是寡母，说好让董父上台证婚，董父却死也不肯，说，我脾气犟，上台肯定说不出好话。最后还是亲家母发的言。一对新人倒是欢天喜地，脸蛋红扑扑的像一对无锡阿福。董父终是忍不住，对着亲友说，才二十出头就结婚，他们——懂个屁啊！那些人劝他，儿孙自有儿孙福，你现在替他们操心，说不定他们过得比你还好呢。想开点。

结婚一年间，小两口吵吵闹闹，"离婚"两字被董珍珠挂在嘴上，像吃饭睡觉那么随便。董父起初还有些担心，到后来也懒得管了，随她闹去。他不管，苏丽娟更不方便管，董珍珠像脱了缰的野马——用陈程的话说就是"浑身上下每个细胞都在作"。她那种"作"，还不是上海小姑娘绵里藏针似的"作"，而是排山倒海来势汹汹的，让人吃不消。到了这个时候，董父倒是一点点看出女婿的好来了。脾气好，耐性好，每次总能化戾气为祥和。一个锅子一个盖，看来这两个小东

夏天，有客到

西是前世配好的。也不错。

　　董珍珠到了家，刚进去，便把门"砰"的一关。后面跟着的陈程差点撞上鼻子。还是苏丽娟给他开的门。董父在阳台上练太极拳——是近几个月刚开始练的。人家说道家的功夫最能平和心性，他让女儿有空也可以跟着练。董珍珠自然不肯，说，这种东西练多了要走火入魔的。董父说，不怕，你已经是小魔头了，再练也坏不到哪里去。

　　苏丽娟给陈程泡了杯茶。陈程接过，说声"谢谢阿姨"。董珍珠对着阳台上的父亲道，爸，我要离婚。董父嘿的一声，手里不停，道，行啊，我没问题，你们商量好就行。陈程在一旁笑道，爸爸老开明的。董父叹道，不开明不行啊，否则老早被气死了。董珍珠气呼呼地道，爸，你别以为我在开玩笑，我这次回来就不走了，在娘家住下了。董父道，那好，让你阿姨把小房间理一理，还有被子枕头什么的拿出去晒一晒，黄梅天，晚上睡觉潮兮兮的不舒服——

　　苏丽娟说要去菜场买点小菜，问陈程喜欢吃什么。董珍珠插嘴说，他不吃，一会儿就走了。苏丽娟不理她，又问陈程。陈程说随便，什么都可以。苏丽娟让董珍珠一块儿去菜场。董珍珠不肯，被苏丽娟硬拖着走了。

　　两人走在路上。苏丽娟朝董珍珠看，见她反叉着手，眼睛瞧着地下，一副没心没肺的模样。苏丽娟是想拉她出来聊聊，不轻不重地说几句，听得进就听，听不进拉倒。董珍珠父亲都说了她几次了，说有些事情，男人不方便出面，女人对女人讲会比较好。她想想也是，否则小姑娘一天到晚回娘家，开口闭口就是"离婚"，让邻居们看了影响太坏。她在街道里办事，跑东跑西跟人说的都是大道理，要是自己家里都弄不好，谁还来睬你？

7

苏丽娟问她，这次又是为了什么？董珍珠眼睛不抬，道，一两句话讲不清，反正就是没法过日子。苏丽娟道，没法过日子，那当初怎么又嫁给他？董珍珠嘿的一声，道，阿姨，我晓得你要跟我洗脑子了。苏丽娟道，不是要跟你洗脑子，我们随便聊聊，想到什么就说什么。

董珍珠嘴一撇，道，说就说——这个人身上毛病实在太多，上完厕所不洗手，睡觉磨牙吃饭咂嘴，什么家务也不会做，回到家就是吃零食玩游戏，要么就是给他妈妈打电话，一打就是一两小时，像个小女人，不求上进也不晓得再读个研究生什么的，有空就找他那些狐朋狗党一起喝酒，走在路上看到人家大胸脯的女人就死命盯着眼睛眨也不眨——说到这里她停下来，有些不好意思。苏丽娟道，没事没事，往下说，都是结过婚的女人，没事。董珍珠手往裤袋里一插，道，总而言之一句话，这个人身上没一点优点，千疮百孔，跟他没法一起生活。

苏丽娟笑笑，说，都一样，刚结婚谁都有这感觉，都觉得过不下去，可后来不是照样过一辈子？董珍珠道，离婚的也不少。苏丽娟道，实在过不下去也只有离婚，可你们才结婚多久啊，别急，再过着试试，说不定过着过着，味道就出来了，打耳光都不肯放。董珍珠嘿的一声。两人进了菜场，苏丽娟说要买些小排骨，问董珍珠是炖汤还是红烧。董珍珠想也不想便说红烧。苏丽娟道，你啊，从小就喜欢红烧肉，当心吃多了酱油长雀斑。说着，在董珍珠头上抚了一下——这个动作有些亲昵了，半是真心半是做作。董珍珠下意识的朝旁边一让。手顿时落了空。苏丽娟有些尴尬，又有些心凉，想到底是人家的女儿，碰一下也碰不得。本来还有后半截的话，也都咽了回去。不说了。

回到家，陈程在陪董父下象棋。董父夸陈程棋艺好，"下棋跟做人一样，不能浮躁，一定要沉下心来，珍珠你就不行——"董珍珠嗤的一声，到厨房帮着择菜。苏丽娟说不用，你到外面坐坐吧。董珍珠是为着刚才的事，心晓得让她难堪了，有些不好意思。推让了几下，见她表情淡淡的，也不高兴了，想不用帮忙最好，还乐得清闲。便退出来，坐着看电视，见一旁翁婿俩兴致勃勃，故意促狭，把电视音量调得很大。一会儿，饭好了，苏丽娟招呼大家入座。董父拿出一瓶十年陈的古越龙山，给陈程倒上。自己也倒了半杯。陈程喝了一口，道，这酒不错。董父道，是好酒，我平常舍不得喝，特地等你来一起喝。陈程忙道，我下次给爸爸多带几瓶。董父摇手，道，一瓶酒百把来块，不作兴花那个冤枉钱，你要是钱多，就给我现钞吧。陈程笑了，说，爸爸老实惠的。

吃完饭，陈程说要走，眼睛瞧着董珍珠。董珍珠只当没看见，嘴上说，再见。陈程道，你不走？董珍珠说，这里是我家，干吗要走？陈程道，大连路1456弄13号501室，也是你的家。董珍珠嘿的一声，道，等过几天开了离婚证，就不是了。苏丽娟晓得这样下去没底了，便道，陈程你先回去吧，就让珍珠在家里住一天。陈程只好闭嘴，临走时还不忘关照一声"老婆，明天早点回来哦"。董珍珠哼了一声，不理。董父一旁见了，想这男人也实在有些贱骨头——不过对着自己女儿，贱就贱点吧，也没啥不好。

陈程走后，董珍珠陪父亲看电视。董父眼睛盯着屏幕，嘴里跟女儿说话，"现在后悔了吧，当初干吗那么着急把自己嫁出去呢，在家里多待几年不好吗？"董珍珠嘿的一声："爸爸幸灾乐祸。看到自家女儿吃苦头，开心得不得了。"董父摇头叹道："我幸灾乐祸？——我是眼泪包在肚子里，说不出的苦啊。"

董珍珠洗完澡出来，手机响了。她拿起来看，是陈程的短信：老婆，早点休息。董珍珠把手机一扔。一会儿，短信又来了：老婆，晚安。董珍珠索性把手机关了。躺在床上躺书，翻了几页，又把手机开了。很快,一条短信跳出来:老婆,你今天要是不跟我说晚安,我就不睡了。她忍不住一笑,回了条短信过去:我偏不说,你别睡算了。片刻后,短信又来了:老婆,你真残忍。

董珍珠打个呵欠,躺下来,关了灯。晚上有些起风了。窗外,树影不停晃动,听见叶子窸窸窣窣的声音。董珍珠把手机放在枕边,看着荧光一闪一闪,像萤火虫在那里飞啊飞。

第二天是周日,董珍珠睡到十点才醒,吃过早饭便说要出去。苏丽娟问她去哪儿,她道,就在附近转一转。董珍珠说这话时心里一跳,生怕苏丽娟看出她的心思——其实是想去张捷那儿。张捷去了新疆一年多,要不是昨天买菜时看到他的音像店开门了,她还不晓得他已经回来了。

张捷坐在店里,两条腿跷得老高。董珍珠走到门口,故意咳了咳嗽。张捷瞥见她,笑道,哟,珍珠妹妹来了。她走进去,佯装翻了翻碟片,问他,最近有什么好看的?张捷道,《疯狂的赛车》,绝对合你胃口,搞笑得一塌糊涂。她脸一板,道,谁说我喜欢搞笑的?

他一怔,随即道,哦,听说你现在结婚了,口味肯定也变了,来,哥哥给你找几部文艺片。他说着,朝她笑,露出雪白的牙齿。又道,怎么我才出去一年,你就把自己给嫁了,也不跟我打声招呼?

董珍珠朝他翻个白眼,嘴一撇,到一边东翻西翻。眼睛却是偷瞄张捷——皮肤黑了,剃了个平头,五官更显得俊朗,比去新疆前多了几分男人味。张捷比她大六七岁,小时候,她是他的跟班,天天屁股后面"张捷哥哥长、张捷哥哥短"叫个不停。他是弄堂里许多小姑娘的梦中情人,也是大人们嘴里的反面典型,"你呀你呀,千万要好好读书,别像张捷一样,吊儿郎当混日子"——但这并不妨碍他的人气,女孩们都中意带些痞气的男人,被他讲几句疯话,逗一逗笑一笑,嘴里说"讨厌",心里还是欢喜的。是另一种意味。他的绯闻也特别多,今天跟2号里的阿美关系暧昧，明天约隔壁弄堂的秀秀一同去吃饭，过几天又有人看见他从舞厅出来，身边跟个时髦女郎——从来没个定数。董珍珠读初中时，也就是最没人管的那阵，曾跟着他出去看过通宵电影，他骑摩托车载她，一路上飞奔狂飙，她从后面牢牢抱紧他的腰，兴奋得满脸通红。当然什么事也没发生，只是图个刺激罢了。这事董父还不知道，否则肯定吊起来痛打一顿。后来读了大学，人大了，多少矜持了些，便不像当初那么显山露水，相对地，有什么也放在心里，面上自然而然地对他也淡了下去。

新疆好吗？她问他。他道，没上海好。她道，那怎么一去就是一年多？他耸耸肩，道，本来是想过去做点小生意，结果发现生意难做，还不如在上海，只好混一阵子，把机票钱赚到就回来了。她哦了一声。

他朝她看看，忽地一笑，道，是不是肚子里有了，先上车后补票？她脸一红，在他肩上推了一把，道，胡说八道！他问，你老公怎么样，好不好？她嗤的一声，道，当然好了，不好我能嫁给他？他又问，比我还好？她夸张地做着手势，嘴里道，废话，甩你十几条横马路。他笑起来，点头道，那我就放心了。

不知怎的，她脸上有些发烫，幸亏这时进来几个客人，张捷去招呼他们。她又略待了一会儿，走出来。听见张捷在后面叫道，珍珠，有空常来玩哦。她并不转身，伸出手，挥了两挥。

二

星期天，陈程妈妈叫儿子媳妇过去吃饭。原说好在外面吃的，可陈程妈妈临时改了主意，说外面吃太贵又麻烦，还是家里实惠。又说，你们没事就早点过来。陈程晓得妈妈的意思，是让董珍珠早点过去搭个下手——这也说得通，每次过去吃现成的总不大好。陈程跟妻子说了。董珍珠嘴上没反对，但脸色就有点难看了。董珍珠说，我们来买单好了，又不用她花钱。陈程道，不是钱的问题，家里吃比较有气氛，也卫生。董珍珠嘿的一声，道，那你去烧菜，我不烧。陈程道，好好好，我烧，你什么都不用管。

话是如此，可到了那边，董珍珠还是被陈母拖进了厨房。她朝陈程使眼色，陈程卷起袖管，说，妈，我来。陈母把儿子推出去，"算了吧，粗手粗脚的，什么也不会——珍珠帮我就行了。"董珍珠恨恨地朝陈程瞪了一眼，接过陈母递来的围裙，系上。陈母让她择菜。她看了一眼，道，哦，是茼蒿。陈母立刻纠正她，是马兰头。又道，把老叶挑掉一点，开水里一汆，和豆干切碎了凉拌。董珍珠嗯了一声，搬个小凳子在一旁择菜。陈母瞥见她慢腾腾的动作，暗暗摇头。嘴上是不说的——她并不指望这个媳妇帮上忙，关键是要培养她的意识，免得她两手一摊，好像家务活跟她没关系似的。陈母早年丧夫，一个人把儿子拉扯大，又当爹又当妈，家里弄得井井有条，外面又是一家国企的副处长。相当能干的一个人。眼里揉不下沙子。最见不得人家懒散。小两口单独住，天天不开伙仓，不是饺子面条，就是在小饭店凑合。钟点工一周来三天打扫屋子，一个月三百五十块——陈母倒不是心疼这点钱，而是觉得，董珍珠工作不忙，单位又不是很远，没道理一点活儿不干。不像过日子嘛。陈母不方便直接跟媳妇说，也不敢让儿子转达，怕那傻小子说得不好引起矛盾。陈母只好旁敲侧击，潜移默化，希望小姑娘能懂事一点。说到底两个人还是太年轻，才刚毕业就结婚，过家家似的。

董珍珠烧了开水,把马兰头放下去,一会儿拿起来,放在砧板上,人离得老远,啪嗒,重重一刀下去。陈母提醒她,你这是斩骨头的方法,切菜不用这样,喏,手这么蜷着,刀低一点。董珍珠耐着性子听完,照做。又拿了几块豆干,切碎。陈母说,要切得粉碎,像肉浆。董珍珠切得手也酸了,说,姆妈,我手抽筋了。陈母笑笑,说,一开始是这样的,习惯了就好。董珍珠听这话不顺耳,忍不住道,我这人比较笨,学不会的。陈母道,有谁天生就会做家务,没啥窍门,就是多做,时间长了,再笨的人也学得会,何况你又不笨,对吧?

吃饭时,陈程尝了那道凉拌马兰头,赞道,太棒了,比饭店里做的还好吃。董珍珠不吭声。陈母一旁道,珍珠人聪明,烧菜一学就会,很有天赋。陈程呵呵笑道,那当然,我老婆嘛。董珍珠剜了他一眼。他便闭嘴不说,挟了一块鱼放到她碗里,"老婆,多吃点,辛苦了。"

临走时,陈母从冰箱里拿了些牛肉、排骨、虾仁出来,"荤菜给你们准备停当了,平常只要再弄点蔬菜就行,方便。"她说这话时,眼睛瞧着董珍珠。董珍珠不接,嘴里道,姆妈不用了,我们自己会买的。陈母把东西交给陈程,道,你们工作忙,没空逛菜场,我替你们节约时间。董珍珠想说"买蔬菜不是一样要去菜场",忍住了没说出口。从家里出来,下了楼,把气都撒在陈程身上,愤愤地道,你妈就怕累不死我。陈程道,怎么会,我妈是想减轻我们的负担。她道,是想减轻你的负担吧,她煞费苦心要把我培养成一个煮饭婆。陈程朝她嘘的一声,道,小声点,说不定我妈在楼上看着我们呢。董珍珠一怔,抬头看去,见陈母竟真的站在阳台上。连忙转过头,吐吐舌头,轻声道,你妈像幽灵一样。

两人回到家,陈程刚进门就说肚子痛,要上厕所。董珍珠手一指,道,别去里面,上客厅那个厕所,你大便实在太臭。陈程乖乖进去了。

一会儿出来,捂着肚子说,不晓得吃坏什么了。董珍珠道,我在马兰头里放了点敌敌畏,看你还敢不敢让我烧菜!陈程嘻地一笑,去拉她的手。她甩掉了,道,脏兮兮的,少碰我。他又去拉,道,老婆,我们去做功课好不好?——小两口管那事叫"做功课"。董珍珠白他一眼,道,你就晓得做功课。他笑道,我是个用功的小孩,顶顶喜欢做功课。她啐了他一口,道,你是个不要脸的小孩。伸出一根手指去刮他的脸。他反手便抓住了她,再一拽,她扑在他身上。他顺势抱起了她。

董珍珠下了班,约尚青青一块儿喝茶。尚青青是陈程同学方波的妻子,市人民医院的护士。董珍珠本来跟她也不熟,一次董父心脏病发作送医院,是她帮忙找的病房,还陪了一天夜。人很不错。她比董珍珠大三岁,同一年结的婚。董珍珠跟她很谈得来,有什么话都愿意对她说。尚青青在医院工作,有些事情就特别方便,像弄点验孕棒、止痛药什么的,插个队挂个号,都不难。前阵子董珍珠两个月没来例假,还当自己怀孕了,结果上医院一查,是激素紊乱。吃了几周中药才好。尚青青劝她,女人要保持心情平和,身体才会健康。又说,陈程是多好的男人啊,别没事就跟他瞎闹——这话换了别人说,董珍珠肯定不开心,可尚青青就不一样,上海话叫"买账",她就是买她的账。给她说几句,服服帖帖,一点脾气也没有。陈程说,这叫以柔克刚,你是百炼钢,人家青青就是绕指柔。这话虽有些不伦不类,但道理也有。

尚青青和方波是经人介绍认识的,方波妈妈不喜欢尚青青,嫌她太瘦,还不到九十斤,担心会影响生育。一直到结婚证开好,方波妈妈心里还是疙疙瘩瘩的。也不大和儿媳妇说话。方波是个大大咧咧的人,有时候讲话没分寸,常会当着别人的面让老婆下不来台。一次和陈程夫妻俩"斗地主",尚青青出错一张牌,他张嘴便是一句"你是猪啊"。弄得陈程他们倒有些尴尬了。尚青青没说什么,董珍珠忍不住光火,跳出来说,"她要是猪,你更是猪了,也不看看——"被陈程生生地拦住,打了圆场过去。回到家,董珍珠发牢骚说,换了我是青青,老早一记耳光上去了。陈程嘿的一声,说,那当然,谁敢惹你啊,不想活了?

董珍珠的理论是,男人是不能宠的,越宠越霸道。她劝尚青青,该凶的时候还是要凶,不能太好说话。否则他会把客气当福气。"男人就像家里养的宠物狗,你对他好,他就整天人来疯,干脆狠狠饿个几顿,丢他一根肉骨头,他倒激动了,使劲朝你摇尾巴。"尚青青被她的比喻逗笑了,说,你倒是看得透彻。

晚上说好吃"辛香汇"。陈程和方波到的时候,两个女人还在排队等号。这家饭店真是火了,五点钟去排队都要等上个把小时。也不晓得菜里放了什么。方波一到,就怪尚青青,"你呀你呀,偏要到这边来吃,换了别的店老早进去了——"尚青青把座位让给他,道,你要是累就坐一会儿。说着站起来。方波屁股一挪,竟真的坐下了。董珍珠故意问陈程,你呢,要不要坐?陈程识相地道,我不累,你坐你坐。董珍珠哼了一声——说实话,她很不喜欢方波这个人。她隐约觉得,方波肯定在陈程面前说了她不少坏话。举个例子,原先两人出门,陈程都会替她拎包,无论背包还是小坤包,都是从头拎到底。可有一天,毫无征兆地,陈程突然提出不拎了,"男人拎女人包不像样子,人家要笑的。"无论董珍珠怎么说,他都坚持不干了。起初董珍珠还怀疑是他妈说的,再一想,那阵子没去过他家,不大可能。倒是和方波出去喝了两次酒——这个男人,自己不把老婆当回事,还教唆朋友。董珍珠想到这,便恨得牙根痒痒。

方波叫了瓶白酒。他问陈程，也来一点？董珍珠在桌下踢了陈程一脚，陈程摇手道，算了，吃川菜就算了。董珍珠说方波——吃川菜还喝白酒，你就不怕肚皮着火？方波嘻的一声，道，吃川菜喝白酒才有味道呢，你们陈程是"洋盘"，不懂。董珍珠点了水煮鱼片，问尚青青，鲶鱼还是黑鱼？尚青青说鲶鱼吧。方波说，这边的鲶鱼做不好，还是黑鱼好。董珍珠不理他，径直点了水煮鲶鱼。方波半开玩笑地对陈程说，你老婆很不尊重男同志的意见哦。陈程道，我老婆是新时代新女性，有思想有主见。说着朝董珍珠笑。

　　晚上回到家，陈程劝董珍珠，以后少跟方波抬杠，"他们夫妻俩最近不大对劲，搞不好要离婚。"董珍珠一怔："怎么没听青青说起？"

　　陈程说，你以为人家是你啊——这又不是什么好事。董珍珠问，方波跟你说的？陈程嗯了一声，道，你也别跟青青提，反正以后说话当心点就是了。董珍珠先是不吭声，随即又道，其实离了也好，方波那种男人，早离早解脱。陈程嘿的一声，道，人家夫妻的事，你晓得什么？

　　董珍珠犹犹豫豫地，几次想跟尚青青打电话，忍住了。心里存了事，便有些恍惚，连洗澡的浴巾也错用了陈程的。陈程笑她，别搞得这么忧国忧民，又不关你的事。她白他一眼，道，你的朋友，你不担心？陈程摇摇头，道，担心也担心，可人家的事，我又帮不上忙。我老婆三天两头要跟我离婚，拽得一塌糊涂，我也没办法，别说人家了——。董珍珠斜眼看他，道，有胆就再往下说。他道，我是实话实说，我这人不受人威胁，该说什么就说什么——。董珍珠伸手便叉他的喉咙。他嘻嘻笑着，一手绕到后面，拽她的马尾辫。她大叫。他其实只是轻轻拽住，便放开。她也去扯他的头发，他抓住她的手腕，作势一拗。"手断掉啦——"她夸张地叫。他去捂她的嘴，道，隔壁邻居要抗议了。她跳到床上，随手拿起旁边的电蚊拍，朝他的头上一拍。

"拍死你这个臭蚊子！"

陈母在电话里问陈程，小菜吃掉了没有，需不需要再送点过来。陈程得了董珍珠的指示，连说不用，"菜场就在马路对面，方便得不得了。"陈母又问昨天吃了什么。陈程一一报告。母子俩感情好，每天一两个电话是少不了的。陈母给儿子新织了一件羊衣衫，是自己买羊毛织的，比买现成的实惠，也窝心。真正是一针一线织出来的，满满当当的母爱，心思全在里头。本来也要给儿媳妇织的，董珍珠说不要，她便也不坚持了。陈程穿上新羊毛衫，在镜子前摇头晃脑，问妻子，好不好看？董珍珠说，好看，妈妈织的能不好看吗？——她故意把"妈妈"两个字读成平音，怪声怪调的。陈程说，你嫉妒我有新衣服。她嘿的一声，不理他。

"一个大男人，整天和妈有说不完的话，真是要命，好像还没有断奶——"董珍珠对着父亲抱怨。她公司离娘家近，中午时常回家吃饭。董父和苏丽娟中午通常是泡饭面条，女儿回来，便不得不再加两个小菜。董父上了年纪，喜欢清净，又懒得拾掇，相比过去，见到女儿便不是那么兴奋。有时还半真半假地说她，"你饭钱是省下来了，我们老两口一个月小菜钿、煤气钿倒上去不少——"董珍珠便把公司发的超市卡给他一两张，算是饭钱。又说，爸爸真小气，这么点钱还跟我计较。苏丽娟每次都把卡还给她。一两百块钱的事，她才不会为了这个，让人家背后嘀咕，说后妈连顿饭都吝啬。听说陈母常给小两口带菜，苏丽娟便也准备了，油煎带鱼、红烧肉一些放得起的菜，拿饭盒装了，让她带回去。董珍珠说，还是阿姨好。——这话听在苏丽娟耳里，虽然晓得不值什么，但也是一种安慰。等董珍珠走了，董父会发几句牢骚，说女儿这个那个的，苏丽娟便替董珍珠辩解，说小姑娘到底还年轻，心是好的，就是不会表达。又说珍珠现在懂事多了，回家还晓得给她搭把手，碗也抢着洗——这种时候，苏丽娟乐得做个好人，当爹的又怎么会真的嫌自己女儿呢，说说罢了，她姿态高，董父看在眼里，对大家都好。

董珍珠特意早出来几分钟，到张捷那里弯个圈。中午没什么客人，张捷坐着打盹。见她来了，问她吃了饭没。他旁边放着两个饭盒。她打开看，说菜油腻腻的，烂糟糟一团没胃口。他叹道生意难做，有饭吃就不错了。又说准备去学车，万一实在做不下去，就去开出租。问她有没有兴趣一起学。董珍珠心里一动，脸上是漫不经心的，装作想了半天，疙疙瘩瘩地说，好啊，反正早晚要学的。

几天后，一起去报了名。学费是三千九，因为是平日班，双休日的话还要加钱。董珍珠单位管得不严，溜出去一会儿问题不大，同事间打个招呼就可以了。师傅管接送。先试车，接着是交规考试。董珍珠一次通过，张捷却差了几分，还要补考。他让她帮他复习。董珍珠想，这种考试有什么好复习的，在网上多做几张模拟卷不就行了。心里是一半愿意一半嫌烦的。张捷说，你小时候考试，只要叫一声"张捷哥哥"，我都在旁边陪着你的——这话是真是假，董珍珠也记不得了，但见他说得可怜巴巴，又有些好笑，说，那你现在叫我什么？他嗲嗲地叫了声"珍珠妹妹"。她被他叫得汗毛倒竖，说，算了算了，别把野猫都招来了。便帮他一起复习——总算是通过了。

师傅是南汇人，一口本地话脆生生的。一摸方向盘，便说张捷是学车的料，肯定学得快。又说董珍珠不行，手上没力气，人又矮小，视野也不对。事实证明师傅的眼光不差，董珍珠练倒桩果然够呛，不是离合器速度不合适，就是方向盘打慢了。师傅是个粗人，脾气不好，有时候恨铁不成钢，话就说得重些，说她是"绣花的手碾死蚂蚁的脚"，不该来学车。董珍珠几次差点就要摔方向盘了。脸黑得像包公。张捷给师傅递根烟，说小姑娘是胆子小点，其实人蛮聪明的。桩考前天晚上，张捷问朋友借了辆普桑，把董珍珠约出来，偷偷进了练习场。董珍珠倒有点抖豁了，说万一给人抓到怎么办？他头一扬，满不在乎地，说，抓到就抓到，你就说是我把你硬绑来的，全推在我身上。他又道，珍珠妹妹陪我复习交规，我陪珍珠妹妹练倒桩，我和珍珠妹妹一条心，一呀嘛一条心。哼小调似的。董珍珠朝他白眼，心里暖洋洋的。夜里光线不好，看不清楚，但换了人坐在旁边，思想上一轻松，手脚倒似自如许多。张捷问她，明天要是考出来，怎么谢我？她道，送你两包烟。他道，你当我是师傅啊？又指指自己脸颊，说，我这个人重视精神奖励，喏，这里，亲一口就可以了。她呸道，想得美，这里打一记还差不多。他笑起来，一只手搭在窗格上，另一只手在她头上轻抚一下，叹道，眼睛一眨，小姑娘就成小媳妇了。董珍珠朝旁边一让，说，别老气横秋，搞的跟我爸似的。他道，我本来就是看着你长大的。她嘿的一声，借着朝后倒车，飞快地偷瞄他一眼，嘴里嘀嘀咕咕，那过年你怎么不给我压岁钱——

尚青青也说要学车，怪董珍珠不叫她一声。董珍珠说，我都被师傅骂死了，你这么瘦，力气比我还小，学起来更累。尚青青问起张捷，董珍珠说是一个老邻居。尚青青说，是那个"张捷哥哥"吧？董珍珠一怔，随即想起以前好像对她提过张捷，也忘了当时说了什么，倒有些惴惴不安。尚青青瞥见她的神情，故意逗她，说，是青梅竹马呢。董珍珠嘿的一声，索性道，可不是，两小无猜。两人都笑了笑。董珍珠终是没忍住，问她，你和方波怎么了？她怔了怔。董珍珠道，过不下去了？她又是一怔，道，陈程说的？董珍珠点头，道，怎么回事，吵架了？她沉默了一下，道，也没吵架。董珍珠见她眉头紧蹙，有些后悔自己多嘴了，但话出口也收不回去，便劝她，夫妻间谁没个磕磕绊绊，也别想得太严重，离婚这种话，轻易别说出口——董珍珠说着，自己也觉得好笑，都是苏丽娟平常劝她的话，原封不动地照搬过来——原来劝解人的口吻都是差不多的，再离谱的人，劝起人来也是一副四平八稳的模样。

尚青青叹道，不是人人都像你这么好福气啊，能找到陈程那样的好男人。董珍珠道，他好个屁！尚青青朝她看，道，他不好吗？董珍珠便挑陈程的缺点，加油添醋地说给她听——是想着宽慰她。"其实我平常也看不惯方波，但有时再一想，他还是挺爽气的，做事情干净利落，人又大方，不像我们陈程，鸡鸡狗狗的——"到后来，尚青青倒给她逗笑了，道，你这些话给陈程听见，他搞不好要吐血。董珍珠又说起张捷，"陈程还老说自己是帅哥，嘿，他是没见过真正的帅哥，两个人如果站在一起，一个一百分，一个连六十分都成问题——"董珍珠讲得兴起，又说以前弄堂里的小姑娘，暗恋他的人，从浦东八号桥排到浦西提篮桥。尚青青问她，那你呢，你算不算一个？她想了想，道，是有点好感，不过还谈不上暗恋。尚青青笑着看她。她有些不好意思，换了话题，说，其实方波长相也不错啊，眼睛小是小，可胡子拉碴挺有男人味的，像李察基尔。尚青青道，怎么听上去谁都比你们陈程好——下次我把你这些话学给他听。董珍珠撇嘴道，我才不怕，当着他的面我也这么说。两人都笑。

后来，当董珍珠忆起这天的情形，便觉得自己是太不成熟了。世上有些事，其实细想之下，没有谁对谁错，如同古人玩的"解连环"，原本就是一环扣着一环，解这环时便该想着想着下一环，一步连着好几步。不留神错了一个环，后面的环便难解了。纠纠结结了。其实也是无心的。

## 三

连着几天,陈程都没回家吃饭,加班。陈母打电话来,都是董珍珠接的。陈母心疼儿子,问东问西,又让董珍珠买本煲汤的书,"现在是春天,要补肝,陈程小时候得过甲肝,更加要补,像猪肝啊、鸭血啊、枸杞啊,这些都是补肝的,可以烧粥,也可以熬汤——"董珍珠嘴上敷衍,心里是一百个不耐烦,想你干脆把儿子接回去算了,也省得折腾别人。陈母原想送菜过来,听说陈程这几天加班,便也不再提了。又说天气还凉,别那么早穿裙子,容易得关节炎——这话是说给她听的。董珍珠忍不住道,姆妈,我穿裙子会穿连裤袜的,天鹅绒的,比棉毛裤还厚,暖和得不得了。陈母便不说了,又关照几句,挂了。

董珍珠刚放下电话,陈程开门进来。她看表,九点一刻。问他,吃了吗?他嗯了一声,放下包,进卫生间洗澡。一会儿出来,董珍珠把他妈妈刚才的话学给他听,"你妈把你当宝宝囡囡,一天不打电话都不放心。"陈程说:"你爸不也把你当宝宝囡囡?"董珍珠嘿的一声,笑道:"我是一般的宝,你是国宝级的宝,大熊猫那种。"她说完走进卧室,躺在床上看书。等了片刻,见他没跟进来,便叫,你在干吗?陈程在客厅答道,看电视。她道,里面不也有电视,进来看。他没作声,过了一会儿,依然没动静。董珍珠便也不理了,又看了会儿书,关灯睡觉。也不晓得睡了多久,隐约听见窸窸窣窣的声音,他上了床,也不开灯,在黑暗里脱衣服。她迷迷糊糊地,听见他似是叹了口气,拿个抱枕靠着，也不躺下。她想问他怎么了，但睡意正浓，一会儿又睡过去了。到了天亮，睁开眼，旁边已没了人。她起床，见他在阳台上打太极拳，不禁哑然失笑，道，你可真是我爸的好女婿。问他晚上回不回来吃饭。他道，不一定，看情况。她道，现在业务做大了，很忙啊——这话有些揶揄的意思。他看她一眼，道，你就晓得嘲笑你老公。她道，我可没嘲笑你，是说真的。又让他去楼下买生煎。"买老头子那家的，别买旁边那个老太婆的，肉不新鲜，皮又厚。"陈程答应了，下楼去买。一会儿买上来，董珍珠倒好醋和麻油，又让他去热牛奶。他没动，停了几秒钟，道，我上班比你早，你就不能动动手？她一怔，瞥见他脸色有些差，想是晚上没睡好，便起身去冰箱拿牛奶，嘴里说着"好，我去热，你是老太爷，坐着别动——"刚把牛奶放进微波炉，听见门"砰"的一声关上。她出去一看，他已出门了。也不打声招呼。董珍珠又是一怔，想这人有些怪——也没放在心上，今天是大路考，脑子里尽是方向盘和离合器。

赶到考场，张捷已到了。师傅对她不放心，千叮嘱万关照。张捷在一旁道，师傅，都这个时候了，再讲就更乱了。师傅嘿的一声，说，所以啊，我就是不喜欢带女的，女的反应慢，胆子又小。董珍珠朝师傅白了一眼。一会儿时间到了，胖胖的考官坐上来，一脸严肃。张捷先考。一个转弯，一个调头，便结束了。接着是董珍珠。坐上去，安全带还没系，便准备发动。张捷坐在后面咳嗽两声，她没反应，他急了，在她背上一拍。她才意识到，忙不迭地系上安全带。考官看张捷一眼，硬邦邦地说，想不及格是不是啊？张捷一吐舌头，给考官递根"中华"，笑嘻嘻地说"老师辛苦了，吃根香烟。"——总算是两人都过了。师傅心里高兴，嘴上依然是触霉头的话："要命了，你这种素质拿到驾照，就像发给杀人犯一把手枪，真正是杀手到了。"董珍珠也不睬他，问张捷去哪里庆祝。张捷说，我无所谓的，随便你。董珍珠想陈程多半不回家吃晚饭，便道，去吃泰国菜吧，我想吃点酸酸甜甜的东西。张捷朝她看，笑得贼忒兮兮，道，想吃酸的——有啦？她在他背上打了一下，道，有你个大头鬼！

吃完饭，又去唱歌，到家已经十一点多了。董珍珠打开门，房间里黑着，只当没人，进去开了灯，见陈程坐在沙发上，一动不动。她吓了一跳，道，怎么不开灯？他伸了个懒腰，道，又不做事情，开什么灯。她脱了外衣，朝他看，道，几点回来的？他道，六点多。她哦了一声。他问她，考试过了吗？她答道，过了，所以晚上请师傅吃饭。他道，那蛮好，会开车了。她瞥见他无精打采的样子，问，很累啊？他道，还好。又道，那个跟你一起学车的老邻居，也过了吧？董珍珠心里一动，嗯了一声。又问他晚饭吃的什么。陈程说，去我妈那儿吃的。她怔了怔，想你原来也没打算回来吃。嘲他一句，妈妈做了什么好吃的啊？他道，没啥，都是家常菜。董珍珠去冰箱拿饮料，见里面几个饭盒装的都是小菜，便问，你妈又带菜了？他道，嗯，排骨和牛肉，还有肉圆，晚上新做的，还加了荸荠。她道，你妈晓得你喜欢吃肉圆，专门给你做的。他嘿的一声，道，给我做的，难道你不吃？她撇嘴道，前几天你加班，她可没给我带菜，她晓得宝贝儿子忙完了，要补一补了——我纯粹是托你的福。

她说完去叠沙发上的衣服。听他在后面说了声"你这人讲话怎么这么刻薄"，还当他是开玩笑，回头看去，见他皱着眉头，脸拉得老长，不禁一怔。

"你这个人——"陈程说到一半，挥挥手，"算了算了，我也懒得说了，随便你。"

她又是一怔，不依不饶道："说呀，有话就直说，别不好意思，是男人就往下说。"他摇头："看你那副腔调——"她道："我腔调怎么了？你别没事找事。"

他朝她看了一会儿，不说话，转身进了房间。她怔了足有十来秒，想这家伙今天吃错药了，造反了。又有些纳闷。故意不叠他的衣服，扔在一边。听他在房间里看电视，一会儿，电视关了。想是睡了。她重重地走进去，见他把头蒙在被子里。上前，把被子用力一掀，钻进去。打开电视，音量调得很大。他蒙着头动也不动，似是睡熟了。她坐着，把遥控器调来调去，这个台到那个台，很快也没劲了，关了。躺下去，脚碰到他的大腿，两人同时往旁边一缩。

"跟我说声'对不起'，我就原谅你。"她背对着他，说道。

他没动静。半晌，拿脚在她大腿上轻轻点了三下。她好笑，"用嘴说。拿脚说不算。"他又拿脚"笃、笃、笃"点了三下。她停了停，自说自话道，算了，今天就原谅你了，不跟你计较。——也是给自己个台阶下。拿过旁边的手机，正要关机，见上面有条短信——"珍珠妹妹，泰国菜味道老灵的，下次再带我去吃好不好？"她撇了撇嘴，回过去："不好。"一会儿，短信又来了："老公不许？"她打了一行字"让你女朋友陪你去吃"，想想不妥，删了。索性也不回了，把手机关了。听陈程在旁边发出轻轻的鼾声，这几天该是累了，他素来是不打鼾的。她看了他一会儿，忽地，在他手臂上半重不轻地捏了一把，嘴上道"让你欺负我"，他翻个身，不知咕哝了句什么。她停了停，又在他屁股上拍了一记。才心满意足地睡了。

苏丽娟常在董珍珠面前说陈程的好处。"女人啊，最忌讳就是仗着男人宠自己，作天作地，男人的耐性终究是要用完的，总有本性毕露的一天，女人越是作的厉害，那一天也就来得越快。就像欠债还钱，债欠多了，总要还的。早点晚点的事。"苏丽娟又劝她，找个好男人不容易，要珍惜。董珍珠故意逗她，说："阿姨我晓得你的意思，出来混的，迟早要还的。"——是《无间道》里的台词。苏丽娟看她的神情，便晓得她听不进去。中午，董珍珠问同事借了辆车，溜出来说要带父亲去兜风，董父哪里敢坐，总算是苏丽娟给面子，两人开着车去买菜。新手上路，战战兢兢，一公里不到的路，开了近半小时。苏丽娟说，还不如骑自行车，就是走路也比这快些。董珍珠说，阿姨，你这是打击我的热情。

上班时，方波打电话给她。她没存他的号码，拿起来一听，"你怎么会打给我——陈程手机没电了？"方波问她有没有空，出来聊聊。她一怔，猜想是他与尚青青的事。又想，就算是也不该找她聊啊，她和他又不是同路人。倒有些摸不着边了。挂了手机，立刻又打给尚青青，"你老公不晓得找我干嘛，怪了——"尚青青没多讲什么，说声"别理他"，便挂了。董珍珠坐在位置上，一会儿，收到方波的短信："你这个女人，脑子大概被枪打过。"她气极，想要回短信骂他，想想还是算了，也不晓得那边怎么回事。又打给陈程，手机一直忙音。董珍珠想，乱了乱了，莫名其妙的。

下班出来，方波竟等在公司门口。她故意朝旁边张望，装作没见到他。方波手插在裤袋里，慢慢踱过来，"哎，找个地方聊聊。"她斜眼看他，没好气地说："聊啥？有啥好聊的？""你说聊啥——又不跟你谈朋友，你拽个屁啊！"他恶狠狠地扔下一句。她一怔，气得倒有些噎了，一时竟说不出话来。瞥见他的神情，眼圈黑黑紫紫的，又有些发肿，似是几天没睡好觉。心一软，道，"喏，旁边有家茶室。"

他耸耸肩。"可以。"

两人一前一后地走进去，坐下。点了饮料。方波张口便是一句，董珍珠，你是不是觉得你挺聪明？董珍珠坐得笔直，朝他看，反问，你呢，难道你觉得你自己很笨？他皱眉道，你少跟我淘浆糊。她嘿的一声，道，谁有空跟你淘浆糊了——有话快说，有屁快放。

他停了停，道，我老婆要和我离婚。董珍珠没吭声，想到底还是为了这事。他又道，你晓得的，是吧？她撇了撇嘴。他拿起面前的茶喝了一口，朝她看，道，那你晓不晓得，她为什么要跟我离婚？她嗤的一声，道，为什么，你老婆为什么离婚，难道你不晓得？你这副兴师问罪的模样，搞得好像跟我有关似的——难不成你老婆要离婚，是因为我老公？嘿！

她这话脱口而出，浑然没经过大脑。忽地，心里被什么东西猛的顶了一下，没来由的，竟有些慌了，莫名的。抬头瞥见他死死盯着自己，眼里闪着奇怪的光芒，嘴抿得紧紧的。她心里一凛，下意识地捋了捋头发，把目光移开，心跳得很厉害，咚、咚、咚——都听得见声音了。

"你晓得就好。"半响，他道。

董珍珠从茶室出来，没走几步，便拨尚青青的号码，按着"通话"键，迟疑着，终是按不下去。手倒是有些抖了。尚青青那张脸在眼前晃啊晃的，带着浅笑，很温柔很亲切。她忽地想起前两天，陈程问她"那个跟你一起学车的老邻居，也过了吧？"她从未在他面前提过张捷，当时便觉得奇怪，现在才明白了是谁说的。她在她面前一次次地说陈程的好，"陈程是多好的人啊——"她只当她是客气话，讨自己的喜欢。原来竟是那层意思。真是始料未及了。一个女人在另一个女人面前直夸她老公，现在想来，竟像是暗示了。董珍珠觉得头晕，似是陡然被人牵到了另一个境地，猝不及防地。一时不能适应。又有些想不通，事情怎么是这个样子。不敢置信地。

下班前，陈程打电话给她，问，晚上去不去我家吃饭。电话里，他的声音像从很远的地方传来,有些嗡嗡的。她头更晕了,嘴上没事人似的,说,好啊。

晚饭有红烧肉酱蛋。陈母的拿手菜。董珍珠在外面转了一圈,过了八点才到,说是路上堵车。她吃完,便坐到一边看报纸,不管不顾地。陈母让她帮忙削水果,她也只当没听见。陈程夸母亲做的菜好吃,让董珍珠学着点。董珍珠说,又是肉又是蛋,还放这么多酱油和糖,当心胆固醇高。陈母问她,珍珠,最近工作忙吗?董珍珠头也不抬,脆生生地回答,没你儿子忙。陈母一怔。陈程朝妻子看。董珍珠神情不变,把报纸翻过一页,眼皮动也不动。

回家的路上,陈程问她,刚才是坐地铁来的吧——地铁也会堵车,真有意思。她嗯了一声,说,就是呢。他又道,单位里有事?她说,没事。他停了停,道,那是不是吃错药了?她笑笑,说,对啊,你怎么晓得?

还没到家,便爆发了。气球充足了气,"叭"的一声,爆了。无数的碎片从空中落下,到处都是,几乎都闻见火硝味了。两人在家附近的街道争吵起来。旁边几棵梧桐树的枝干和叶子,把两人隐藏得很好,路灯投下的影子细细长长。相比过去,这次吵架的声音不大,但一字一句都从牙齿里进出来,夹着火星。

"找碴是吗?"他道。

"谁找碴,自己心里明白。我说呢,怎么这一阵都怪里怪气的——有恃无恐是吧,藏了张好牌,底气也足了许多。"

"我的底牌没你硬——从浦东八号桥到浦西提篮桥,他一百分,我六十分都不到,相差十万八千里。帅啊,帅得连屁眼都没了。"

"啧啧,真是如胶似漆,她还有什么没告诉你的——继续说,我倒要看看鸡蛋里到底能挑出多少根骨头来。"

"算了吧,别搞得自己像个完人似的,嘿,鸡蛋里挑骨头,就凭你,也好意思说这种话——董珍珠我告诉你,你不是鸡蛋,是河鲫鱼,浑身上下挑不完的骨头和刺!我要是跟你较真,能站在这里从晚上说到明天早上——"

"好啊,你说。"

董珍珠看见陈程的脸——胖胖圆圆大熊猫似的,平时笑起来像弥勒佛,原来生起气来是那样。换了个人似的。她还没见过他真生气的模样呢。好像,她也从未对他真的生气过。这次是第一次。

她心里其实是有些恐惧的。她不晓得他的口才原来这么好,这么凌厉。她都有些招架不住了。她晓得他平时都是让她的,她习惯了他的顺从,都没想过他不让她会是什么样子。她记起苏丽娟的话,"男人的耐性终究是要用完的,总有本性毕露的一天,就像欠债还钱,债欠多了,总要还的。早点晚点的事。"——她心里的恐惧更盛了,一点点地,越聚越多,像被虫蛀的叶子,慢慢扩散开。

她没有听下去,径直上了路边的一辆出租车。回到娘家,苏丽娟问她怎么了,她说,陈程和同事去搓通宵麻将了,一个人睡觉害怕。——说来也怪,平常"离婚"两字张口便来,此刻反倒说不出了。连想也不敢。董父说,他怎么还会搓通宵麻将!苏丽娟朝她看,道,脸色有点白。她掩饰道,嗯,老朋友来了。

晚上睡觉时,她把手机放在枕边。翻来覆去睡不着,有些后悔,想刚才应该早些去他家的,也不该对着他妈说那些话。一会儿又恨恨的,想那女人不晓得在陈程面前说了她多少坏话。她把她当知己,她却把她当冲头。有些不甘,又有些伤心。一种从未有过的感受,鼻子酸酸的。

第二天,尚青青打电话给她,说四个人好久没聚了,出来吃顿饭怎么样。她拿着电话怔了半晌，说，好啊。正想着该怎么通知陈程，谁晓得她已加了一句，道，陈程已经知道了。董珍珠心里咯噔一下，有什么东西直落下去，直挺挺的，脑子倒是清醒了，爽气了。"单线联系啊，"她道，"蛮好，我倒省事了。"

电话那头沉默了一下，似是轻笑了笑。"那晚上见了。"尚青青挂了电话。董珍珠这天也不晓得是怎么熬的，只觉得恍惚的很，直至邻桌同事过来拍她肩膀，说，还不下班？她看表，五点。眼睛一眨，一天过去了。

约好在南京西路的"一茶一坐"。离公司并不很远，她便叫出租过去。路上很堵，车子一辆辆瘫了似的，动都不动，喇叭声吵得人头疼，便有些懊恼，还不如坐地铁。到饭店已经七点多了。其余三人早到了，等她。她走上前，说"路上堵车"时，不自禁地朝陈程看了一眼。尚青青问她，喝什么？她说随便。尚青青便点了一壶乌龙茶。四人各自叫了套餐。一会儿，套餐陆续送到。各管各吃，也不说话——这顿饭吃得格外的安静。

结束后，方波说去酒吧喝一杯怎么样。"庆祝我们变成自由身。"他嘿的一声，笑笑。董珍珠一怔，才晓得他们已经离婚了。尚青青不接口。方波又对陈程道，走啊兄弟，去喝一杯。陈程迟疑了一下，说，好。尚青青朝董珍珠看。董珍珠别过头不看她，嘴上说，去啊，一起去。

方波叫了一打啤酒，屁股还没坐热，一仰脖子便下去两瓶。他酒量并不好，加之喝得快，很快便有些醉了。他显得很兴奋，不停地和陈程"干杯"，又说要猜拳，"两只小蜜蜂啊，飞在花丛中啊，飞啊飞啊——"陈程应付着，也喝了几瓶。董珍珠和尚青青各拿着一瓶酒，其实是摆样子，只润了润嘴唇。旁边音乐声很吵，乒乒乓乓地。两个女人都侧身朝边上看，漫不经心地，也不说话。

很快，方波彻底醉了，脸色惨白，说想吐。陈程扶他到厕所。一会儿出来，他又说要猜拳。陈程陪着他。"两只小蜜蜂啊，飞在花丛啊，飞啊飞啊——"方波输了，陈程在他脸上作势拍了两记，"啪！啪！"嘴里道。方波咧开嘴笑。继续猜拳。这次却是陈程输了，方波嘿的一笑，凑近了，手起掌落，"啪啪"！陈程两边脸颊上顿时各出现一个红红的掌印。

两个女人都怔住了。陈程也怔住了。

方波朝陈程脸上的掌印看了一会儿，咧嘴笑了笑。他站起来，摇摇晃晃地。手指着陈程，嘴巴动了动，似是想说话，半天却没说出一个字。他兀自不死心，还想说，尚青青霍地站起来，面无表情地，伸出手，重重给了他一记耳光。

"啪！"声音清脆响亮。陈程要阻止，已是不及。董珍珠一口酒差点呛在喉咙里。尚青青很快又坐下，从包里拿出清凉油，给陈程涂伤口。方波捂着脸，死死盯着她。她却浑然不顾，拿手指蘸了点清凉油，轻轻涂在陈程脸上。陈程一缩，下意识地朝董珍珠看了一眼。尚青青扳过他的脸，嗔道：

"别动。"

接下去的事情，董珍珠全然不记得了。她其实并没怎么喝酒，也不晓得怎么会这样，完全混乱了。她记不清自己是怎么站起来的，更记不清是怎么把酒倒在尚青青头上。总之，那是个匪夷所思的夜晚。一切都乱了。她唯一记得的是，啤酒从尚青青头上一滴滴地流下，她的刘海全湿透了，成了一绺绺的，粘在额头上。她的目光却坚毅无比，与平时温柔的她截然不同。

"你晓不晓得——陈程被公司炒了？"她看着她，道。

董珍珠吃了一惊。霍地看向陈程。"你——"

"是两个礼拜前的事情了——怎么,你一点感觉也没有吗?"她忍不住摇头。有些嘲讽地。

董珍珠张大了嘴巴。她想起这阵子陈程的反常,原来是因为这个。她心口似是被什么重重敲了记,又一次朝陈程看去。陈程不说话,抚着酒瓶,手指在瓶口一圈圈地打转。

尚青青停了停,说下去:

"我喜欢陈程,非常喜欢。比起你,我更适合他——董珍珠,我不是故意贬低你,论当人家老婆,我要是一百分,你连六十分也勉强——你自己想想是不是?"

她故意说一百分和六十分——是拿那个典故来嘲笑她。陈程居然就那么傻傻站着,也不出来帮自己的老婆。那些话,很刺耳很促狭,董珍珠想反驳,可悲哀的是——她居然一句话也讲不出来。有什么东西哽在喉头,吐不出也咽不下。难受的很。

也不知过了多久,陈程过来牵她的手,"回家吧。"她甩脱了——天晓得她根本不想甩脱,陈程的手很厚实很温暖,她都有些想哭了。可条件反射似的,她连想都没想,便狠狠地甩脱了他。"滚你的!"她没命地大叫。声音尖利无比。

陈程最终还是带走了她。两人在出租车上扭打。她几次要把他踢下车,车门都开了几回了,司机吓出一身冷汗。她掏出随身携带的修眉毛的小刀,往他身上戳。他牢牢抓住她的手。她尖叫,拿膝盖去顶他的要害。他整个人蜷起来,不让她碰到。最后,她被他反身抱住,双手双脚缩在一起,像只困住的小猫。她只剩下嘴,歇斯底里地尖叫。他喘着粗气,一下子,拿嘴封住她的。

她的眼泪流下来。她想起以前无数次,也是这样打闹,半真半假的。像舞台上演戏,每个动作每个情节都心中有数,偶尔加些始料未及的戏码，很刺激很新奇。她乐在其中。可是，这次完全不同。似被双无形的手所操纵，直直地进行下去，自己都不晓得怎么回事，说的话，做的事，都不是原先的样子了。一去不复返了。又好像，事情老早就摆在那儿，清清楚楚明明白白，就该是那样才对。只是自己过去没多想罢了。

## 四

接下去，日子倒似平静了。像刚涨过潮的江水，那股势头过了，又恢复了波澜不兴。眨眼功夫，便换了个模样。乍一看，与初时无异，细看才发现毕竟是不同的。那股轰隆隆的夹枪带棒的势头，到底还是留下了些什么。或是沉到水底，或是被强压着，看不见，却能感觉到。

初时，董珍珠在娘家住了几天，把手机调成"静音"，陈程打电话给她，她理也不理。董父想不通了，怎么女婿蛮老实的一个人，竟突然爱上了打通宵麻将。莫名其妙的。他让董珍珠管管陈程，又说或者让陈程过来，他亲自跟他说。董珍珠好几次在公司门口见到陈程，就那么远远地站在树下，朝她看。她不理，往前走，他在后面跟着。她越走越快，他也越走越快。通常是快到家的时候，他便慢下来。不跟着往前走了。她晓得他是有点怕，怕见到父亲和苏丽娟。连着几天，天天如此。董珍珠想，反正你现在有的是时间——想到这，心陡的被什么撞了一下。哗啦一下，刺猬皮撕了下来。一点还价也没有。——很快的，她回家了。

自己想想也觉得怪，以前芝麻绿豆大一点事，她都非要分个高下，弄个你死我活才肯罢休。现在反倒不闹了。大概也是没劲了。那种感觉像小时候，仗着大人心情好的时候撒娇吵闹，真的等大人凶了，便立刻乖了安静了，才不去倒那个霉——也许女人骨子里都是会看山水的小孩，有些讨巧，又有些讨嫌，靠着别人的爱做文章，起些小风浪，但分寸把握得极好，决不致搞成满天风雨，而翻了船——董珍珠这么想着，又有些不服气，心想，我是让让你，免得让别人说我欺负没工作的人。

陈程投了几份简历，都没下文。大半时间待在家里。他把钟点工辞了，自己打扫房间。董珍珠说，没这个必要，又不是很多钱。他坚持不肯，说等他找到工作再请。董珍珠每天下班回来，他做好饭，等她。他以前没下过厨，荤菜是他妈妈准备的，他再炒个素菜，烧个汤。两人吃饭时，话很少。电视开着，看新闻，还有《新老娘舅》。遇到好笑的或是令人气愤的，两人便就着剧情讨论几句，同仇敌忾。洗碗是董珍珠的活儿。几次陈程说他来洗，她都抢在前头。她洗碗，他帮着抹干。两人站在水池边，肩并着肩干活，相比过去，倒有些过日子的模样了。

那天的事情，两人都没再说起。像是没发生过似的。一次陈程在洗澡时，手机响了，是短信。诺基亚手机有这毛病——短信内容会直接显示在屏幕上。她坐在沙发上剪脚趾甲，一瞥眼便看见了，是尚青青，"我帮你介绍个工作，明天来试试？"一会儿，陈程出来，看了短信，没回。第二天也没出去，在家里待了一天。她舒了口气，但又猜想他大概晓得她看过了，所以才这样。对自己完全没信心。董珍珠有些气了。是气他，也是气自己，想怎么都到这种地步了。

星期天，去陈母那里吃饭。路上，陈程对她道："去我家，我就不干活了，你来——否则我妈会担心。"她晓得他的意思，点头。

她帮陈母择菜。陈母问她，陈程工作的事有眉目吗？她摇头。陈母便叹了口气，不说话。董珍珠道，经济不景气，难啊。陈母又叹口气，道，换了前两年，我厂里倒还可以想想办法，可现在这种形势，就是厂长的儿子要弄进去，也成问题。

吃饭时，陈程倒似比平时话多了许多。他说，有个大学里的同学，是报社的副刊编辑，前两天向他约稿，"好久没写散文了，也不晓得宝刀老了没有。"他还说，这家报纸稿费不低，千字三百。"赚点零用钱不成问题。"他显得兴高采烈，胃口尤其好，吃完一碗，又要添。他把碗交给董珍珠，撒娇似的说："老婆，替我盛饭。"董珍珠没有迟疑，端起碗便去厨房。陈程拿汤淘饭，吃得呼噜呼噜，一不留神米粒呛进喉咙里，咳嗽起来。陈母轻拍他后背，说，吃慢些，又没人跟你抢。他笑笑，说，姆妈烧的东西实在好吃，舌头都要吞下去了。陈母朝他看，不说话，伸手在他头上抚了一下。

董父好几次说让小两口过去，董珍珠借口最近忙，推辞了。她其实是想着陈程，怕父亲给他难堪。董父倒不是那种胡搅蛮缠的人，可毕竟丈人不是亲爸，总归隔了一层。他在他亲妈面前尚且那般谨慎，又何必让他去受这个罪？董珍珠对着陈程自然不这么说，只说爸爸最近话越来越多了，烦得很，不高兴回去。陈程似是也晓得她的心思，笑笑，不提了。

有一家北京的影视公司招文案，陈程去面试了，回来说情况不错，很有希望。董珍珠提议去外面吃饭，他说算了，猪流感，怪吓人的。两人便买菜自己做。清蒸桂鱼和盐水虾。又开了一瓶红酒。那天晚上气氛不错。桂鱼有些蒸老了，虾个头很小，草虾倒像白米虾了，但两人吃得挺开心。倒是红酒喝得不多——不敢多喝。两人说着话，小心翼翼地，似是随时提防着什么。像护着一个宝贝玻璃瓶，不敢大意。

比起过去，两人讲话客气了许多。每句话都在心里转个圈，方才敢说出来。声音也轻了许多。相敬如宾啊——董珍珠这么想着，自己也觉得好笑，又有些无可奈何的，也不晓得是好还是不好。

两人"做功课"。自那件事情后，这还是第一次。——真的像做功课了。按部就班、规规矩矩的。他不停地留意她的反应，有些讨好的。她也迎合着他，三分真七分假的。都客气得过了头。不一会儿，草草结束了。却还不敢做出不尽兴的样子，闭上眼，似是在回味，其实都不想吭声，装作极困的样子。翻来覆去的，一会儿，真的睡着了。

陈程陪董珍珠回娘家，把自己刚完成的几篇散文给董父看，"爸爸是行家，多多指正。"董父也不客气，戴上老花眼镜，拿过来便看。看完了，嘴上挑剔几句，"好是蛮好，中文系出来的，功底摆在那里，就是文笔太花了，乱七八糟也不晓得到底要表达什么，不像男人写的——"董珍珠在旁边干咳一声。董父一怔，摘下眼镜道，怎么，我说的不对？陈程忙道，当然对，爸爸讲的很有道理。董父朝女儿嘿的一声，摇头道，嫁出去的女儿泼出去的水，说她男人两句，就不舒服了。

苏丽娟在厨房煎带鱼。董珍珠走进来，站在一边。苏丽娟问她，你爸爸在教陈程写作文？董珍珠撇嘴道，人家是客气，他拿客气当福气，一本正经当起老师来了。苏丽娟笑道，你就让他说吧，平常也没人跟他聊这些，好不容易有个机会，就随他去吧。董珍珠停了停，道，我是无所谓的——就怕陈程心烦。

两人沉默了一下。苏丽娟道，现在这个世道啊——我表姐的儿子，今年大学毕业，到现在还吊着，看样子要拖到明年了。董珍珠道，明年有世博，会好些的。苏丽娟道，那也是历届生了，不一样的。她说着，把锅里的带鱼翻个身，表面煎得金黄，香味一阵阵地飘出来。

吃饭时，董父把压箱底的豆腐干文章拿出来，让陈程欣赏。报纸都泛黄了，有六七篇。陈程自是大大捧场，说"字字珠玑，句句精辟"。董父一高兴，酒也多喝了几杯。他带着醉意，拍着陈程的肩膀，说："讲句老实话你不要生气，当初珍珠把你带回来的时候，我对你不大满意，觉得这小子傻乎乎的不灵光，可现在呢，我是越看越欢喜。谁说只有丈母娘看女婿才越看越欢喜？丈人也是一样的，哈——我这个女儿，身上没啥优点，可至少一条，挑男人的眼光没话讲，一只鼎，呱呱叫，哈——"董珍珠一旁听着，捏把汗。来之前她是关照过父亲的，讲话一定要当心，别提找工作的事，也别说让陈程不开心的话。她晓得父亲是矫枉过正了。这么拼了命的夸奖，反让人不自在。觉得好笑，又有些感慨。依着父亲平常的性情，才不会这么说话，他必定也是担心，又不敢多问——她瞥见父亲两鬓新添的几根白发，忽觉得有些难过。也不知是为了谁。

从家里出来，陈程长长地吐出一口气，做个扩胸动作。董珍珠问他，怎么了。他道，没什么，外面空气好，家里有点闷。说着笑笑。董珍珠也跟着笑了笑。

到了自己家，走上楼，见一人在门口站着，转过头——是尚青青。

两人都是一怔。尚青青挤出一个笑容，说，夫妻双双把家还啊。不待他们搭腔，又道，陈程，我有事找你。陈程迟疑了一下，对董珍珠说，你先进去，我马上回来。董珍珠没动，朝尚青青看了一眼，见她也在看自己。两人目光相接。董珍珠嗯了一声，说，好的。拿钥匙开了门，走进去。关上门，听见外面的脚步声，两人下楼了。

陈程和尚青青走到楼下。尚青青道，找个咖啡馆吧。陈程道，不用，就在这里说。尚青青没吭声，朝楼上看了一眼。董珍珠在阳台上偷看，见她瞥过来，忙把身子一缩。听见下面嘿的一笑，也不晓得是不是笑自己。找个小板凳坐下，刚好栏杆把身影挡住。三楼不是很高，听得模模糊糊，偶尔有几句漏到耳朵里。尚青青说"我是真的为你好"，陈程不知接了句什么，她有些激动起来，"我晓得你——"往下便听不清了，似是夹着些泣声。董珍珠便有些气了，想你也配这样。一会儿，安静了，再一看，下面已经没人了。她慌忙走进客厅，拿遥控器开了电视。

陈程开门进来。董珍珠不看他，自顾自地叠衣服。陈程走近了，说，没什么事，她说要替我找工作，我拒绝了。董珍珠哦了一声，问，什么工作？他道，广告公司的文案——其实也不大适合我。董珍珠道，她倒是有路子。陈程道，虾有虾路，蟹有蟹路嘛。停了停，又道，白天她给我发了几条短信，我都没回。董珍珠嗯了一声。他道，她早来了，在门口等了三个小时。董珍珠听他这话似有些愧疚的意思，忍不住嘲他一句，那你也不请她进来坐坐歇会儿？

他朝她看。她其实话一出口，已是后悔了。装作有些困了，打个呵欠。他道，不去洗澡？她道，待会儿再洗——你先洗。拿换洗的衣服给他。他接了，进卫生间了。董珍珠暗骂自己沉不出气，憋了这么久，终究是憋不牢。听见卫生间哗哗的水声，晓得他在洗了。忍不住去拿他的手机，翻开"收信箱"，果然见到几条尚青青发来的短信。她正要点开，迟疑着，还是放下了。心里觉得憋闷，又有些气自己，这般鬼鬼祟祟，小女人似的。

两人躺在床上看报纸。她劝陈程，要是觉得那工作合适，去试试也无妨。陈程有些诧异地看她一眼，道，不是说了不合适——。她道，你不要以为我在说反话，也不要因为顾忌我，而错失一个好机会，我不是那么小气的人。她飞快地把这番话说完，躺下来朝向一边，闭上眼睛。陈程依然坐着，沉默了一会儿，缓缓地道："也不全是为了你——是我自己不想。青青其实是个好人，我不想欠她太多，也不想拖泥带水，让她对我还抱有幻想。"

这是他第一次谈及那件事。董珍珠一动不动，装作已睡着的样子。陈程伸手轻抚她的头发，一下又一下地。她躺着，感到有什么东西从胸腔升起，一点点地，慢慢向上移去，一会儿便到了喉口。痒痒的。她忍不住咽了下去，却是酸酸涩涩的，也不知是什么。他的呼吸触到她的脸颊，热热的。她看到墙上他的影子，动啊动。他的头发有几根向上翘着，微微颤着。他的五官，投下的剪影原来是那样的，都不像他了。她静静看着，那一瞬，忽觉得心头很酸，也不知是什么滋味，连带着五脏六腑也酸了起来。一下子的事。想忍住，却怎么也忍不住。

"你不晓得，我长这么大，还没这么委屈过——"她一掀被子，孩子似的哭了出来。

他的手，轻轻拍着她的背。"我怎么不晓得——我晓得的。"他道，俯下身，在她脸上亲了一下。

那家北京的影视公司来消息了，同意录取陈程，但有一条——头一年要在北京的总公司工作，过完国庆就走。陈程询问董珍珠，去还是不去。董珍珠说，我随便你。他想了半天，说还是去吧，机会难得。董珍珠心里也是偏向于"去"，但见他说出来，又有些疙疙瘩瘩，说，当然机会难得了，好不容易有个机会撇下我，一个人逍遥自在，不要太难得哦。中午回娘家吃饭，她说了陈程找到工作的事。董父很高兴，说好儿女志在四方，我们那时候，领导人手一挥，连大西北都去了，现在只不过是北京，坐飞机一小时多点就到了，有啥大不了的！苏丽娟说，那年代是没办法，再说插队落户的时候，有几个是结了婚的？小夫妻两地分居，换了谁都受不了。她又劝董珍珠，一年也不是很久，眼睛一眨就过去了。董珍珠心里不爽，撇嘴说，你倒是眨眼试试，你当我眼皮是年历牌啊，一翻就是一年——她说完，自己也觉得好笑。董父道，反正你们在一起老吵架，开口闭口就要离婚，现在不是蛮好，也省得办手续了。董珍珠朝父亲斜了一眼，道，爸爸是唯恐天下不乱，兴奋得不得了。

从家里出来，经过张捷的音像店，见里面空空如也，已是搬空了。不禁一愣。走到边上的零售店，进去买了瓶水，问店员，隔壁关门了？店员说，老板买了个牌照，开差头去了。董珍珠不禁好笑，想这个人倒是活络，说什么就是什么。走出来，见一辆出租车在面前停下，张捷摇下车窗，朝她打招呼：珍珠妹妹！她走过去，打量了一下车子，是"沪BX"的牌照，问他，多少钱买的？他道，连车带牌三十五万。她吐了吐舌头，道，有钱啊。他道，整个家当都扑上去了，亏了就不活了。他说着笑笑，又道，几个礼拜不见，又漂亮了。

他招呼她上车，"走，带你去兜风。"她道，不耽误你发财吗？他一笑，说，珍珠妹妹肯上我的车，就是市长叫车也不睬他。董珍珠开门上了车。张捷问她，想去哪儿？她眼珠一转，笑道，哪儿也不去，送我回公司吧，谢谢。张捷嘿的一声，道，我就晓得，我是车夫的命。

路上，张捷问她，国庆节和老公出去玩吗？她道，我们是穷人，没车又没钱，家里蹲着算了。张捷道，想出去的话，这辆车借你开。她一怔，道，真的？张捷道，骗你干什么，我们俩啥关系，小事一桩！她高兴起来，嘴上道，不会要我付汽油费吧？他哎哟一声，道，小女人就是小女人——我加满油交到你手上，你统统用光，一滴都不要剩，只要把车开回来就行。

董珍珠回家和陈程说了，只说是个朋友，没提张捷。陈程也觉得好，说那就去无锡玩一趟。出发前一天，原说好董珍珠晚上去拿车，谁晓得傍晚时，张捷竟亲自把车送过来了，周到的很。董珍珠下楼去拿车钥匙，陈程也说要去，跟人家打声招呼。董珍珠不好拒绝，两个人便一起下楼。张捷倚着车抽烟，见两人并肩走过来，忙把烟掐灭，朝陈程伸出手，道，珍珠的爱人是吧，你好你好，久仰大名。董珍珠瞥见他一本正经的模样，倒有些好笑了。陈程也道，你好你好，谢谢谢谢。张捷把车钥匙交给董珍珠，道，玩得开心点。又对陈程道，我跟珍珠以前住一个弄堂，小姑娘脾气臭了点，良心蛮好，是好人。陈程笑笑，道，是啊。他又朝周围看，道，小区环境不错，蛮好。陈程道，谢谢——要不上去坐会儿？他忙道，不了，我还有事，下次吧。

　　回到家，陈程问她，就是那个"一百分"？董珍珠早料他猜到了，嗯了一声。陈程停了停，说，看上去人还不错。她道，我又没说他是坏人。他朝她看，道，你怎么没说是跟他借的车？她道，你又没问。他嘿的一声。两人飞快地对视了一眼。董珍珠走到一边，道，你要是生气，那明天我们就坐火车去。他道，我要是连这个都生气，老早气死了。她嗤的一声。

　　第二天，两人起个大早。车子开出去时，天还只是蒙蒙亮。路上车子很少，董珍珠却不敢开快，高速上也只是八九十码。起初两人都有些紧张，不敢说话，渐渐才放松下来。陈程道，我以前读中学的时候，隔壁有个美女阿姨，腰细得像杨柳，夏天穿裙子好看得不得了，皮肤又白，眼珠是蓝色的，像混血儿。每次她一出现，我们弄堂里那帮男生，一个个都死腔得很，低着头装小绵羊，话也说不利落了。董珍珠手握方向盘，道，嗯，是蛮死腔的。他道，美女就是美女，去年我在马路上碰到她，她应该有四十来岁了吧，啧啧，还是那么漂亮，有味道。董珍珠道，上去跟她打招呼了没？陈程道，嗯。董珍珠道，是叫她阿姨还是姐姐？他道，又不是小孩，还叫什么，直接说"你好"

就行了。董珍珠道，请她吃饭没有？陈程道，那倒没有，不过请她喝了杯咖啡。董珍珠道，她结婚了吗？陈程道，小孩都读初中了。董珍珠叹口气，摇头道，可惜啊，只恨晚生了二十年，唉。陈程也叹了口气，道，就是啊，可惜。董珍珠霍地转过头，瞪他。

  他呵呵笑起来，"好了好了，不逗你了，小心开车——你也晓得你老公最不上台面了，怎么可能上去跟她打招呼，还请她喝咖啡？我要是有这个钱，不会请自己老婆喝咖啡？"董珍珠啐的一口，"少卖乖——我又没有杨柳那样细的腰，皮肤不白，眼珠也不是蓝的——"陈程笑道："你这个人，心眼比针眼还小，你夸人家男人一百分，说自己老公六十分都不到——我都没跟你生气。"她道："你没生气吗——我不像你，一生气脸上就露出来了，你是肚皮里做文章，坏得很。"他道："我是细水长流，你是排山倒海，气势不一样的——那个'一百分'也说你脾气臭，是吧——有眼睛的人都看得出来，你董珍珠不是凡人。头上长角的。"

  吃过中饭便到了无锡。挑了几处名胜，逛了逛。找到网上订好的宾馆，人太多，房间都满了，幸亏还剩下间套房，免费升级。倒也不错。两人洗完澡，陈程累极了，沾着枕头便睡着了。董珍珠想，怎么搞得像是你开车似的。看了会儿报纸，怕影响他睡觉，索性也躺下来，只留盏夜灯，柔柔黄黄的光。她朝着他，见他鼻子上停着只蚊子，伸手替他赶走。然而晚了一步，鼻子上已有了个蚊子包。红红的一小块，凸出来，像童话故事里的皮诺曹。挺滑稽。他大概觉得痒，耸了耸鼻子。她伸出一根手指，轻轻替他搔着。他舒服了，又耸了耸鼻子，哼了两声。

  他翻个身，忽地，愤愤地说了句"那张面孔要是有一百分，我八十分总归有的吧——"董珍珠一怔，还当他醒了，见他转过身，又沉沉睡去。才晓得他是说梦话。忍不住好笑。她轻轻抬起他的头，转个向,让他朝着自己。他呼出来的气触到她的脸,热乎乎的。她摸他的眉毛、鼻子、嘴巴、脸颊,还有耳朵。又在他头上轻轻拍了拍,拍洋娃娃似的。她很舍不得。她想,一年有多长呢,十二个月,三百六十五天,七千多个小时——她又安慰自己,其实也没什么,古代人上京赶考,一去就是三年呢,还不是一样过日子?

她盯着他的脸。把手放在他眼睛上,一拨一拨地,玩他的睫毛。他睫毛又短又少,稀毛癞痢般。忽地,他睁开眼睛,她手指险些碰到他眼睛里。吓了一大跳。他看了她一会儿,把她前额的刘海向后绺去,凑近了,在她唇上吻了一下。"睡不着啊?"他问她。她嗯了一声。他又问,为什么睡不着?她晓得他是逗她,便故意道,想到你要走了,开心得睡不着。

她嘴里这么说,眼圈却不自禁红了一下。他一只手臂伸过来,紧紧揽住她。

"我爱你。"他道。

他是第一次对她说这句话。那么郑重其事的,像念台词,她听着都有些想笑了。脸也红了。把头埋在他怀里,闻到他身上热烘烘混着些许肉呷气的酸酸的体味,眼里有什么东西夺眶而出。都把他的睡衣弄湿了。又有些不好意思。

"我——也爱你。"半晌,她呜呜咽咽地道。


五

一个人的日子,像碗隔夜的汤,回锅再烧,味道其实也差不到哪里去，但细品之下，总是少了些什么，与初时不同了。一个人，冷清是相对两人而言的，本来没什么，但房里处处留下两人的痕迹，像红外线报警器，看不见，一旦触到了，冷清便悄无声息地袭来，瞬间包裹了全身。

董珍珠拿硬纸板做了个牌子，放在床头柜上，上面写着"离老公回家还有×天"。奥运倒计时般，一天天地翻。这成了每天睡前一道必做的功夫。有次苏丽娟过来看见，吃惊极了，笑说她变得这般柔情似水，都不像她了。

陈程通常是每晚十点左右打电话给她。开头第一句便是——"请问是上海的亲亲老婆吗？"，她回道"请问是北京的亲亲老公吗？"对暗号似的。说来也怪，这些肉麻的话，两人面对面时是无论如何也说不出口的，可隔着条电话线，尺度便似放宽许多，张嘴便来。他道，我好想你。她道，我也想你。他道，我想你想得都快要变成神经病了。她道，我想你想得眼泪嗒嗒滴。他道，你什么时候来看我？她道，我也想来啊，可我要上班，没时间。他道，那你亲我一下。她在话筒上重重地亲了一口，"唔——嗒！"——此刻倘有第三个人在场，只怕是要立刻吐出来的。可当事人便是有这耐性与胃口，硬是能把些无聊的废话说上个把小时，乐此不疲。这便是男女间的有趣之处了。恨起来连杀了他的心都有，可爱起来又是痴痴醉醉的。董珍珠从小是最讨厌语文的了，可中秋节那晚，居然看着窗外的圆月，对着电话道——"你往天上看，你眼里的月亮，也就是我眼里的月亮，不管我们隔得再远，月亮只有一个，我们的心是连在一起的"——诗情画意到了何等境地。她生日那天，陈程专门从北京寄了快递给她，一大捧玫瑰，还有一个施华洛世奇的水晶链坠。她给自己庆祝，在家里煎了两份牛排，面对面摆了两副刀叉，作成两人同吃的模样。吃完自己这份，打电话问他，我把你那份吃了好吗？他道，好啊，麻烦你。她便又吃了一份——过家家似的。董父听说后，直呼两人有病，又说只有清明祭祖才这样搞，胡闹嘛。

她问他，那边好不好。他道，别的都还可以，就是一条——不能"做功课"，很苦恼。她道，你就当这一年是当和尚。他道，不行，受不了。两人便在电话里说些夫妻间的悄悄话，平常没说过的，或是羞于说的，现在一句句地冒出来，想象力丰富的很，声情并茂的。越说胆子越大，越说越放肆，渐渐的，又越说越轻，越说越难为情，到后来脸都红了。她道，搞得不像明媒正娶，倒像偷情的了。他道，像狗男女。她道，就是。

董珍珠每个礼拜都去婆家一趟。本来陈程在的时候，也没走得这么勤，是苏丽娟说的——越是陈程不在，越是要常去看看，这是做人的道理。陈母见到她，照例是先问陈程在那边的情况，吃得好不好，住得惯不惯，工作忙不忙，身体好不好。她一一回答。她劝过陈程，隔三岔五打个电话给他妈妈，省得老人家老是缠着她问。陈程说电话费太贵，打给老婆还行，其他人就舍不得了。她晓得这话是哄她开心，但还是挺得意，想他平常跟妈妈再亲又有什么用，关键时候还是老婆第一。又想将来一定要生女儿，儿子都是没良心，靠不住。

陈母也会劝她注意身体，但说着说着，又说到儿子身上。自然而然地。她常说陈程小时候的事，说他刚出生时才五斤不到，瘦得像个小老鼠，所以后来一直给他补营养，补过头了，就成了现在这副胖乎乎的模样。董珍珠说，他胖吗，我觉得还好啊。陈母笑道，是胖了一点，他胃口好，能吃，管都管不住。董珍珠道，能吃是福，我爸老让我多吃，说我太瘦了，可我就是太挑食，整天啃那些鸡爪子鸭脖子，没营养——姆妈，说句老实话，我觉得你挺厉害的，一个人把陈程带大，什么事都料理得妥妥当当的，我要向你学习。——董珍珠觉得，这样闲话家常，好像也不错。婆婆妈妈的，真的像两个女人在聊天了。鸡啄米似的，笃笃笃，一句又一句，有些逢迎，又有些夸张，讨老人家的喜欢。两人一块儿剥毛豆。各人面前放个碗。她才剥了小半碗，陈母那边已是满满一碗了。她泄气地说，姆妈，你看我这么慢。陈母笑着说，慢就慢点吧，又不赶着烧。她说着，又拿小指头挑起董珍珠前额一根刘海，捋向耳后，"你才多大啊，小姑娘呢，嫩芽儿，一掐一股水。"她说这话时，语气里是有些感慨的，抑制不住的。董珍珠也朝她看，眼角的鱼尾纹一道一道，像读书时拿刀片在课桌上刻的划痕，都那么深了。那一刻，董珍珠忽然意识到，她也是个老人，跟自己父亲差不多，都是辛苦了一辈子，到了啰里啰嗦的年纪。董珍珠想到这层，有些心酸，又有些怜惜。她不晓得自己原来是这么多愁善感的人，都像林妹妹了。

陈母胃炎发作那晚，着实吓了董珍珠一跳。已是晚上十二点多了，电话铃一下子响起来，她还当是陈程，拿起电话，听到里面虚弱的声音：珍珠——珍珠——。她忙不迭地穿衣服起床，一边往外赶一边打"120"。到了那里，救护车也到了。送到人民医院，一通检查下来，天都蒙蒙亮了。诊断为急性胃炎。医生建议住院观察几天。可病房紧张得很，一时根本塞不进去。她想到了尚青青。给她打电话时，董珍珠都有些结巴了。电话那头没多说什么，丢下一句"我试试看"，便挂了。陈母是中午住进病房的。尚青青过来看过一次，陈母说了些感谢的话，她很客气，说"有什么需要帮忙的，就跟我说"。董珍珠送她出来，在走廊里说了声"谢谢"。她面无表情地道，不用谢，反正我也不是为了你。董珍珠忍着气，道，那也要谢谢的，麻烦你了。她没多说，径直走了。

陈母叮嘱她，千万别跟陈程说，"也没什么大病，免得他在那边不安心。"董珍珠答应了。她回家拿了些日用品，又煮了些白粥，原本还要烧些小菜的，想自己手艺太差，别让病人吃反了胃，倒不好了。打了个电话回娘家，说了这边的事。董父立刻说要来看亲家母，她道，才刚睡下，别吵了病人。到了黄昏时候，董父和苏丽娟双双到了医院，带了刚炖好的鸽子汤，"没放油，清淡的很，亲家母吃吃看。"苏丽娟对陈母道，有啥需要的，就让珍珠告诉我们。陈母道，谢谢谢谢。苏丽娟道，不要客气，都是一家人，应该的。董珍珠泡了两杯茶过来。董父说，你不要管我们，好好照顾姆妈。陈母道，珍珠忙到现在都没停过呢，陈程不在，也辛苦她了。

董珍珠送他们出来。董父朝女儿看，道，小姑娘，长大了嘛。董珍珠嗤的一声。董父又道，像个人了。董珍珠哎哟一声，道，爸爸帮帮忙，什么话嘛。董父笑起来，在女儿头上一拍，道，也让你尝尝服侍人的味道，你以为你生出来就会自己刷牙洗脸上厕所啊？董珍珠对苏丽娟道，阿姨，我老早说了，爸爸每次看到我吃苦头，都兴奋得不得了，好像我不是他亲生的。苏丽娟道，你爸爸嘴上跟你开玩笑，心里不晓得多心疼女儿。董珍珠撇嘴道，心疼也没啥好心疼的，又不是什么大毛病，不用端屎端尿。董父道，这次是给你练习，将来总有要你端屎端尿的一天，你自己的小孩，还有我们这几个老的，忙的事情多着呢——你以为做人那么轻松啊。珍珠我跟你讲，做人到底不是过家家，烦着呢。

董珍珠回到病房，见陈母支撑着要坐起来，忙上去扶住她。"姆妈，有什么需要就叫我。"陈母道，我想上厕所。董珍珠道，我扶你去。说着，一手推着盐水架，一手搭着她的肩，缓缓朝厕所走去。到了里面，陈母说，你出去吧。董珍珠道，没啥，我待着方便一点。陈母有些不好意思地说，我是大便，有味道。董珍珠说，没关系的。说着关上门，背朝她，嘴里道，姆妈，我不看你，你随意。陈母嗯了一声。一会儿，董珍珠听到窸窸窣窣的翻草纸的声音，接着一声冲水声，陈母轻声说句"好了"。她转过身扶起她，道，姆妈，慢点。她感觉陈母的身体软软的，没什么力气，整个人都靠在她身上。她还是第一次和婆婆靠得这么近，有些许别扭，不习惯。陈母块头不算小，把她从厕所扶到床上，费了不少力气。好不容易躺下了，陈母长长地呼出一口气，道，辛苦你了。董珍珠见她额头上都渗出汗珠了，拿纸巾给她擦拭，又打来水，给她擦了把脸。问她，想不想吃东西？陈母道，好。董珍珠便把鸽子汤倒出一点，拿块毛巾垫在她颈里。汤表面上浮着一层薄油，她轻轻地刮去，再吹凉了，一勺一勺地喂。

董珍珠洗了碗进来，听隔壁病床的人与陈母聊天，道，你媳妇真不错，你儿子呢？陈母答道，在北京出差。那人便道，你好福气哦，媳妇这么孝顺，我起初还以为是你女儿——。董珍珠装作没听见，走近了，把碗放好，又问，姆妈，要不要吃个水果？陈母摇头，道，你早点回去吧，明天还要上班。董珍珠道，我请了两天假，明天也休息——今天我陪夜。陈母道，陪什么夜呀，我没事，回去吧。董珍珠坚持道，回去我也不放心，姆妈你不要跟我客气。她说着，瞥见邻床病人赞羡的神情，心想，什么是人来疯，这就是人来疯，董珍珠啊董珍珠，你就人来疯吧。

夜深了。病房里的人都睡熟了。董珍珠在躺椅上翻来覆去，怎么也睡不着。手机振动了两下，是陈程的短信，问她怎么不在家。她回道：我在娘家呢。他又问：你在干吗？她回道：在想你。他道：我也想你，想死了。董珍珠打个呵欠，见陈母掀开被子要起来，忙上前扶她。去了厕所回来，安顿好，待要再发短信，想这么晚了，他大概也睡了。

便把手机放在一边，盖上毯子。

已是深秋了。白天还好，夜里就有些凉。窗户留了条缝，风从缝里钻进来，瞬间便让屋里温润的空气降低了几度，这与冬天的凉还不同，是让人不及提防，却陡然浸入骨髓的那种。董珍珠在陌生的环境睡不好，夜里醒了几次，想反正也醒了，索性便爬起来去看陈母，替她把被子掖紧。病床两侧都上了护栏，像摇篮。而陈母熟睡的样子，与醒时完全不同，有些趴手趴脚的，又是手短脚短，看着竟像个孩子了。董珍珠忍不住想笑。见她似是在做梦，不知梦到什么，嘴巴咕哝两下，翻个身，沉沉睡去。一会儿，又捂着胸口，皱着眉，想是胃难受。董珍珠伸手过去，帮她轻轻揉着。又去按她虎口，老人家都说按虎口能治胃痛。应该是有用，很快，她便眉头舒展了。

董珍珠走到窗前，把窗子关严了。又回到自己的躺椅上。走廊的灯光折射进来，落在地板上，白白亮亮的一个圆圈，晃啊晃的。

陈母只住了两晚，便出院了。临走前，她让董珍珠去跟尚青青打个招呼。

董珍珠在护士休息室找到尚青青，她刚买了饭。"我婆婆今天出院，让我过来跟你说声谢谢。"口气硬邦邦地。

她扒了口饭。"别客气，小事一桩。"

董珍珠心里哼了一声，说声"再见"，退出来。刚走了几步，听她在后面叫"等等"，回过头，她手拿饭盒倚着墙，似是迟疑了一下，问："陈程在那边怎么样，好不好？"

董珍珠停了停，道，蛮好。她道，真的要去一年？董珍珠道，嗯。她道，那你们也挺辛苦的。董珍珠朝她看，吃不准她是什么意思，便道，还好。两人沉默了一会儿。尚青青道，进来坐会儿？董珍珠一怔，跟着她进了休息室。尚青青倒了杯茶，放在她面前。

董珍珠朝她看。这阵子似是又瘦了，脸色也有些黄。头发倒是长了，披到颈上，有几根分叉了，毛毛糙糙的。董珍珠喝了口茶，没忍住，道，头发该剪了。她似是有些意外，怔了怔，道，是啊。董珍珠放下茶杯，瞥见她手指空秃秃的，戒指早摘了，随即想到她已是个离婚的女人了，心里忽地有些难受，也不知怎的。

　　董珍珠问她，最近好吗？她道，老样子，混日子呗。董珍珠嗯了一声，也不晓得再说些什么好，又有些后悔进来，刚才该扬长而去才对。这个女人，打她老公的主意，到现在连一句"对不起"也没说过。董珍珠只好再拿起茶杯，喝了一口，装作很随意地朝四周看。尚青青问，老公不在家，是不是有点不习惯？她飞快地回答，有什么习惯不习惯的——老公是去工作呀，又不是一去不回。她又故意问她，你呢，现在一个人了，是不是蛮自在？她瞥见她脸上肌肉微微抽动了一下，心想，你是活该。

　　两人这么对峙，有些像煎熬了。董珍珠用手指轻叩着茶杯边沿，发出"叮叮"的响声。她想走，又似被什么牵绊着，就那么尴尴尬尬地坐着，脸上作出悠闲的样子，心里别扭得要命。好像，又不全是恨，还夹了些别的，自己也说不清的。听她说了句"珍珠，你好像变了"，转过头，朝她看。她说下去，"换了过去，你老早就把难听的话说出口了，哪会这么安静坐到现在——我倒要看看，你能撑到什么时候。"

　　"嘿，我偏不说，憋死你。"话一出口，董珍珠便懊恼了，怎么像小孩似的。果然，尚青青笑了笑。"真面目露出来了，我就晓得你撑不住。"逗她似的。

　　两人都停了停，像是有什么东西在两人间流动。只一瞬间，便似流经了全身，本来硬邦邦的，此刻一点点变得柔软了、纤弱了。她不由得拿自己的心去看她，又用她的心看自己，看得似更清楚了些。好像，换个角度，想法便也不同了。她甚至想，她其实也没有怎么样，只怕连陈程的手都没拉过呢，也作孽。又想，方波那样的男人，换了谁当她的老婆都受不了，怪只怪陈程太讨人喜欢，感情这东西，就是老天爷也没办法——董珍珠不晓得自己原来这么大方，都有些傻帽了。

"你，真的喜欢我老公？"董珍珠话一出口，便想打自己嘴巴。

她笑笑，"我要是真的喜欢，你就让给我？"

"不让！"

"那就是了——问了也是白问。"

半晌，尚青青说，等有空，再出来喝茶？——说得小心翼翼，又有些彷徨。

董珍珠嗯了一声。

回到家，董珍珠从手机里翻出以前两人合拍的照片。搂着肩，很亲密的样子。闹翻的那阵子，她差点要删了照片，到底是下不了手。那时她想，这女人间谍似的，在她身边潜伏了这么久，真阴险。依着她的个性，恨不得上去抽她两个耳光。想想罢了，终是不会。又好像，她始终是给自己留了条后路，不至做绝了。毕竟，她是她最要好的朋友。

一会儿，她收到尚青青发来的短信——"对不起。"

她想了一阵，回了一条过去——"祝你幸福。"


春节时，陈程回来待了一个星期。很快又走了。虽然来去匆匆，但也非全无收获——不久，董珍珠怀孕了。

电话里，陈程得意无比："功课没有白做——"

苏丽娟陪董珍珠去医院做检查。医生说，母子都非常好。回去的路上，苏丽娟问她想吃什么，董珍珠思考了半天，道"红烧排骨"。

苏丽娟便叹口气，道，你这个喜欢吃酱油的毛病是改不掉了，当心将来小孩生出来一脸雀斑。说完又连连打嘴，道，呸呸呸。

董珍珠笑起来，道，雀斑就雀斑，没关系的，我们家宝贝讲究心灵美。苏丽娟道，心灵要美，外表也要美。说着，朝董珍珠看，道，我说啊，你这胎肯定是男孩，看你的样子就晓得了。董珍珠道，你怎么晓得——你又没经验。话一出口便觉得不对，幸好苏丽娟没察觉，又说了下去，道，怎么不是男孩，你看你，脸肿成什么样子，妊娠纹这么早就出来了，身子也重——一看就晓得是男孩。董珍珠笑笑，道，我晓得了，生男孩的妈妈都特别难看。苏丽娟道，也不能说难看，反正啊，只要孩子好，自己难看也就难看点了，是吧？

董珍珠瞥见她眉飞色舞的样子，竟像是自己生小孩似的。忽然想到她嫁给父亲后一直没有生养，孤零零的一个人，倘若她生个小孩出来，想必会比现在快乐得多。董珍珠以前从未想到这层，直至现在自己怀孕了，从母亲的角度考虑问题，才突然间发现，她真是很难得的。虽然她未必是为了自己而这样，但无论怎样，那么多年下来，就算是硬撑做戏，也是不易了。

"妈妈长得难看一点无所谓，反正外婆好看就可以了。"董珍珠故作随意地说了句。

苏丽娟怔了怔，随即朝她看。董珍珠眨了眨眼睛，"怎么，我说错了吗？"

苏丽娟没说话，转而把目光移到董珍珠肚子上，"怎么几天不见，肚子好像又大些了——真是的，又大些了呢。"她有些忙乱地低下头，又撑开阳伞，遮住董珍珠，"太阳大，可别晒坏了——"

董珍珠怀孕七个月的时候，张捷结婚了，邀她去喝喜酒。新娘是2号里的阿美。到底是浮出水面了。喝喜酒的人都说，张捷啊张捷，你再不结婚,就成老梆瓜了,倒贴给人家也不要了。张捷那天显得格外的听话,大概是身上的西服太紧,束缚住了。小三子似的,谁来敬酒都喝。连伴郎都不用。婚礼进行到一半,他竟似就醉了,在那里摇摇晃晃的。董珍珠仗着自己是大肚子,上前给他拦驾,"算了算了,再喝下去新郎官要出洋相了,就没戏唱了。"谁晓得他朝她一挤眼,在她耳边轻声道:"珍珠妹妹,没事的,我老早七八粒'海王金樽'下肚了,不怕。"她道:"你以为是金丹啊,十三点兮兮的。"两人交头接耳,一旁的新娘子不开心了,一把扯过张捷,"你啥意思啦——"阿美在中百一店当售货员,嗓门脆得像刚摘下的青瓜,叽叽呱呱的。张捷赔笑作揖了半天,她还是板着脸。旁边人都笑,新娘子吃大肚子的醋了。又有人说,张捷这是活该,当初又是秀秀,又是莉莉,莺莺燕燕一大堆,潇洒得不得了,如今也轮到他吃苦头了。

回去的车上,董珍珠收到陈程的短信:宝贝好吗?董珍珠回道:很好。他又道:宝贝的妈妈好吗?她道:也很好。他在屏幕上打了个大大的笑脸:"棒极了!"

窗外,一轮圆月挂在树梢。很乖巧的模样。今天好像又是十五了。她发了条短信过去:我在看月亮。你呢?他回道:我在看你。她道:胡说,我在哪儿呢?他回道:你在我心里。

董珍珠微笑了一下,捋了捋头发。很快的,回过去:

"你也在我心里,一直都是。"

## 大城小恋

一

下班前,苏以真接到钱文薏的电话,说晚上大学同学聚会。在来福士广场的港丽餐厅。"听说杜原会携眷出席。打扮得漂亮点,把那小女人比下去,让杜原后悔——"

隔着电话,苏以真恨不得一手捂住那个大嘴巴,再三关照:

"这件事只有你一个人晓得,要是告诉别人,我是肯定肯定会生气的。"

钱文薏让她放心,"我这人最有分寸了,什么该说,什么不该说,心里清清楚楚。"

晚饭时,杜原果然带来了女朋友,长相甜美,娇小玲珑,说话嗲得像湖州粽子。一众男生私底下都夸杜原眼光不错。钱文薏却不以为然,说杜原是乡下人的品味,一点儿也不大气。

"现在的女人,不到一米六根本就谈不上有身材,脸一看就是化妆出来的,老粉涂得比一块钱硬币还要厚,又不是上舞台,居然还戴假睫毛，口红艳得像要吃人，哪里比得上我们苏——"苏以真不待她说完，挟起一块虾胶鸡翅塞到她嘴里，加重语气："多吃菜，少说话。"

钱文薏并不罢休，两杯酒下肚，居然又劝苏以真想开些，放开怀抱，"天涯何处无芳草——"弄得几个同学都问苏以真是不是失恋了。苏以真只好瞎编，说前阵子搞办公室恋情，被甩了。同学都表示愤慨，说那男人一定是近视眼，眼光绝对有问题。

钱文薏在一旁咯咯直笑，"巧得很，这男人也姓杜——"

苏以真笑眯眯地把她拉过来，在她耳边道："再敢多说半个字，以后就不是朋友了。"

散席后，大家说去泡吧。苏以真要回家，被钱文薏硬拉去了。喝了好几轮，每轮走几个老的，又来几个新的，手机一圈圈地打，到最后，原先的同学已所剩无几，都是同学的同学，朋友的朋友。没几个认识的。名片雪花似的散。苏以真手里抓着一把，大多是些会计事务所、银行的白领。彼此说些不着边际的话，你好我好大家好。苏以真几次要走，都被钱文薏留住。

"我是要喝到 high 的，你走了，谁送我回家？"

苏以真只有留下来。钱文薏劝她打起精神，"你看，这里坐着的全都是精英、青年才俊，你伸手一捞就是一把。哪个不比杜原强？你对他们笑一笑，他们骨头就要轻三两——"

苏以真恨恨地道，"看着吧，下次我要是再把心里话告诉你，就从东方明珠跳下去。"

钱文薏打个酒嗝，说，其实暗恋也没什么，不丢人。苏以真道，是不丢人，但也不必整天挂在嘴上。钱文薏道，是杜原那小子没眼光，等我给你找个比他好几万倍的男人，活活气死他。

苏以真叹了口气，幽幽地说了句："他又不晓得，怎么气得死？"

钱文薏说她,"所以说呀,现代女性哪有你这样犯傻的。都六七年了,要是早点说出来,现在小孩都读幼儿园大班了——你就憋着吧,憋到人家结婚,还要倒贴一封红包。人财两失。"

苏以真不说话,陡的拿起旁边一瓶酒,往嘴里灌去。

这一晚过得混乱无比。苏以真记不清自己到底喝了多少酒。一杯接一杯,没停过。眼前人影晃动,有劝酒的,唱歌的,还有说黄段子的。嘈杂得一塌糊涂。后来,也不晓得过了多久,有人扶起她往外走。她眼前发黑,脚下软绵绵的,像踩在棉花上。没有一丁点力气,整个身子都靠着这人。迷糊中,听见旁边一人问:

"刘言,你一个人行不行啊?"

苏以真听了哈哈大笑,手指一下下地点着那人的鼻子,"流言,怎么叫这个名——"话没说完,便被这人架着往外走。到了外面,风一吹,苏以真"啊"的一声,张口便吐个唏里哗啦。这人"哎哟"一声,"怎么说吐就吐——"手依然是牢牢地扶住她。一会儿,又给她披上外套。轻轻把她垂到面前的刘海往后捋去。

"好了好了,吐出来就好了——"一双手在苏以真背上拍了拍。隔着衣服,还能感到几分暖意。苏以真没来由的一阵心酸,眼泪不觉便流了出来。"难受是吧,一会儿就好了——"他哄小孩的口气。苏以真想说"谢谢",嘴巴张了半天,却一个字也发不出来。这人叫了辆出租车,问她:

"你家住哪儿?"

苏以真比划了半天,好不容易把地址说清了。司机回头关照那人:

"哎,别让她吐,我刚换的车垫。"

苏以真倚着车窗。人感觉好些了。脑子也清醒了些。她朝那人看去——是个二十出头的年轻男人,留着李小龙似的头发,圆脸,两颊有好多青春痘。很深的双眼皮。

"谢谢啊——"苏以真大着舌头,"呃,我朋友呢?就那个穿花裙子的女人。"

"醉的比你还厉害呢——放心,有人送她回去。"

"谁啊?可不可靠的?"她问。

年轻男人笑笑,"不错啊,喝醉了还这么忧国忧民——放心,绝对可靠,比我还可靠。"

苏以真嗯了一声,想这人挺有意思。一会儿到了家,男人扶她下车,问,"一个人上楼没问题吧?"她使劲点头。男人又跑到门卫那儿打招呼:

"这女的喝醉了,麻烦关照一下——这个,我不方便上去。谢谢啊。"

苏以真摇摇晃晃地走上台阶,朝他挥手,"走吧,再见。"

回到家,倒头便睡。睡得昏天黑地。次日早上醒来,瞥见身上的外套,一愣,忘记还给人家了。平生第一次喝醉酒,还当着陌生人的面,实在是狼狈。苏以真回忆了半天,隐约记得那人叫"流言",好像在会计事务所里工作。把包里乱七八糟的名片翻了个遍,都没找到这人。只得给钱文薏打电话。钱文薏也说不认识。"我帮你问问,肯定有人知道。"

干洗好的外套挂在衣架上。苏以真懊悔得要命。人家还是个小阿弟呢。真是有些不成体统了。又觉得自己傻到了极点。那晚杜原早就走了,根本看不见她一反常态的疯样。就算见了,也不会有一丁点的怜惜。她是个彻头彻尾的傻子。钱文薏说得没错。从大二起到现在,整整七年,两千多个日夜,她把那三个字藏在舌头底下,小心翼翼地,加了盖、上了锁。好东西放久了会变成垃圾,好话也是如此,过了保鲜期，就烂在嘴里了。说出来就是一团浊气，夹杂着陈年的腐味。只好没头没脑地咽下去，烂在肚子里。难受是难受，但好在别人并不知情，总算是少了些难堪。

公司附近新开了家川菜馆。同事们说要尝鲜，午饭便订了这家的工作套餐。苏以真不吃辣，照例是去马路对面的日本料理。秋刀鱼、茶碗蒸、味噌汤。味道谈不上十分好，但原料新鲜，服务也不错。吃完慢慢踱到公司，电梯来了，她走进去，正要关门，忽地一只手从外面扶住了电梯门。随即一个男人挤了进来。

"不好意思哦——"

苏以真转过身，对着镜子整理头发。见那人戴顶棒球帽，手里拎着几个饭盒，衣服背后印着"××川菜馆"，牛仔裤洗得发白，都破出洞了。电梯快到的时候，这人一回头，忽地瞥见镜子里的苏以真。两人目光相对，都是一怔。

李小龙似的发型，满脸青春痘。这人赫然便是那晚的年轻男人。

苏以真惊讶极了，"咦，你怎么——"总算是反应快，生生地把后面半截话缩了回去。这副模样，自然是来送外卖。衣服上都印着LOGO呢。他不可能在会计事务所上班。那天晚上是胡诌。怪不得找不到他的名片。苏以真没有让错愕在脸上停留太久，很快露出微笑，"你好呀，真巧。"

男人也说了声"你好"，换个手拿饭盒。有些尴尬。

"你的外套还在我那儿呢。总算找到你了——你在这家饭馆上班对不对？明天我把衣服拿过来给你。"苏以真客气地向他道谢，"那天晚上真是麻烦你了，很不好意思的。"

电梯门打开，两人一前一后地走进办公室。男人放下饭盒，收了钱，临走时朝苏以真瞥了一眼。苏以真坐在靠窗的位置，埋着头，很认真地看报纸。小小年纪就不学好,泡吧也就算了,还豁胖充大。苏以真挺看不惯他。等他走出去,又想,人家到底帮过自己,豁胖不豁胖,是人家的自由。便有些后悔,该表现得热情些才是。失礼了。见一帮同事在一旁吃得津津有味,直说这家店味道不错,又实惠,明天还订他家的。苏以真一想也好,明天又能见到他。也省得亲自把外套送过去了。

年轻男人叫刘言。是川菜馆的小工,青浦人。连着几天,办公室都订川菜馆的午餐。大家很快便与他混熟了,开口闭口"小阿弟",还撺掇他去问老板要打折卡。他真的要来了一张,堂吃八折,外卖打九折,说一次性满两百元也可以打八折。大家算来算去,两百元实在是凑不满,便建议苏以真也订他家的,多一个人就差不多了。苏以真不肯,说吃辣过敏。

刘言一旁听了,忽道:"我们家的川菜保证不过敏。"

苏以真好笑:"你怎么晓得?要是过敏了,怎么办?"

"要是过敏了,"他道,"这顿饭我来买单——不光你那份,大家的都我来买单。"

大家跟着起哄,说小阿弟为了拉生意,豁出去了。老板请了这样的伙计真是有福气。又说苏以真再不吃就不够朋友了。刘言一本正经地朝苏以真看,很有信心的模样。苏以真想这人真是多管闲事,吃不吃辣与他什么相干了。转念又想,若不是多管闲事,那晚也不会送她回家,素昧平生叨扰人家。说到底还是个热心人。心一软,"好吧好吧,吃就吃。"

第二天午餐送来。水煮鱼、铁板牛肉、手撕包菜、酸辣汤。刘言单独替苏以真包了一份,菜和汤分开,配了湿纸巾和水果,很干净的样子。"做你生意不容易,给你搞点特殊化。"刘言说这话时,并不看她，而是朝着旁边，漫不经心似的。苏以真嘿的一声，心里竟不自禁地暖了暖。

水煮鱼红艳艳的，色泽很好。她挟了筷放进嘴里，顿时便朝刘言看去。刘言问，好吃吧？她不答，又挟了筷牛肉。吃一口，朝他看一眼。刘言说，专心些，才品得出味道。

大家问她感觉如何。她道，谁晓得呢，就算过敏也不会这么快。快下班时，收到一条短信："没过敏吧？刘言。"她奇怪他怎么会晓得自己的手机号码。再一想，那晚应该给过他名片。想不理会，又觉得不好，隔了半晌，回了条：

"忘记告诉你了，我吃番茄酱也会过敏。"

第二天，刘言送午餐过来时，依然给她单独装一份。

趁别人不注意，她问他，为什么要拿番茄酱冒充辣油，"不怕我说出来吗？"刘言说不会。"你一看就不是那种咋咋呼呼的女人——再说了，与其吃那种小日本的淡不拉叽的东西，还不如吃我们的。生鱼片哪有水煮鱼好吃啊。你实惠了，我们也实惠。这叫两全其美。"

他说川菜馆是他一个远亲开的，请了个正宗的川菜师傅，几十年的老手艺，比"俏江南"、"川国演义"还要好。他高中毕业没考上大学，索性不读了，在外面打零工。洗过碗、搬过砖、发过传单，还给死人化过妆。"不是人人都能穿西装戴领带在办公室吹冷气，我没那个命，拿家里的钱去读个夜大什么的，没意思，还不如早点出来干活。三百六十行，行行出状元。"他说话时，语气透着些许不羁。说完还吹了记口哨。

苏以真朝他看。心想这人年纪轻轻，想法倒挺成熟。

"你几岁，"她逗他，"是九零后吧？"

"比九零后大三岁，跟你一样，都是八零后。"他道。

苏以真嘿的一声，瞥见他脸上密密麻麻的青春痘，想，小朋友一个，还吃大姐豆腐。"八零后也分好几代呢。你穿开裆裤的时候，姐姐我已经在学校里当升旗手了。"

"在我们学校，都是读书最差的学生当升旗手。"他故意气她。

她咻的一声，问他："那晚为什么说谎——明明在川菜馆上班，干嘛说在会计事务所？"

他道，"不是我说谎，是一个朋友替我吹的牛，说反正是来凑数的，将来也不会见面，就算吹自己是副市长也没关系。谁认识谁啊。"

苏以真又问："那干嘛送我回家？谁认识谁啊。"

"你以为我想啊——谁让你坐的离我最近？旁边几个男的都醉得不成样子了，我要是不送你，你肯定在酒吧待上一通宵，上海治安又没那么好——总之是看不下去，心想就做一记好人吧，好心有好报。"

苏以真笑笑。"这话对，否则我也不会订你家的午饭——我没骗你，我是真的不能吃辣，以前有一次跟同学去吃香辣蟹，结果大腿肿得跟猪腿似的，在医院吊了一夜盐水。"

"啊？"他很惊讶。

"所以啊——我是冒着生命危险，订你家的川菜。"苏以真笑。

后来，苏以真每次想起这层，便觉得诧异——又何必理会他呢，照旧吃自己的日本料理不是挺好？清爽又健康。没来由地给他一激，竟真的订起了川菜——虽说是番茄酱版的川菜，但总归多一事不如少一事，多了人家的功夫，也添了自己的麻烦。搞得每次吃饭都跟做贼似的，生怕被同事察觉，远看是没啥，走近了一眼便能看出端倪，明明红得吓人，却是一股甜香，辣椒籽也没半颗。再说又是单独包装。有多嘴的同事已经嘀咕了，"怎么天天开小灶——"

她把这层顾虑跟他一说，他脑筋转得倒快，送餐的时候，给她一小包辣油打开放在旁边，"这样别人就闻不出来了——"她不便说，其实不光是这个，总觉得哪里不妥。有些那个了。讲不清。她好奇他是怎么把番茄酱放进菜里的，又不是掌勺的师傅，怎么做的手脚。味道倒也不难吃。川菜做成淮扬菜，是另一种风格。应该费了不少心思。再说了，他不嫌麻烦么，赚的钱又不是他的。

苏以真想，还是吃回日本料理算了。可一来同事那边不好交代，二来总觉得欠了刘言的情，那天晚上送她回家是一桩，天天往菜里加番茄酱又是一桩。苏以真觉得自己做事拖泥带水已经到了一种境界了。七年都不敢对杜原表白，现在连订个工作午餐也是牵丝绊藤。

星期五那天，换了个女孩送外卖。女孩说刘言家里有事，请了假。没有小灶，苏以真头一次吃起了大锅饭。同事们开她玩笑——小阿弟一请假，大阿姐待遇就直线下降了。苏以真被正版水煮鱼辣得舌头发麻，索性也不辩解，笑眯眯地由大家说去。一副身正不怕影子斜的态势。

下午接到刘言的电话，第一句话便是"没过敏吧？"

苏以真吓他："脸上都起红疹了。"

"啊！？"他紧张起来，"要不要紧——真是对不起，我今天有点事，忘记关照他们了——你怎么还在上班啊，快去医院看看，免得又要吊盐水——"

"请病假要扣工资的，"她道，"我这月公休全用掉了。"

"那也要去医院啊，你这个人真是——中午吃份日本料理就要花掉六七十块钱的人，还计较这些小钞票，你是不是脑子不好使啊，"他居然骂起她来，"快去请假，就算不去医院，回家睡一觉也好啊。黄梅天，正常人也觉得皮肤发痒呢，更何况你这种容易过敏的——"

苏以真挂掉电话，便有些后悔。好端端的去招惹人家。听他的语气，应该是真的急了。拿过手机，在屏幕上打道："我挺好的，跟你开玩笑呢"，想想不妥，又删了。心里觉得挺不好意思，一把年纪了还寻小弟弟开心。

一会儿，收到刘言的短信：去医院了吗？她回道：去了，在排队。

下班出来，远远的瞥见刘言站在门口，双手抱胸，一副似笑非笑的表情。苏以真吃了一惊，脸都有些红了。几个同事走过，跟他打招呼。她便也没事人似的，上前道了声"你好"。转身便走。他不紧不慢地跟在后面。到了路口。她停下来，回头朝他笑。

"不好意思哦。"她觉得自己像个做错事的小孩。

"红疹消得蛮快嘛。"他走到她面前，"一点印子也不留。"

"开个玩笑，别生气。"她道。

"有啥好气的，"他嘿的一声，把手插进裤袋，耸着肩膀对她笑，"我良心没那么坏——我宁可被你骗，也不希望你真的皮肤过敏。"

苏以真听了，忍不住朝他看去。见他也在看她。忙把目光移开。那一瞬，心头好像被什么轻轻拨了一下。都听到"吧嗒"一声了。忙不迭地转过身，继续往前走。

他跟上两步，走在她前面。两人一前一后地走着。他一米七出头，而她是一米六九，穿上高跟鞋还比他还高了半个头。好在他肩膀宽，走路胸挺得很直，看着还不算太矮。况且她也不是那种高高瘦瘦的竹竿身材，所以落差并不十分大。苏以真想，要命，居然研究起这些来了。

她对他说，还是不习惯川菜，"也省得天天麻烦你了。我照旧吃我的日本料理。"

他噢了一声，"麻烦倒也没什么麻烦——随便你。"

他告诉她,他在向那个川菜师傅学手艺,"师傅夸我手上挺有感觉,让我跟着学,慢慢来——昨天师傅让我试做了一道铁板牛蛙。看他的脸色,应该还过得去。"

他瞟她一眼,道:"可惜你不喜欢吃川菜,否则迟早能吃到我亲自烧的菜。"

苏以真没吭声,半晌,没头没脑地说了句:"这个,你为什么一定要我吃你们店的菜?"话一出口,便恨不得打自己个嘴巴。白痴一样的问题。

"你不晓得吗——不晓得我为什么要这么做?"他朝她看。

她心里一跳,脸上若无其事的:"不晓得啊,为什么?"

"真的不晓得?"

"不晓得。"

他停下来,对着她,隔了几秒钟,很认真地道:"因为有回扣——拉一笔生意,就是一笔回扣。"

苏以真一怔,随即笑了笑。笑容有些僵,肌肉被什么牵制住,非常不自然了。忙转过身,心里暗自舒了一口气。只是却不觉得轻松,那口气在像个饭团,竟噎在喉咙里了。她干咳了两声。又用手捋了捋头发。

"哦。"她暗骂自己多心。不是这个原因,还会是什么原因呢。

她正要走,忽地一只手从后面拽住了她的胳臂。她听到他带着笑意的声音:

"装憨啊,老阿姐?"

她还不及反应,他已一把抱住了她。

她闻到他身上淡淡的洗衣粉的清香,一时有些转不过神来,都有些迷糊了。那一瞬,她脑子里忽地闪过一个想法——倘若当初也对杜原稍有些暗示,不晓得情况会怎样?整整七年不假辞色,保密功夫做得比安全局还要周到。现在只是短短几天功夫,便隐隐约约对一个陌生男人表露了好感——这么急转直下的,是不是叫矫枉过正呢?

她缓缓地,搭住他的腰。犹犹豫豫地,手指弹钢琴似的,搭上了又放开。不着力地。路灯下,她看见两人拥抱的影子——他把头埋在她的肩上,像孩子倚着妈妈——她竟有些想笑了。

## 二

黄梅季过后,雨依然淅淅沥沥下了一阵。天空像匠人笔下的水墨画,总是青灰一片。

外婆的关节炎又犯了,苏以真陪她看医生,配了些膏药,又找了家专门店拔火罐。湿气太重,拔出来的罐上都有水印了。苏以真给外婆买了台抽湿机,放在房间里,只小半天,便能倒出一脚盆的水来。外婆说现在节气都乱了,农历五月底了,早晚还阴冷得很。没病也弄出病了。

苏以真把母亲寄来的照片带给外婆——在自家的饭店前,倚着父亲,夫妻俩笑得很甜的样子。外婆仔细端详了一阵,说你妈越来越瘦了,你爸倒是又胖了不少,肉全长到你爸身上去了。苏以真说,我妈是怎么吃都不胖,不像我爸,再辛苦照样长肉。

外婆摇头,"那种穷山恶水——"

苏以真笑笑,晓得外婆又要唠叨了。照片每隔两月便会按时寄来,胖了瘦了,丑了美了,黑了白了,一目了然。为的是让外婆放心。当年母亲那决然一走,伤了外婆的心。照外婆的想法,自家的女儿,如花似玉的一个丫头,就算是市长都未必舍得嫁。真正是宝贝疼惜到了极点。偏偏就被父亲那样一个傻小子给勾了魂去。怎么劝都不听。最后更是干脆,双双一走了之,去了卡塔尔那种听都没听过的地方。"做野人去了——"外婆真正痛煞。

"卡塔尔不是穷山恶水,是富得流油,不用干活都能过好日子。"苏以真这么安慰外婆。心里晓得,只有土生土长的卡塔尔人才有这种优遇,外国人根本没这么幸运——总算苏以真的父亲,一个苏北乡下的愣头小子,靠着一股韧劲,硬是在异国他乡扎下根来。越做越好,越做越大。这些外婆不是不晓得,可嘴上终是不肯服软,不肯承认女儿嫁得不差,成日里纠缠着父亲那一口苏北腔,"再怎么样,也是个苏北人,这块那块的,跟王子拍照又怎么了,能多长块肉么"——外婆是说前几个月,父亲与卡塔尔王子的合照。王子包着头巾,满脸络腮胡子,眉眼很英武,搭着父亲的肩。据说签名照都挂在饭店墙上了。真正是金字招牌。卡塔尔境内的中国饭店本来就少,有王子亲临的中国饭店就更少了。这下想不好都难了。

苏以真出生不到半年便被送回上海。卡塔尔气候太热,又干燥,苏以真一落地便水土不服,七灾八难的。可一回到上海便好了,也实在是蹊跷。此后就再没有去过卡塔尔。她是外婆带大的。女儿的骨肉,外婆打心底里疼爱。可想起女婿,又气不打一处来。好的东西都是女儿的,"看你的五官,跟你妈一模一样,秀气啊——"不好的地方,全赖上女婿,"一个女孩子,长那么高干什么,'好女不满百',晓得吗?看你那大块头——"其实苏以真并不胖,顶多称得上有些珠圆玉润,可外婆不喜欢。外婆评价人的标准完全是按着自家女儿来的,女婿是反面典型,哪怕沾着边也不行。

苏以真父母几次要把女儿接回去,外婆舍不得,苏以真也不愿意。

从小到大，苏以真与亲生父母见面的次数，十个手指头都数得过来。她爸爸恨恨地对妻子说，"我拐了你妈的女儿，你妈便也拐了我的女儿——这叫现世报。"

外婆住在卢湾区的一条老式弄堂里。地段好是好，房子却也旧得厉害。苏以真大学毕业后，便搬到父母给她买的公寓里。她让外婆也住过来。外婆不肯，说老房子有感情了，新公房住不惯。苏以真便每个礼拜去看她一回。外婆身体还行，只是比前两年更唠叨了些。

"有男朋友了吗？"每次过去，外婆都要问她。

苏以真说没有。外婆便叹口气，"你妈妈是二十出头便草草嫁了人，你却是到了二十七岁还没人要。都伤脑筋啊——"苏以真安慰外婆，"各人有各人的福气，早早晚晚的事。"

苏以真过生日那天，刘言送了她一根项链当礼物。次日上班，几个同事见了，都说款式不错，"你皮肤白，戴这种彩金的最好看了。"刘言刚好过来送餐，听了偷偷朝苏以真做个鬼脸，嘴上说，"老阿姐，男朋友送的啊？"

苏以真笑笑，没睬他。

下班后，两人去看电影。经过路口时，见好多人围着什么东西。吵吵闹闹的。走近一看，原来是个老太太被车撞了，捂着腿在地上不住呻吟。肇事的汽车早没了踪影。旁边没一个帮忙的。刘言二话不说，上前把老太太抱起来，叫了出租车去医院。诊断下来是大腿骨折。刘言垫了医药费，又联系了他的亲属。一切停当后，才想起看电影的事，抱歉道，"这下只好看晚场电影了——"

"电影不急着看，"苏以真开玩笑，"先给我签个名。雷锋同志。"

"那是因为你在旁边，"刘言老老实实地道，"否则肯定一溜烟跑了。"

"雷锋同志太谦虚。"

"不是谦虚,是说实话。刚才在车上,我其实挺慌,想万一被老太的家属揪住,硬说我是肇事者,那就讲不清了。"

"不怕,我替你做证。"

"亲属做证没用。"他握住她的手放在胸前,朝她笑。

两人去"避风塘"吃饭。买单时,苏以真付的钱,"见义勇为的奖励——"刘言叹道,你不早说,否则就去外滩三号了。心里晓得苏以真是找个机会买单。两人交往以来,都是他买单。她并不与他争。只是每次都建议去小馆子,人均二三十的那种。他觉得挺不好意思。苏以真的家境,她只字不提,他或多或少打听到一些。其实就算不打听,也能猜到。醉酒的那晚,他送她回去时已晓得了。那样的地段,那样的楼盘,连门卫都穿西装戴白手套,进出门还要鞠躬。

一次,刘言问她,她父母在卡塔尔干什么。苏以真随意地答了句"开饭馆"。他说,原来是同行啊。她笑笑。他以为她也会问他家里的情况。他都预备好回答了——父母是青浦镇上的工人,过两年便退休了。还有一个姐姐,已经嫁人生子——可她没问,一个字也不提。他猜她应该了解的。他说话带着浓重的青浦口音,聊天时总是尽量避免那些语气助词"啊哩"、"伲呀"。努力让上海话更纯正些。可越是这样,越是别扭。怪怪的。他晓得她能听出来。

上周,她父亲从卡塔尔快递了生日礼物给她——竟是一把车钥匙。她兴冲冲邀他一块儿去拿车。一辆红色的迷你酷派。他都看呆了。头发一阵阵的发麻,心想还有这种事,拍电影啊。面上一点儿也不流露出来,想,越是这个时候,越是要淡定。不能让她看轻。又想,早晓得如此,倒也不必费力买那条项链了——花了他整整两个月的薪水。项链三百块还是三千块,在她看来只怕区别不大。差得太远了,他有些沮丧地想。

两人并肩走着。他一手搂着她，一手插在牛仔裤的后袋里。牛仔裤穿了七八年了，T恤衫倒是上周新买的，佐丹奴，尺寸有些偏小，只剩最后一件打折的了，没得挑。他朝她看——永远是打扮得体，标准的淑女模样。衣服和手袋都是名牌。从上周起，她就不穿高跟鞋了，刚好跟他一样高。但女的显高，看着还是她高。刘言原先走路稍有些佝背，现在时刻提醒自己昂首挺胸，硬生生拔高了一两公分，像解放军走仪仗队，都有些古怪了。

苏以真居然说要把那辆车给他开，"我上班坐地铁只要一刻钟，开车起码半小时，没意思。"刘言忙不迭地拒绝，"我一个打工的，饶了我吧。"苏以真说，"双休日可以带你外甥去兜风。"

"男孩子要穷养。小小年纪，不作兴这么惯他。"刘言笑道。心想，她果然晓得他家的情况。

快到地铁站时，迎面撞见钱文蕙。见到两人，顿时大惊小怪起来，"这么巧——"

苏以真一怔，下意识地挣脱了刘言的手。钱文蕙瞟了刘言一眼，"朋友啊？"

苏以真"嗯"了一声，岔开话题："吃了饭没？"

"帮帮忙，都快九点了，"钱文蕙朝苏以真坏笑，"朋友，有花头啊——"

苏以真也跟着笑，给刘言介绍："我大学同学，钱文蕙。"钱文蕙朝苏以真吐了记舌头，在她耳边轻声道："口味好像变了不少。"

苏以真白了她一眼。

钱文蕙问她这周末有没有空，有个同学要出国，大家准备聚一聚，"你也来啊——"她对刘言道。刘言应了一声。苏以真说："再看吧，也不晓得有没有空。"钱文蕙哎哟一声，"吃个饭呀，花不了你多少宝贵的时间。"转身又对刘言笑,"一定要来哦。"

回去的路上,苏以真问刘言,"想不想去?"刘言耸耸肩:"我是无所谓,看你吧。"苏以真瞥见他的神情,便晓得刚才不该甩开他的手。"我当然想和你一起去咯,"她亲亲热热地挽起他的手,"就怕都是陌生人,你会不自在。"刘言笑道,"有你在,就算旁边全都是火星人,我也不会不自在。"

聚会那天,苏以真花了些心思打扮。粉红色的纱衫配牛仔中裤,头发扎得高高的,刘海边别个金色的小发夹,颈里戴一个施华洛世奇的小熊吊坠。休闲鞋。斜挎一个粉色背包。涂上水晶状的唇彩。水果味的香水。

在饭店门口遇到刘言。白西装、黑皮鞋,还带了领结。头发擦了摩丝,齐齐地朝后捋去——苏以真还是第一次见他穿得这么正式,竟有些想笑了。走进去,钱文薏见了两人,哈哈大笑:

"许文强和花仙子来了。哈哈。"

苏以真向刘言一一介绍。介绍到杜原时,两个男人握了握手。苏以真问他,"女朋友没来啊?"他笑笑:"过去式了,是前女友。"又夸她越来越年轻了。苏以真脸一红,连说"哪里哪里"。

两人找了位置坐下。刘言忽地问她:"那个杜原,以前是不是跟你谈过恋爱?"苏以真吃了一惊,"胡说八道——"刘言道:"刚才说话的时候,你都不敢看他的眼睛。"苏以真没料到他观察得这么仔细,都有些口吃了,"谁、谁不敢看啦——"

刘言摆摆手,反过来安慰她:"没事,我一点儿也不在乎。谁没个过去呢。"

苏以真听他老气横秋的腔调,不禁好笑:"那你呢,你有没有过去?"他道:"我是白纸一张,清清爽爽。"她嚯的一声,"不是白纸,是白痴——小白痴。"说着，在他头上敲了一记。

去卫生间补妆时，遇到钱文慧。钱文慧问她刘言的情况。苏以真照实说了。钱文慧瞪大眼睛："你是不是受刺激了？"苏以真替她洗脑子："别势利眼——人好比什么都重要。"钱文慧劝她考虑清楚，又说到杜原与女友分手的事。"杜原吹了，你倒又谈上了，你们两个人真是有趣。"苏以真不想纠缠这个问题，匆匆出来。瞥见同学们三三两两地在聊天，唯独刘言干坐着，手里拿着一张名片在看。她猜那应该是杜原的名片。走近了一看，果然是。

"是不是有些闷？"她坐下来，问他。

刘言把名片放好，伸个懒腰，"我也去印张名片吧。在这种地方，没有名片就像没穿衣服一样。"

苏以真笑道："好啊，就印'川菜馆总经理助理兼首席公关'。怎么样？"

"不好，"他道，"只要印'苏以真的男朋友'就可以了。言简意赅。比国家主席还有面子。"

回去的路上，两人都不怎么说话。苏以真有些后悔参加这次聚会。那些同学都是老江湖了，一个个混得比人精还要精。只盯着有用的人，说有用的话，做有用的事。像刘言这样的，连敷衍也省了。况且还有杜原的事。她朝他看，想说些逗他的话，又不知该怎么说。

到了她家门口。刘言道了声"上楼当心"，转身便走。她望他的背影。摩丝时间长了，黏性不够，头发变得参差不齐，像倒刺。看着很别扭。电梯里，她照镜子，见自己一身粉红色系，只差没在头上绑根粉红头绳了。也难怪被钱文慧嘲成"花仙子"。又想到刘言的西装，应该是问别人借的，并不怎么合身，胳膊那块有些紧。白西装配领结，也亏他想得出来。

一个是装嫩，一个是小孩穿大人衣服——都是一样的煞费苦心。

苏以真想笑，不觉竟又叹了口气。

连着几天，他都没联系她。短信也没一个。苏以真起初是歉意，后来也有些不舒服了，想又没人硬逼你去，这是做给谁看呢。刚好老板找她，说临时有个去北京出差的任务。她想也不想便答应了。也不通知他，收拾好行李，下午便走了。

刚到宾馆，收到他的短信："你在哪儿？"她回道："北京。"一会儿，他打电话过来，问她，"怎么也不说一声？"她道，"又不是去玩，出差有什么好说的。哈。"怕语气听着太生硬，最后加了声"哈"，听着竟像是小沈阳。两人没说几句，便挂了。苏以真心里郁闷，想，算什么名堂。找了个北京的老同学，吃饭、唱歌。一直玩到半夜。第二天上午没事，睡到十点多，忽听到有敲门声。

她爬起来开门，一看——竟然是刘言。

"还在睡呢？我一不在，你生活就没规律了。"他朝她笑。

他是坐晚班火车来的。没买到卧铺票，坐了一夜。苏以真问他，怎么晓得她住这个宾馆。他回答，只要有心，什么事都能打听到。苏以真朝他看，眼圈有些发青，应该是一夜没睡。挺不好意思，自己在电话里语气不好，他必然是听出来了，否则也不会这么风尘仆仆地赶来。

她让他下午在宾馆里睡一觉。晚上陪他去"全聚德"吃烤鸭。刘言是头次来北京，一会儿说想爬长城，一会儿想去故宫，一会儿又说不去这些老地方了，去鸟巢和水立方。苏以真让他订个计划，"反正这两天我尽量腾出时间来陪你，你想去哪儿都行。"刘言想了半天，说还是去长城吧，"不去长城非好汉，像我这样的好汉怎么能不去长城呢？"

吃完烤鸭回来，刘言说另外再开一间房，拿着皮夹要去前台。苏以真拦住他,"算了吧,难不成还怕你吃了我?"刘言倒有些扭捏了,洗完澡,裹个严严实实出来,钻进被窝。苏以真本来也不是很放得开的人,见他这样,也忍不住滑稽。怕他害臊,脸上一点儿也不敢表露出来。两人早早地关了灯,像小朋友那样乖乖睡觉。都朝向两侧,背对背,当中留了好大一块空当。

周围安静的很。能听得到彼此的呼吸声。苏以真本已有些困了,却一点也睡不着,眼睛闭上又睁开,反反复复的。听他的呼吸声也不均匀,应该是也醒着。过了一会儿,刘言忽问:

"'投行'是什么?"

苏以真一愣,猜他说的是杜原。"'投行'范围很广,简单来说,就是给企业包装上市、私募基金什么的。"

"很赚钱吧?"

"还可以——干嘛问这个?"

"没事,瞎问问。"

苏以真想,他终究还是耿耿于怀。索性把话说开,"有些东西,别人看得重的,我未必是这样。你应该晓得我家的情况。我缺什么,不缺什么,你应该也晓得。"

他不吭声,半响,问她:"你缺什么?"

苏以真转过身,瞥见他微拱着肩膀,后脑勺那里鼓出来一块,头发格外浓密。她凑近他,用手指在他背上画了个"心"。他觉得痒,肩膀一耸,"老阿姐,勾引我吗?"要转身。她不让他转,按定了,在他背上又画了个"心"。

"我缺这个——你有吗?"她道。

他嘿的一声,"大饼吗?"他开玩笑,"老阿姐想吃大饼?"

她在他背上一遍遍地画着"心"。"我只缺这个,别的,我什么也不在乎。"他转过身,看着她,"这个,我有。"苏以真笑了一下,"那就行了,一点问题也没有了。"

他看她,眼睛里有什么东西在流动。他应该是想抱她,可又有些不敢。苏以真伸出手臂,揽住他,把头放在他胸口。他依然是不敢动。她抄起他的手,搭在自己背上。他的手很大很温暖,贴在背上,像个暖宝宝。

月光从窗帘缝隙里透了些进来。她瞥见他两颊的青春痘,鼻子毛孔有些粗,泛着油光。平常不觉得,此刻细看起来,五官是带些稚气的。嘴巴到下巴,那样圆圆的一个弧度,只有小男孩才是这样。有些乖巧的模样。再怎么扮老成也遮掩不住的。苏以真忽觉得有些惭愧,他比她小了整整四岁——这四岁的缺口,他是用了心去补的。即便什么也不做,本身也已是不公平。苏以真忽想,换了是她,他再不开心,也不会巴巴地从上海赶到北京。

她说要挤他的青春痘。他不肯,"我的青春痘,是留给自己挤的。好不容易养熟了它们——"苏以真不依。他便指着额头那个最大的,不甘愿地,"好吧,这个给你挤。"苏以真拿了纸巾,两头按住,一挤,"啧啧——真脏。"他忙不迭地让开,"这么大一颗,我还舍不得让你挤呢。"

第二天爬长城,苏以真到一半便没力气了,要打退堂鼓。被刘言连拖带拽硬架了上去。"老阿姐,身体不行啊。"她道,"就是,不好跟小朋友比。"好不容易到了顶上,感觉半条命都去掉了,话也说不完整了。找了个路人替两人合照。刘言一手做出胜利的手势,一手搭住苏以真的肩膀。"好,一、二、三!"闪光灯亮起时,刘言忽地凑近她,在她嘴角亲了一下。

"这张照片,我是要留一辈子的。"他笑得贼忒兮兮,"叫'吃老豆腐'。"

从长城下来，苏以真说想去北大看看，"来北京这么多次，还没去过北大呢。"两人便叫了车去北大。到时天色已有些暗了。手搀手走进去，绕着未名湖转了一圈。刘言说，大学弄得这么漂亮，跟风景区似的。苏以真道，就是。

两人在湖边长凳坐了一会儿。微风轻轻拂过脸庞，很惬意。他问她：

"读大学是什么感觉？"

她说，也没什么特别的，就是读书呗，跟小学中学比起来，稍微自由些。他哦的一声。苏以真瞥见他的神情，故意逗他，"这个世界啊，大学生多得数也数不清，可正宗的川菜师傅没几个——川菜师傅比大学生值钱多了。我还等着吃你做的水煮鱼呢。"他嘿的一声，问她，"不怕过敏吗？"她道："为了捧你的场，豁出去了。"他呵呵笑道："老阿姐给面子的。"

第二天返程，苏以真下午的飞机。刘言买了上午的火车票。苏以真刚下飞机，便给他发短信："我已到。你呢？"他回过来："现代化交通工具就是好啊，我才刚过苏州。"苏以真笑了笑，又问他："累不累？"他答道："只要想到你，就一点儿也不累。"

她记得他蛮喜欢周立波，便说陪他去看海派清口。第二天跑到美琪大戏院买票，售票处说这一年的海派清口都断票，又打电话订票，也是同样的回答。她想起钱文薏有个朋友在东方票务上班，便拜托她。钱文薏说试试看吧，也不保证的。

隔了几天，钱文薏弄到了票子。不过只有一张。"实在太火了，费尽心思只弄到一张——你自己去看算了，别告诉那小子，也省得馋他了。"苏以真要给她钱，她说不用，反正也是内部关系，没花钱。

苏以真开玩笑，说，"一张票子只算一半人情，下次请你吃饭，只包菜不包酒水。"

看演出那天，两人预备在门口买黄牛票。到了戏院门口，黄牛倒是不少，一问价格，一百八十元的票子炒到五百多。两人都吓了一跳。刘言说，太贵了，你自己进去看吧。苏以真不肯，"本来就是陪你看的，你不看，我一个人有啥意思？"刘言也说不愿意一个人看。苏以真灵机一动，说，"那干脆都别看了，票子卖掉，三六九捞现钞。"刘言呵呵笑起来，"老阿姐门槛精的。"

两人兴致勃勃地当起了黄牛，与路人讨价还价。最后四百五十块成交。"夜宵铜钿有了——"两人正说笑间，苏以真忽然看见旁边人影一闪，竟像是杜原。再细看，又不见了踪影——应该是看花眼了。兴冲冲地与刘言去吃夜宵，都像捡到皮夹子那么开心。苏以真想，这事不能让钱文薏晓得，否则把人家送的票子卖掉，倒真有些难为情了。

第二天，钱文薏问她，演出好不好看。苏以真到底不好意思瞒她，照实说了。钱文薏在电话里叫起来，"你没去看？——你没碰到杜原？"苏以真也吃惊了，"什么杜原？"

钱文薏扭扭捏捏地说了。票子其实是杜原买的，托钱文薏交给她。"谁晓得你会把票子卖掉——"苏以真想起昨晚见到的人影，原来竟真是杜原。他必然是见到她在兜售票子，怕她难堪，故意避开的。苏以真兀自有些回不过神来，"杜原为什么托你把票子给我？"

钱文薏停下来，不说话。苏以真明白了，这个大嘴巴终究还是说给杜原听了。忍了七年没说的事，她一股脑替她说了。苏以真一颗心顿时"怦怦"跳起来。又想，昨天若真的进去看了，不晓得会是怎样的情景——怪不得钱文薏让她一人去看，别告诉刘言。原来是这个意思。苏以真窘得头皮都发麻了——杜原买的票子，她居然卖了套现。

苏以真恨不得拿头去撞墙。丢人丢到家了。从手机里翻出杜原的号码，想打过去解释。手指按着通话键，半天都不敢揿下去。中午刘言来送餐，见到她，笑道，老阿姐，面色不大好啊。苏以真说头疼。他道，注意休息，别太累了。

意外的事情接踵而来。下班前，平常跟她很谈得来的琳达，忽然凑过来问她："你和那个送外卖的小刘子，是不是在谈恋爱啊？"苏以真猝不及防，给她问得一愣，"没、没有啊。"

"还瞒我？"琳达嗔道，"你啊，真不够朋友，瞒得这么紧。"又说办公室里都晓得了，连两人在北京的照片都看到了。苏以真问，什么照片？她道，你们两个在长城上拍的呀，亲密得不得了。

苏以真怔住了。忽想起中午刘言过来时，与几个同事研究他的手机，嘻嘻哈哈——必定是那时把照片给大家看了。心里顿时不悦，说好先保密的，这样冷不丁说了出来，竟也不通知她一声。拿过手机，给他发了条短信："你很奇怪啊。"很快的，电话来了。她拿起来，没头没脑地便是一句：

"你怎么回事？"

电话那头愣了一下，随即一个男人道："怎么了，不高兴吗？"

是杜原的声音。苏以真也是一愣，忙道，"啊，没有——是你啊杜原。"

杜原问她晚上有没有空，"一起吃个饭好不好？"苏以真脑子还不及反应，嘴上已是先拒绝了，"这个啊——晚上有点事。"他哦了一声，"那就下次吧。"她迟疑了一下，道，"不过也不是什么要紧的事——你找我有事？"他笑笑，"我也没什么要紧的事，就是好久没见了，吃个饭聊聊天。"

她想这不是实话。即便昨晚不算，上个月也才见过面。她琢磨着他的语气，想到昨晚的事，尴尴尬尬的，不晓得说什么好。停了停，他道，"要是真没什么事，那就赏脸一起吃饭吧。"——是给她台阶下。苏以真道："好，晚上见。"挂掉电话，瞥见手机上有条短信，是刘言发来的："我怎么奇怪了？"苏以真想，现在打过去吵架也没意思，索性不睬他。把手机关了。

晚上约在公司旁边的明天广场万豪。杜原替她点了鲜带子沙拉和芦笋鸭胸，还有焦糖布丁。都是她喜欢的。苏以真有些诧异，想，与他谈不上多么熟稔，他倒是晓得她的口味。杜原问她喝什么。苏以真说随便。侍应生推荐了零二年的南非霞多丽白酒。

两人拿起酒杯，碰了碰。杜原说，还是第一次和你单独吃饭。她笑笑，道，就是。他道，平常都是一群人凑在一块，吵吵闹闹的，加起来也说不了几句话。她又笑了笑，道，是啊。

寒暄了几句，他只字不提昨晚的事，像不晓得似的。苏以真倒忍不住了，想这事无论如何要解释一下。"杜原，"她讪讪地道，"不好意思啊，昨天晚上，那个——票子很难搞到的吧？"

"也不会啊。你晓得，钱文薏很有门路。"他微笑。

这个钱文薏。苏以真心里骂了几万几千遍"十三点"。瞥见杜原笑眯眯地看着自己，脸一红，忙拿起酒杯，喝了一口。"你喜欢周立波？"他问。

"是我男朋友喜欢。"她道。

她又向他说"不好意思"。他摇头，"是我不好意思才对，该跟你明说的——请你看演出又不是什么坏事情，还搞得这么偷偷摸摸。"他朝她笑。

"我记得你喜欢安德烈波切利，"他忽道，"听说他下个月来上海，到时候一起去看好不好？"

苏以真心里一凛，忍不住朝他看去。他让她想起学校里的那段时光。她曾无数次想象与他单独在一起的情景，只是却不是现在这个样子。他在学校里很受女生欢迎，她也不是没人追。可他前后换了三四个女朋友，她却一直耽搁下来。有时候她觉得自己是前世欠了他的。都有些委屈了。她想装得若无其事，可神情却已经露了怯了。只看一眼，便忙不迭把目光移开。有些狼狈地。手干放着不知如何是好，只好又喝酒。把杯里的酒都喝尽了。他又替她倒上。

吃完饭，他送她回去。她说了外婆家的地址。下车时，她说"谢谢"。他很有礼貌地替她开车门。"下次再见。"她道，"开车小心。"转身便向弄堂里走。转弯时，回头望了一眼，见他还站在那里。看不清脸，身形笼罩在黑暗中，棱角却是分明，像纸张剪出的剪影。她朝他挥了挥手。

外婆闻出她身上的酒味，问她，喝酒了？她说，喝了一丁点。外婆又道，又不是周末，怎么过来了？她随口道，家里停电。——这借口着实不高明。外婆朝她看，嘿的一声，"小姑娘古古怪怪的。"去小房间给她铺床，"冰箱里有桂花绿豆汤，消暑的，吃了再睡——"

外婆说她瘦了，问她是不是恋爱了。"谈恋爱最容易瘦——"苏以真笑道，"外婆你懂得真多。"外婆道，"谁都是这么过来的，人啊，就这点花头，都一样——真的谈恋爱了？"

苏以真说，是。外婆来了兴趣，问，怎么样的小伙子？她道，比我小四岁。外婆皱眉道，怎么是个小弟弟。她道，看上去比我老多了。外婆说，那也是小弟弟。苏以真笑笑。外婆说，有空带过来让我看看。苏以真点头。

也许是喝了点酒的缘故，刚躺下便睡着了。只是一夜的睡眠被分成了好几截。醒过来，很快睡着，一会儿又醒了。这么醒了睡，睡了醒,反反复复的。脑子也不晓得是清醒还是模糊,想的都是今天的事——杜原的微笑,与七年前并无分别,那迷死人的笑容。他替她开车门的时候,手很自然地搭到她肩上。那一瞬,她竟有些想哭了。她让他送回外婆家,而不是自己家。应该是怕他晓得她的地址。她也不知自己是怎么想的。还有刘言,那样毫无征兆的,便把他与她的事说了出来。本来说出来也没什么,她也该体谅他的,谈恋爱又不是搞地下工作,不作兴那样躲躲藏藏的。可总归有哪里不对——她想不通,便提醒自己继续睡。有睡意打底,这么深更半夜的想事,比白天自由多了,想到哪里算哪里,想停便停,完全没有负担的。

第二天送午餐时,刘言给她带了些鱼头汤,用保温瓶装了,"里面放了天麻,能治头疼——你不是头疼嘛。"苏以真昨天只是随口一说,想不到他竟惦记着。便说了声"谢谢"。一抬头,瞥见周围同事一个个挤眉弄眼,顿时想到,正因为昨天说开了,今天才这么毫不掩饰,连"阿姐"都省了——都是举世皆知的秘密了。不免有些尴尬,接过汤,假意去整理桌上的东西。

她并不急着吃饭,一会儿去复印,一会儿又去厕所。等出来时,刘言已走了。手机上有他的短信:"晚上碰个头?"她回过去:"好啊。"

下班时,经过川菜馆,远远地瞥见刘言和一个女孩在说话。那女孩应该也是店里的员工,高高的扎个马尾,手里拎个水桶,说着说着,一只桶便套到刘言头上去了。咯咯的笑。刘言把桶拿下来,去抓她的马尾。作势往后一拉。两人一个追,一个逃,嘻嘻哈哈的,闹个不亦乐乎。

苏以真从没见过刘言笑得这般肆无忌惮,真的像个孩子了。他在她面前却始终是老成持重,开玩笑也很有分寸,更不会动手动脚。现在这副模样,本来是再自然不过,看着竟是有些陌生了。那女孩大约才十七八岁光景,胸部饱满,脸颊两块高原红,挥舞起手脚来幅度很大,嗓门也很大。"小赤佬!"她扯着嗓门,用不纯正的上海话骂他。刘言脸上的青春痘一颗颗鼓出来,精神抖擞。

他居然还抱起那女孩,在半空中转了两个圈。"信不信我把你扔到黄浦江里去?"他吓唬她。

"你扔啊,扔啊——"女孩嘴里还在挑衅。

苏以真看了一会儿,朝相反的方向走去。心想,你果然不是一张白纸。

刘言晚上九点半才放工。见面时,身上的工作服还没脱,风风火火地。"好像好久没看到你了——真想你啊。"他道。

"中午不是刚见过?"苏以真嘿的一声。

两人沿着马路一直走。路口一个个地过。路灯把两人的影子一会儿拉得老长,一会儿又短了。长长短短,扯皮筋似的。刘言问她,头还疼吗?她道,要是疼到现在,不老早疼死了?他道,还是我的天麻鱼头汤有效,是吧?她不说话。

高跟鞋在地上踩出叮叮咚咚的声音。很清脆。他明显感到了两人身高的差距,努力把胸抬高,"女人家,长这么大块头,真是的。"他吸了吸鼻子。

"长得矮的男人,就喜欢说高个女人块头大。"苏以真回敬道。

他问她,昨天晚上没回家?她道,嗯。他还想再问,瞥见她的神情,停住了。"那个,"他摸头,"你昨天为什么说我奇怪?"苏以真已不想提这事了,随口道,"你不奇怪吗?"他道,"我哪里奇怪了?"苏以真嘿的一声,没理他。

两人缓缓走着。本意是想坐地铁的,不知不觉便过了地铁站,走了差不多两站路。刘言开玩笑,"老阿姐,练脚劲啊?减肥?"苏以真问他,"走不动吗?"他道:"老阿姐走得动,我就走得动。"苏以真停下来，朝他看，忽道：

"你干嘛老是叫我'老阿姐'？——日日叫，夜夜叫，不烦吗？"

他愣了一下，"不是老阿姐，难道是小阿妹？"

她看了他一会儿，噔噔往前走。他跟在后面。"看样子心情不大好啊，"他不急不徐地道，"按理说，跟那个姓杜的吃顿饭，心情应该变好才是啊——"苏以真听了，霍地停下脚步，转身看他。

"老阿姐心情矛盾啊，这两天在做思想斗争是吧？"他居然把这不像玩笑的"玩笑"继续开下去，"其实也没啥，有什么就说出来，憋在肚子里多难受——小阿弟我懂的呀。"

苏以真朝他看了一会儿。"那你呢，"她道，"你难道把每件事都说出来了吗？没什么憋在肚子里？"他道："我怎么了？"她手一挥，"算了，我不想跟小孩吵架。没意思。"

"那正好。我也不想跟老女人吵架。"他道。

两人对视了几秒。停了停，她摇头，"真累。累死了。"

"你以为就你一个人累？"他针锋相对。

两人继续往前走。一前一后。当中隔着不长不短的一段距离。他看着她每一脚都踩在他的影子上，而且刚刚好是头顶那位置。他心里憋着气，猜她应该是故意的。故意踩他的头，跟他过不去。这么想着，又觉得自己被她说中了，竟真是小孩子气了。她的鞋跟很高很尖，亏得她还能走得那样稳，雄赳赳气昂昂的。便想，高跟鞋也不晓得是谁发明出来的，女人本就不必太高，偏还要穿高跟鞋，男人怕矮，却又没得穿。实在是没道理。

她之前说过——"有些东西，别人看得重的，我未必是这样。"她说这话时，语气温柔得像溪水一样。她的声音像天籁。几乎要惹出他的泪来。他晓得她是真心的。他也是真心的。可同样是真心，他要辛苦的多。像爬长城，上去时是一格一格的真功夫，下来时脚再怎么打颤，终究是轻松多了。她便是从上到下，压根不晓得他由下往上的艰难。

"老阿姐。"没来由地，他忽地唤她。

她迟疑了一下，停住脚步。

"老阿姐，"他大声道，"有合适的小姑娘吗，帮我介绍一个？"

她并不转身，在原地顿了几秒。"好啊，我帮你留心。"

"谢谢哦。"他有些欢快的语调。不知怎的，在这夜空下听着竟有几分别扭。

她不作声，径直往前走去。听他并没有跟上来。转弯时，匆匆往回处瞥了一眼，见他还站在原地，一动不动的。快半夜了，这么一人站着，实在是突兀。她还不及多想，已是转到另一条路上了。看不见了。苏以真忽地有种冲动，想回去唤他一起走。但想想罢了。她晓得自己不会这么做。他让她帮忙介绍女朋友呢——应该是把意思说清了吧。她觉得挺丢人。隐隐的，竟又有些释然。这阵子始终有什么东西压在心头，现在陡的被人一股脑挖了出来。连根带底的。

苏以真心里算了一下，从认识到现在，刚刚好两个月——权当放个暑假。

他的番茄酱版水煮鱼，她应该是不会再吃了。番茄酱与水煮鱼，放在一起本就有些奇怪。

## 三

钱文薏换了个男朋友。比她小一岁，是个外科医生。她笑说自己是受了苏以真的影响,"最近流行老牛吃嫩草——"苏以真不喜欢她这么说话,"再好的事情,到了你嘴里,总归难听了。"

"同样是老牛吃嫩草,嫩草与嫩草也是不同的,"钱文薏像是存心要把她气死,"我这个,论长相,跟王力宏有得一拼;论前途,名牌大学毕业,年纪轻轻便是副主任医师。你那个呢,卖相、收入、学历、家世,没一样拿得出手的。大姐,你就算要找人玩也不该找他啊——"一抬头,瞥见苏以真杀得死人的目光,连忙打住,"好了好了,其实再想想也没什么,人这辈子要活好几十年呢,工作压力大环境污染严重,难免会有几天头脑发昏走火入魔,正常现象。没啥,只要清醒过来就好。还是那句话——天涯何处无芳草。"

钱文薏居然把那棵嫩草介绍给她认识。长相酷似王力宏的外科副主任医师。还叫来了杜原。苏以真晓得钱文薏这个人,嘴是臭的,心绝对不坏。她是真心实意为她好。

杜原带来了安德烈波切利的演唱会门票。苏以真还没说话,钱文薏已代她收下了,"去散散心嘛——"苏以真在她耳边恨恨地道,"钱文薏你做 Sales 真是屈才了,去拉皮条倒是蛮好。"钱文薏咯咯直笑,"拉皮条也是 Sales 呀,杜大官人——"这个十三点居然抓住她的手,笑吟吟地放到杜原手里,"我们以真姑娘就交给你了。玩得开心点。"

演唱会结束后,杜原送苏以真回家。路上,苏以真问他,"最近忙不忙?"他道,"在帮一家公司做上市——你要是买股票,倒可以买些,应该有得赚。"苏以真笑笑,又说谢谢请她看演唱会。杜原道,"跟我有什么好客气的,其实早该请你看了,拖到今天,是我不对。"他说完朝她看。苏以真又笑笑,"前面小路转左,谢谢。"

依然是回的外婆家。顺便把父母的几张近照给外婆。这次是在清真寺前拍的。外婆笑说外国人的寺庙怎么造的像一颗大蒜头,富贵倒是富贵，顶上还镶金的。苏以真趁势道，所以说啊，你女儿嫁了个好地方，连寺庙都镶金。外婆嘿的一声，道，就是镶钻石也没啥稀奇。苏以真笑问，钻石不稀奇，那啥才稀奇？外婆道，现在跟你讲不清，等你以后有了女儿就晓得了。

外婆问苏以真，"那个小弟弟，什么时候带过来让我看看？"苏以真说已经分手了。外婆有些惊讶，又道，"分了也好，弟弟总归没有哥哥好。老道理不会错的。"

自那晚过后，苏以真又吃回了日本料理。碰见刘言的概率少了许多。偶尔撞见，便客客气气地打个招呼。同事们晓得他俩的事，都装作不知情。只有琳达问过一次，"怎么就分了呢，才多久啊。"苏以真道："时间不是问题。"琳达问："那什么才是问题呢？"她便停住不说了。

这天中午，老板请吃饭，在写字楼对面的唐朝酒店。苏以真要赶一个项目，没去。十二点时，刘言竟提着饭盒来了——原来是订餐的同事忘记取消了。他很伤脑筋，说这下要被老板骂死了。苏以真给他出主意，说先留下，权当大家晚上加班的晚餐。又掏出钱先垫了。刘言朝她看，犹豫道，"老阿姐，你不会让自己吃亏吧？"苏以真道，"吃什么亏，待会儿我就问那帮家伙收钱去。"刘言笑笑，说了声"谢谢"。

苏以真把杜原说的那个股票告诉他。"有兴趣就买点。内幕消息，肯定赚。"刘言很认真地记下了代码。"老阿姐，要是赚钱了，就请你吃饭——吃日本料理，你喜欢的。"

停了停，刘言又道，老阿姐，我在学手艺。苏以真道，我晓得，川菜手艺嘛，你说过的。他道，那个时候还是初级学徒，现在已经升了一级了。苏以真笑笑，问，怎么升了一级呢？他道，那时候只能洗碗洗菜，连灶台的边都摸不到，现在偶尔可以学着配菜了。苏以真替他开心，道，是吗，那真好。他又道，师傅说他带过这么多徒弟，我是最机灵的一个。苏以真道，这我相信。他朝她看，问，真的，能看出来？苏以真很郑重地点头，道，当然能看出来。

"老阿姐就是老阿姐，"他笑着在她肩上拍了一下，"有眼光！"

这记拍得有些重了。苏以真怔了怔，随即也在他肩上拍了一记，"好好努力，你一定行的。"

接下去便没话说了。戛然而止，突然就静了下来。她朝他笑，是有些见外的客气的笑，又带着些鼓励，真像老阿姐对小阿弟了。停了停，他道，"老阿姐，我借个厕所。"——居然连上厕所都要报备。苏以真点头，"去吧。"说完便低下头看文件。一会儿也没见他过来，猜想他是直接走了。

钱文薏问她与杜原的进展如何。苏以真怪她不该把事情讲给杜原听，"都那么多年了，傻不傻？"钱文薏说她就是太要面子，所以才拖到现在，"说出来一点也不傻，憋在肚子里才傻。幸福要自己争取的，晓得吧？其实我也没觉得杜原有多好，但综合分谁也比不上他。长相不错，收入不错，家境也不错。配你绰绰有余了——"苏以真朝她白眼，"什么叫绰绰有余？"她笑道，"好，不是绰绰有余，是勉勉强强——苏以真你就是这副死德行，只会对我凶，碰到男人一点办法都没有——你这个人啊，不能碰到一点事，一有事就彻底憋怵了。像'拔丝香蕉'，牵丝绊藤。"

苏以真觉得，杜原大概也是到了年纪，想要找个综合分高的女人。而她，长相不错，收入不错，家境也不错。像做数学题，她与他，便是分别站在等号的两边。苏以真想，她有那七年的情感打底，而他有什么呢，她完全没底。上两月才见过他那娇小玲珑的前女友，这会儿便已陪她去看安德烈波切利的演唱会了。钱文蕙不晓得对他说了些什么。女追男本就只隔层纱，钱文蕙的嘴更是把铁锤子，别说是纱，便是钢化玻璃，也砸穿了。

想到这，苏以真便觉得没劲。又想，这是为自己找借口呢——推开杜原的借口。自己讲给自己听的。她晓得真正的原因是什么。只是这原因不能想，一想就连自己也觉得荒唐，站不住脚。脑子里浮现出那张长满青春痘的脸，李小龙式的发型——苏以真便忍不住想笑。是笑他，也是笑自己。"老夫聊发少年狂"——她竟突然想起了这句话。

母亲给她打电话，说下月会回上海，"你外婆过七十岁生日，一定要回来的。"让她先别说，到时候给老人家一个惊喜。苏以真有两年多没见到爸妈了，被这消息弄得激动万分。母亲又叮嘱她开车小心，注意安全。她笑说，车拿到手还没开过几回呢。母亲说这也不好，新车应该要跑个不远不近的长途，磨磨钢。

刚好端午节放假，苏以真便邀钱文蕙到苏州玩。钱文蕙说不了，她要和外科医生去厦门度假。"你和杜原去不是蛮好？"苏以真早料到她会这么说，"不去拉倒，我再找别人。"凑巧几个同事商量着去绍兴玩，已经有了一辆车了，还缺一辆。于是一拍即合。两辆车，八个人。

到了出发那天，苏以真才晓得这八个人里还包括刘言，以及那位两颊高原红的女孩。琳达解释说他们俩老早便报了名了，不好意思不让他们去。苏以真忙道，没关系，反正是玩嘛。刘言拉着那女孩，抢着坐上另一辆车。苏以真晓得他是怕尴尬，便也只当没看见，也不上前打招呼。

中途在加油站休息时，刘言去小卖部买饮料，送了几瓶到她这辆车，"老阿姐，喝茶。"苏以真说声"谢谢"，接过，分给另外几人。刘言趴着车窗，与旁边的琳达开玩笑，"屁股酸不酸？"琳达道，"屁股倒是不酸,就是心里蛮抖豁,本本族一个,还飙到一百四十多码。"是说苏以真。"谁抖豁,就坐旁边那辆车好了。"苏以真故意装出生气的样子。谁晓得琳达接口道,"好啊,小刘子,我跟你换——"苏以真一怔,想这琳达怎么也变成钱文蔻了。真是自己多口惹的祸了。

两颊高原红的女孩上完厕所出来,远远地叫刘言,"青春痘,国产车坐得不舒服,要坐进口车是吧?"刘言回头笑骂一声"小痴子",又道,"老阿姐,我过去了。"苏以真嗯了一声,关上车窗。从后视镜里瞥见刘言作势在女孩臀部踢了一脚,那女孩反手便去拉他的头发。两人闹成一团。苏以真心里哼了一声,戴上墨镜。发动车子,把油门直踩到底。听见琳达在旁边尖叫"哎哟——"

到了宾馆,苏以真与琳达住一间。等电梯时,见刘言与高原红女孩一前一后地走过来,一怔,想这两人竟然住一间。又听刘言叮嘱那女孩"夜里打呼噜轻点,别吵着赵姐"——才晓得并不是。出电梯时,她拎了行李便走,琳达叫住她,"哎——",回头一看,竟是错拎了高原红女孩的行李。刘言在一旁笑道,"驾驶员同志压力太大,累坏了。"苏以真说声"抱歉",忙调换了行李。

晚饭后,几人嚷着要打麻将。琳达瘾上来了,也说要打。苏以真笑她,打麻将又何必巴巴地赶来绍兴,在上海不是一样?琳达说,在绍兴打麻将与上海是不同的,上海也有茴香豆卖,可你们干嘛还要从绍兴买回去?一样的道理。苏以真说不过她,便劝她别打得太晚,否则明天没精神玩。琳达让她先睡,"打麻将这种东西没定数的,劲道上来通宵也说不定。"

苏以真看了会儿报纸,有些无聊,便想去附近走走。刚出房间,远远地看见刘言与高原红女孩过来,忙不迭地又缩回去。隔着门,听刘言对那女孩道,"人家不过是随口问问,你倒好,还真答应了。人家一把腊子就要五十块。你是想送钱给人家呢，还是想赚人家钱？"女孩咕哝了两句，不情不愿地。刘言有些严肃的口气："给我睡觉去！"女孩道，"才八点多，你当我小毛头啊？"刘言道："那就看电视。我刚才看到有个台在放《还珠格格》——"

苏以真待两人进房了，才走出来。刚走了几步，门开了。刘言出现在门口，"老阿姐，出去啊。"苏以真吓了一跳，想这人怎么神出鬼没的。"嗯，出去走走。"他哦了一声，关上门。苏以真走到电梯口，正要按钮，旁边伸过来一只手，替她按了。"老阿姐，我也出去走走。"

她朝他看，点了点头。

外面下着小雨。两人犹豫了半天，决定还是走。"夏天的雨，落不长。"苏以真的 T 恤连帽子，便把帽子戴上。她朝他看，"你会不会着凉？"他呵的一笑，"我又不是豆腐做的。"

两人走了一阵。她问他，怎么那女孩没出来？他道，她呀，只要有小燕子，外面就是掉金子也不会出来。苏以真笑笑。猜想刚才刘言必定是看到她了，才会在门口等她。便问他，你女朋友很喜欢搓麻将？他摇头，道，连什么叫"和"都不晓得，瞎起劲。

苏以真见他并不否认，两人真的是在谈恋爱。又想，这样也好，一点干系也没有，说话反而轻松。"瞎起劲就瞎起劲，本来就是玩嘛，"她道，"我那些同事都是厚道人，不会赚她钱的。"刘言道："这我晓得，我是怕大家玩得不尽兴——我们两个本来就是编外人员，自己要识相。"

他说到这里，朝她笑笑。

苏以真心里忽地酸了一下。"你这个人啊，年纪轻轻，就是想得太多——"她作出开玩笑的样子，在他肩上轻轻捶了一记，"怪不得脸上这么多痘痘，原来都是闷出来的。"

"听口气，好像你比我大十七八岁似的。"他笑

"你不是总叫我'老阿姐'嘛。本来没差几岁,都是被你叫老的。"她也笑。

"老阿姐,"停了停,他忽道,"对不起哦。"

她朝他看:"为什么要说对不起?"他道:"那天,让你难堪了。"她一怔,不懂他的意思。他道:"其实分手没什么大不了的,好聚好散嘛,可我不该说你是'老女人'。"

苏以真才晓得他说的是这个,一笑,"没什么,我本来就比你老嘛。"

"其实,跟你在一起的那段时间挺开心的,真的,"他道,"虽然老早晓得会分手,可也没想到会那么快。说实话,那天我是挺不爽的,说话刻薄了点。你别放在心上。"

她摇头,"我说话也好听不到哪里去。事情都过去了,大家别放在心上。"

两人相视一笑。他长长地吐出口气,"终于有机会说出来了,真好——老阿姐,分手归分手,但在我心里,一直都认为你是个好人。"她道:"谈不上好人,也就是个普通人。"他道:"跟我在一起,委屈你了。"她摇头道:"一点儿也不委屈——我觉得挺好,挺开心。"

他朝她看,"真的?"

她点头:"真的。"

他呵呵笑起来,随即告诉她,"老阿姐,我报了名读夜大。计算机专业。"

她觉得意外,"你不是说不想读夜大的嘛。"

"没法子啊,高中文凭实在是叫不响,爹妈说出去没面子,自己也不好意思,"他摸摸头,"做人还是不能太犟,再犟也犟不过这个社会。许多事情你自己想通了没用,还要大家都想通才行。总归是少数

89

服从多数,不会多数服从少数。"

苏以真揣摩着这话,嘴上仍是开玩笑,"听这话的口气,好像你反过来比我大十七八岁似的——我要叫你老阿哥了。"

"那我叫你小阿妹。"他笑道。

两人绕着宾馆附近走了一圈。雨一直没停,滴滴答答的。他头发全湿了。苏以真叮嘱他,回去洗个澡,把头发吹干,别真的感冒了。他响亮地嗯了一声,道,晓得了。

临睡前,苏以真收到刘言发来的短信:"老阿姐,我洗过澡了,头发也吹干了,你放心。"她回过去:"乖的。"随即把手机关了。眼前浮现出他叫她"老阿姐"的模样,憨憨傻傻的,忍不住便想笑。心里竟是酸酸涩涩的,也不晓得是什么滋味。听窗外静悄悄的,雨已是停了。窗帘掀起一角,月亮稳稳地落在树梢上,圆头圆脑,也是极乖巧的模样。想必已是近十五了,月亮才这么滴溜滚圆。

第二天爬香炉峰。琳达和几个同事打了通宵麻将,都说没力气爬山。剩下四个人,便只开一辆车去。香炉峰风光不错,沿途有许多景观。同行的赵姐五十来岁,身材又胖,没爬几步便说累,"我是不行了,你们年轻人往上爬吧,到下面再碰头。"

爬到一半,三人都气喘吁吁。烈日当空,高原红女孩脸蛋红得像要烧起来似的。汗如雨下,补了几次防晒霜。不停地喝水。刘言走在最前面,回头对苏以真道:"老阿姐,这点高度跟长城比起来,小意思,对吧?"苏以真笑笑。忍不住朝高原红女孩看了一眼,想他这时候怎么说起这个了。见他背着个大包,鼓鼓囊囊的,又是水又是食物,三人的东西都让他一人背,挺过意不去,便抢过来自己背上。"大家轮流背,一个人吃不消的。"

他伸手来夺,"帮帮忙,老阿姐,跟男人抢啥?"

"男人又不是铁做的。"苏以真挡住他,"男女平等,等我累了再给你。"

刘言在高原红女孩屁股上拍了一记,"这里就属你年纪最轻,你不背,让老阿姐背,你怎么好意思?"高原红女孩也不示弱,踢他一下,"你们两个客气来,一个敬老,一个爱幼,哪里轮得到我。"苏以真瞥见两人的亲昵动作,忙不迭把目光移开,嘴里道,"有什么关系嘛,大家轮流背。"

到了山顶,已是下午两点多了。都说这里求签最灵。高原红女孩和刘言去庙里求了签。苏以真不信这些,便坐在一旁等他们。一会儿,两人出来了,一个兴高采烈一个垂头丧气。高原红女孩抽到了上上签,刘言则是下下签。旁边有解签的人,两人拿去让他解。那人说刘言今年流年不利,运程凶多吉少,是劫数。听得刘言头皮发麻,便问怎么化解。那人道,说得简单些,要想不倒大霉,最好是先倒些小霉,挡一挡。刘言又问,怎么样叫小霉?那人便笑而不答了。

苏以真劝刘言别当真,"再去抽一支,说不定就是上上签了。"高原红女孩在一旁道:"再抽就不灵了。"刘言朝她白眼,"你的意思是,我这支下下签最准了,我就是标准下下签的命,是吧?"高原红女孩嘻的一声,忽地手起掌落,刮了他一记耳光。刘言吃惊,道,"你做啥?"她道,"先倒些小霉,就不会倒大霉了,我是为你好——老阿姐,你也来打一记,有仇报仇,有怨报怨。"

苏以真一笑,在刘言头上轻轻打了一记,"现在好了,都化解了。"

在山顶上随意吃了些东西,刘言去上厕所,等了半天也不没回来。高原红女孩说他大概是想不开,跌到粪坑里去了。又等了许久,还是不见人。打他手机也不通。这才有些慌了,跑到男厕所门口,托人进去找,回答说是不在。两人都傻了眼了。旁边有人说报警吧,弄不好失足跌下山了。苏以真听得鸡皮疙瘩都起来了。平生第一次打"110"，竟是在这种情形。

警察说半小时内赶到。苏以真在附近绕了一圈又一圈，瞥见几人走到悬崖边拍照，心想就算真跌下去了，也不至于没有一点动静吧。朝四周看，见到不远处草地上有一根签，走过去一看，竟是刘言方才的那支下下签。心里砰的一跳，又往前走了几步。只隔了十来米远，这里树丛掩映，俨然便是人迹罕至了。还不及多想，脚下忽地一空，整个人直直地往下掉去。"啊——"尖叫很快便成了闷哼，脚上倒是很快便踏实了。只是软绵绵的，像泥土。她惊魂未定，周围漆黑一团，抬头看，阳光已成了顶上一个很小的点——原来竟是跌进了一个很深的大坑里。

嘴里都是杂草，应该是刚才尖叫时吃进的。脚不能动弹，多半是脱臼了。苏以真张嘴便喊，"救命啊——"声音在洞内回旋，很快便消失殆尽。她愣了半晌，眼前什么也看不见。一股巨大的恐惧瞬间充斥了全身。头皮都麻了。

"老阿姐。"忽地，旁边有人说话。

苏以真浑身一颤，如同听到天籁般惊喜。"刘言，是你吗？"她伸手去摸，摸到一只宽厚的大手。两只手紧紧抓住。"老阿姐，你怎么也掉下来了？"

她看不清他，只依稀见到一个模糊的影子。忽然，周围一下子有了亮光。她看到他了。就在她面前，高举着手机，亮光是手机发出来的。"老阿姐，你没事吧？"他关切地问。她摇头，回答没事。他随即把手机光源关了。"要省着点用——这里没信号，手机只能当手电筒用。"

他让她背靠着坑沿，"这样坐会舒服些，放轻松，这里不缺氧。"

她告诉他,已经报了警了。他欣喜道,"那就什么都不怕了,警察很快会找到我们的。"说着,还吹了记口哨。苏以真晓得他是故意让自己宽心,便嗯了一声。他又道,"老阿姐,你是为了找我,所以才会掉下来的,对吧?"苏以真又嗯了一声。他黑暗中抓住她的手,使劲地捏了一下,"老阿姐,你真是够义气。"

苏以真笑了笑。想自己这当口居然还能笑得出来,心理素质真不是一般的好。

过了一会儿,他道:"老阿姐,我中学时候看过一本武打书,里面那个男的,被仇家打落到一个深坑里,后来他喜欢的那个女的,也跟着掉下来了。两个人在坑里谈情说爱,倒也蛮开心。"

苏以真晓得他说的是《天龙八部》里的段誉与王语嫣。

他说着说着,忽然停下来。苏以真猜他应该是意识到了,不该在这个时候提这个。有些尴尬了。苏以真推推他,扯开话题,"说上厕所,怎么跑到这边来了?"他支吾了两声。苏以真脑筋一转,想到必定是厕所人太多,所以他才跑到偏僻的地方解决。便不再问了。刘言道,"老阿姐,你怎么不问了呢?"苏以真想这人真无聊,自己不问了,他还送上门。便道,"你不说,我就不问了呗。"他嘿的一笑,有些贼忒兮兮地,"老阿姐,你真聪明,脑筋绝对灵光。"

苏以真咬住嘴唇,不让笑声发出来。那一瞬,她竟冒出一个念头——这样和他跌在一起,好像也不错,乌漆抹黑的,她看不清他,他也看不清她。说话可以比平时放肆许多。想笑便笑,不用担心被他瞧见。神情也完全无需掩饰。是天然的屏障。

"老阿姐。"他唤她。

"怎么?"

"你和那个杜原好吗?"他道,"啥时候吃你们的喜糖?"

苏以真不答,反问他,"你呢,和那个小姑娘,什么时候办事情啊?"

他嘿的一笑。她问他笑什么。他道,你就是不肯吃亏,我问你一句,你偏也要问我一句。她道,这有什么吃亏不吃亏的,是好事呀。他道,老阿姐又在装憨了。

停了停,他又道:"老阿姐,你晓得刚才我跌下来的时候,在想什么吗?"

"想什么?"

"我在想,只不过是一座小山峰,又不是爬喜马拉雅山,怎么也会出这种事情。运气真是好到天花板了。这次如果能安然无恙地上去,一定要买彩票。"

苏以真笑了笑。"肯定中大奖。"

"没错,才一会儿功夫,大奖就下来了。"他也笑。

苏以真一怔,晓得他在逗她。他说下去,"后来我又想,买彩票也没啥意思,中了五百万又怎么样,交掉税只剩下四百万,又不是用不掉。"苏以真道,"话不能这么说,别说四百万,就是四千万、四亿,也用得掉。"他道,"所以说啊,用得掉的东西我不稀罕,能用一辈子的才是好东西。"

苏以真回味着这话,怔怔地道,"这世上没什么东西能用一辈子——"他忽地把她的手拉过来,在她手上画了个"心"。"这个,"他道,"能用一辈子。"苏以真愣了愣,想把手抽回。他抓得牢牢的,没抽掉。一遍一遍地画着"心"。她想着当时在他背上画"心"的情景,好像还是昨天的事情。那时他开玩笑说这是"大饼"。他的背很宽很厚,在这样的背上画"心",还真有些像"大饼"。

两人都停下来,不说话了。周围静得似是能听见心跳声。一下,两下,三下。扑通扑通的。

"老阿姐,其实那个小姑娘——是我表妹。我小阿姨的女儿。"半晌,他道。

她先是一怔,随即哦了一声。想他这时候为什么要说这个。

"老阿姐,"他忽地大声道,"要是我们能上得去,你奖励我什么?"

苏以真听他的口气,像个问大人讨东西的小孩。忍不住好笑。瞥见黑暗中影子一晃,随即嘴唇被什么啄了一下,蜻蜓点水似的——他居然吻了她。她一愣,整个人顿时僵住了。"嗒"的一声,周围出现了亮光。他拿着手机,照着她。"老阿姐,你脸红了。"他似笑非笑地道。

她一把抢过手机,瞥见上面的屏保,赫然便是当时爬长城时她与他的合影。他趁她不注意,偷亲了她。另一只手还做着胜利的姿势。脸上的青春痘一颗颗鼓出来。那时他说要把这张照片放一辈子。——她忽然想到,正因为做成屏保,才会被同事发现。未必是他主动炫耀的。她或许是错怪了他。当然,她本来也不是为了这个而跟他分手。好像,并没什么理由,就那么自然而然地好了,分了。又或许,没理由便是最大的理由,水到渠成,只听凭两人的心。那样的心,与画在他背上与她手心的"心"是不同的。前者是露在外面的"心",风里来雨里去的,被太多的东西左右,浑然不由自己的;后者却是真正藏在深处的"心",外面再怎样也完全不搭界的,纯粹的无瑕的心。

苏以真关掉手机,忽地,凑近他,在他唇上吻了一下。——连自己都吓了一跳。黑暗真是再好不过的屏障。胆子也大了许多。都不像平时的她了。洞里与洞外,是两个世界。

"我喜欢你。"她听到自己的声音。轻得像梦呓,却是清晰无比。

片刻后,他道,"我只有中学文凭。"

"嗯,我晓得。"

"我家里很穷,连你们家一根毛都搭不上。"

"嗯，我晓得。"

"我年纪比你小，个子也比你矮。"

"嗯，我晓得。"

他笑起来，"你怎么像机器人似的，只会说这句话？"

她不语，把手伸到他手里，让他握着。有什么东西在体内流动，暖洋洋的。

"要是我们能上去，"她道，"就这么握一辈子。"

远处隐隐传来警笛声。"好，"他温言道，"握一辈子，谁要是说分手，就是小狗。"

说完，两人紧紧地拥在一起。

## 四

外婆生日的前一天，父亲与母亲回来了。航班延误了几个小时，到家已是半夜。这晚苏以真与母亲睡一张床，说了她与刘言的事。又说外婆生日，已经通知他了。苏以真摆出先斩后奏的姿势，由不得母亲不答应。她心里其实是虚的，正因为虚，才要做出些气势来。

母亲是细水长流的脾气，第二天与父亲一说，便是暴风骤雨了。苏以真倒也不太紧张，一来与父母难得见面的，再怎么也不会太过分，二来她捏着父母当年的软肋，连应对的说辞都想好了，"将心比心，你们应该最能体谅我了，是吧？"

父亲说，"这是两码事。轮到自己小孩头上，没一个父母会答应。薛平贵要是有女儿，肯定死也不答应她为男人苦守寒窑十八载。这种道理，等你将来有小孩就晓得了。"

苏以真没吭声。反正都预备好打持久战了，不能急于一时。外婆的生日，父亲硬是不肯让刘言来，说连人都没见过呢，不作兴这么一步到位的。苏以真卖父亲个面子，答应了。其实本来也没跟刘言说，只是试试看罢了。

闲暇时，母亲问她，"那人有什么好呢？我听你说了半天，没一样让我满意的。"

苏以真道，别人满不满意都不重要，自己觉得好，才是真的好。母亲摇头，"几年不见，已经会为了别的男人顶撞妈妈了——女儿大了就是这样。"

刘言晓得她父母回来的事，却一句没提。苏以真说，最好是两家父母一起吃顿饭。刘言道，我爸妈是没问题。后面藏了半句话，苏以真晓得是什么。"吃顿饭又怎么了，又不会少块肉，"她故作轻松地道，"丑媳妇总要见公婆的。"刘言说，"现在不是丑媳妇，是丑女婿。"

苏以真让他宽心，"丈母娘看女婿，越看越欢喜——没事的。"

她先不通知父母，却跑到外婆那里去游说，"那个小阿弟真的不错，挑来挑去还是他了——"外婆便去找苏以真父亲，"儿孙自有儿孙福，我当年要是真往死里逼，你们俩哪有今天？人家好歹还有个上海户口，正儿八经的工作，你那时候有什么，一口苏北腔，两只臭脚爪——"

苏以真父亲不好说丈母娘，只能向妻子发牢骚："你妈不是在帮以真，其实是找机会臭骂我一顿。我算看出来了，她这辈子铁定要与我做对到底了。凡是我讨厌的事情，她就无条件支持。"

苏以真父母拗不过女儿，提出请刘言父母吃饭。苏以真欢天喜地的跑去找刘言，说第一步总算是行通了。苏父订了香格里拉的包厢，最低消费一万二。苏以真说没必要搞这么大,随便找个地方就行了。父亲不肯,说这是礼貌。苏以真晓得父亲是存心促狭,"小儿科嘛爸爸——"父亲振振有词,"不要拎不清,我是给你面子——"

吃饭那天,刘言父母很早就到了。苏以真也是第一次见到他们。五十岁左右,看着比实际年纪要大一些。两人都有些拘谨的模样。见到苏以真父母只是笑,也不说话。苏母拎着新款爱马仕,头发是新做的,手指上一枚硕大的蓝宝石戒指,很热情地招呼他们,"请坐——"

包厢正对着黄浦江,风景很好。六个人吃饭,倒有四个服务员。无声地训练有素地穿梭其中。上菜、倒酒、换碟。席间,刘言母亲拿出一条黄金手链,说是给苏以真的见面礼。结束时又抢着掏钱,"总归是男方付账才对——"苏以真父亲微笑地说了句"别客气",拿信用卡买了单。

刘言父母坐地铁换青浦专线回去。苏以真与刘言陪他们到地铁站。四人缓缓走着。刘母一直偷偷朝苏以真打量,见她目光飘来,又忙不迭转过头。苏以真想同她说声"谢谢",每次走到她身边,她便有意无意地让开,受惊似的。

苏以真对刘言说,"你爸妈好像不怎么喜欢我。"刘言嘿的一声,"不喜欢还送你手链?——你爸妈才吓人呢,坐在那里像皇帝皇后接见外宾——你爸还要跟我爸握手,嘿,我爸这辈子都没跟人握过手。打个招呼不就行了?"苏以真说:"我爸是郑重其事,不好吗?"他摸摸头,"好当然好,就是有点吓嗞嗞的。"

他说着,长长地吐出一口气,"从昨天晚上就开始肚子疼了,比高考还紧张。"苏以真道:"我也是。"两人都笑了笑。刘言又道,"你爸手上那块劳力士,那么多钻石,像假的一样。"苏以真道:"生意人嘛。"刘言道:"明天我去七浦路,买块跟他一模一样的。"苏以真咯咯直笑,"好啊,下次见面时候戴着,跟他比一比。"

两人断断续续开着玩笑,心里都有些没着落。刘言握着她的手,问:"要是你爸妈不同意怎么办?"苏以真道:"那我们也私奔,去卡塔尔。"刘言道:"你爸妈不就在卡塔尔?这不是私奔,是羊入虎口。"苏以真想了想,道:"那就去南非。正好可以看世界杯。"刘言笑起来,在她鼻子上捏了一记,"老阿姐,思路清楚的。"

回到家,苏以真问父母觉得刘言怎么样。父亲让母亲说。母亲又让父亲说。两人推了半天,还是父亲说了,"跟你也是难得见面的,实在不想因为这个破坏我们一家三口的感情。不过你要想从我们嘴里听到对他的好评,也真是有点难度——你是大人了,自己考虑清楚吧。"

刘言给她发短信,问情况怎样。她回答,还可以。他又问,"还可以"是什么意思?她说,就是不好不坏。他发来一个大大的笑脸,"那就很不错了。"

苏以真邀钱文荟去喝咖啡,说起刘言与父母见面的事情。钱文荟说,你爸妈算是很客气了,换了我爸妈,老早把我关起来了。又问她,真的准备跟那个小阿弟好下去?苏以真很坚定地点了点头。钱文荟竖起大拇指,说她:

"我看出来了,你大小姐是仙女下凡,不吃人间烟火的。"

苏以真说,"爱情这种东西是没有道理可讲的,碰到了就是碰到了,一点法子也没有。"钱文荟嘲她,"是呀,全世界就你一个人谈过恋爱,别人都不晓得。"苏以真朝她看,叹道,"你是我最好的朋友,要是连你都不支持我,那我就真的孤立了。"

钱文荟也叹了口气,问她:"是不是很累?"

苏以真点了点头,笑笑。

钱文荟给她出点子,就说怀孕了,不结婚不行。苏以真说这是电视剧里才有的桥段,而且还是古装片,"现在谁还在乎这个呀,去医院打掉不就行了?"钱文薏说以前看过一个笑话,讲一个中学生考试考砸了,回到家说自己得了绝症,把父母吓掉了半条命,接着才告诉他们实话。这叫先抑后扬。有前面那件事打底,无论多坏的事情,都像是好消息了。钱文薏觉得这可以借鉴。"骗你爸妈说你得了艾滋,没几天活头了,保管他们什么事情都答应你。"

苏以真连连摇头,"不作兴这么作践我爸妈。我们要尽可能'和谐'地解决这件事。"

父母临回卡塔尔前一天,苏母与女儿进行了一次长谈。她道,"我跟你爸爸那个时候,现在想起来,就像是赌博,亏得最后赌赢了,否则真要遗憾一辈子的。你以为我就没有后悔过?别的不说,光那样伤你外婆的心,就让我一直很不好受。你爸爸到现在看到你外婆,还像老鼠见到猫似的。这全是我的责任。谈恋爱的时候觉得你爸爸哪里都好,连伸个懒腰都像在跳舞。人都是这样的,都要经历这一段。谈恋爱最多几年功夫,婚姻却是一辈子。拿几年赌一辈子,你要考虑清楚。我自己曾经赌过,不代表也支持女儿去赌。这个想法,我和你爸爸是一样的。"

第二天,苏以真送父母到机场。回来时去了外婆家。外婆拿着女儿年轻时的照片端详,"你妈说了,在那边再待两年就回来——其实我晓得,她老早想回来了,是你爸爸不肯。"苏以真道:"那边好不容易有了规模,换了谁都舍不得的。"外婆道:"所以就把我老婆子一个人抛在上海。"苏以真一笑:"怎么是一个人,我不也在上海?他们晓得你寂寞,所以特意留我下来陪你的。"

刘言买了小菜到苏以真家,做了水煮鱼、麻婆豆腐、鱼香肉丝等几样川菜。他说他现在已经正式上灶了,是准厨师。让苏以真替他品评品评。苏以真尝了，说味道不错。又说他应该早几天过来，让她爸妈也尝尝，"这样印象分就可以上去一些——"刘言开玩笑道："要想过你爸妈那关，除非会做满汉全席。"

两人吃完饭，苏以真削了水果过来，一起坐在沙发上看《相约星期六》。男嘉宾里有个台湾小老板，三十出头，挺潇洒的样子。好几个女嘉宾都抢着对他表示好感。刘言问苏以真，"女人是不是都喜欢这样的男人？"苏以真嗯了一声。刘言做个鬼脸。苏以真道："没谈恋爱之前，谁都希望将来的男人要高大英俊，还要事业有成，文武双全。可一旦碰到对上眼的人，这个标准就不管用了。我跟你讲，现在就算拿布莱德彼特来换你，我也不换。"刘言呵呵笑道："老阿姐贴心的。"苏以真拿眼瞟他："那你呢，如果安吉莉娜朱莉站在面前，你是选她，还是选我？"他一脸茫然："安吉莉娜朱莉是谁？怎么跟我们村口那头母猪叫一个名字？"

苏以真在他肩上打了一拳，笑骂："讨厌！"

刘言说以后要常来她这里，烧川菜给她吃，看是不是有进步。她说她父亲迟早会回上海开店的，到时候就介绍他过去。只要手艺好，父亲应该不会反对。自家女婿做大厨，还有什么不放心的。两人憧憬着将来，觉得好像还不算太悲观。接着看世界杯。阿根廷被德国踢成零比四，刘言懊恼极了，"本来还想和你私奔去南非，现在没劲了。留在上海算了！"

苏以真挤他的青春痘。拿针消毒了，戳破了，再一挤。她说挤他的青春痘很有成就感，"这么大一颗，都快赶上葡萄了。"他道，"我的青春痘可不是一般档次。以前只给自己挤，现在你是我老婆了，所以省几颗给你挤。"她道："谢谢哦，你真慷慨。"他笑道："自己人，别客气。"

两人躺在床上。他告诉她，读中学的时候，他曾经轧过坏道。"囡是个好囡，就是轧了坏道。"这是句很有名的本地话。意思是人本性不坏，一时糊涂入了污流。她问他，怎么轧了坏道？他道，就是欺负低年级的同学，打架、旷课、抢零用钱。她哦了一声，道，我中学的时候，一直都是班长。他道，整天对付像我这样的坏分子，是不是？她道，那倒没有，我这个班长不太管事的，所以和班上几个特别调皮的同学，关系都处得不错。他道，好好班长。

她点头，"我这个人，好像一向都没什么原则。这样觉得可以，那样也觉得没什么不好。只要别人不惹我，我才不会去惹人家。"

他道："这样不错，黑白两道都吃得开。"

这天晚上她做梦，竟梦到他拿把匕首等在她家楼下，突然间冲出来，说，"老阿姐，拿点零花钱用用！"一会儿，又是笑眯眯地，"老阿姐，你觉得我这个人还可以，可是又觉得杜原没什么不好。你这个人很没有原则。"整个晚上乱七八糟的，早上起来头昏脑涨，像没睡过似的。把梦里的情景告诉刘言。他听了，道，"老阿姐，你压力有点大。心火太旺。"

苏以真瞥见他的脸色，便后悔不该把梦说出来。又是匕首又是杜原，都是敏感的话题。又何必让他多心。两人其实这阵子都有些心力交瘁，硬撑着，互相鼓劲。

钱文薏弄到了周立波的演出票。这次是两张。"带你的小阿弟去看吧。"苏以真发自内心地感激她。朋友就是朋友，会无条件无原则地支持你。钱文薏说杜原调去新加坡工作了，好像合同签了五年。"那边的黑胡椒螃蟹味道不错哦。"她道。苏以真很认真地道："我现在比较喜欢吃水煮鱼。"钱文薏哧的一声，骂她"死腔"。

苏以真问她，"我如果真的嫁给他，你觉得怎样？"钱文薏道："只要你觉得好，我都OK。"苏以真说刘言早晚能当上大厨，"到时候就没有人说我们不配了。"钱文薏朝她看，"你会这么想，表示你其实很在乎这些。"苏以真说："不是我在乎，是别人在乎——你之前不是也说我们不合适？"

钱文薏道："别人再怎么想都无所谓，只要你过得了自己这关，那就一点问题没有了。"

星期天，苏以真叫了钱文薏和另外几个老同学，一起到刘言的饭店吃饭。"替我男朋友捧捧场——"她给刘言打了几个电话，都没应答。猜他多半是忙着。便招呼几个同学坐下，自己跑到厨房，没看见他人。迎面遇见高原红女孩，问她刘言在哪里。女孩说在后巷。苏以真便有些纳闷，不是烧菜嘛，怎么到后巷去了。便从后门穿出去，看见刘言坐在小板凳上，面前一个大脚盆，里面堆满了碗碟，洗洁精唾沫似的漂在水面上。旁边正对着一个出风口，火辣辣的热风肆无忌惮，吹得他满面通红。一会儿从里面走出个老板模样的男人，对着他道，"手脚麻利点，里面碗不够了。"刘言答应了，拿手臂抹一把汗。苏以真闪在一边看了几分钟，默默地退回去，对同学说找不到人，"也不晓得去哪儿了——嗯，我来点菜，这里的水煮鱼味道还不错——"

晚上刘言说有空，又买了小菜到她家。做了道新菜"香辣猪手"。她问他，最近上灶感觉怎样，老板对你满意吗？他回答，反正是越来越有感觉了，老板是自己人，当然满意咯。她点头，把到嘴边的话缩了回去。他又道，"夜大这学期的期末考试，我考了八十五分。你老公现在是能文能武，文武双全。"苏以真微笑了一下，"就是。"

刘言说已经向老板提出涨工资了，"要留住我这样的人才，不出点血怎么行？"苏以真在厨房里削水果，一分神，竟差点削到手指。一会儿，他又说要请她吃饭，"上次你说的那个股票，真的涨了一倍。"

她说不急,等卖掉再说,落袋为安。停了停,他问她,"杜原真的去新加坡了?"她嗯了一声。他道:

"新加坡是个好地方。"

他依然坚持请她吃饭。几天后,在古北的"初花",上海很有名的日式料理。环境很幽雅,食物也很新鲜。苏以真喜欢吃海胆,连着叫了好几份。刘言开玩笑说这玩意儿像鼻涕,粘不拉叽的。因为是放题,两人都吃了很多。还喝了几瓶清酒。刘言说他是第一次吃日本料理。

"老阿姐喜欢的东西,肯定有道理。不错,真的不错。"

苏以真挟起一块生鱼片,问他,"这个好吃,还是水煮鱼好吃?"

他老老实实地回答:"水煮鱼是吃个刺激,平心而论,还是生鱼片好吃。"

吃完饭,他送她回家。到了她家楼下,她让他上楼喝杯茶,消消食。他说不了,太晚了,免得打扰她休息。她点头。他转身便走,忽地又停下来,回头道:

"老阿姐,我喜欢你。真的很喜欢你。"

他说得这么大声,应该是有些醉了。旁边几个路人听见了,都朝两人看。苏以真脸一下子红了。却不是难为情的红,而是有些激动的。又觉得愧疚。想若不是她,他怎会如此辛苦。连钱文薏都能看出她其实是耿耿于怀的,他又怎会看不出来?他原本就是那么敏感。

她忽然想到,那天高原红女孩在饭店看见她,肯定告诉他了。他自然晓得她来过。她不说破,他也不说破。两人打哑谜似的。

回到家,她给他发短消息:"要是不想去南非,加拿大怎么样?那里天气冷,不容易生青春痘。"

等了半天,也不见他回复。她索性打他电话。也不接。第二天再打,竟然是空号——他把号码注销了。去川菜店找他,回答是已经辞职了。她向老板询问他在青浦的地址。老板不肯给，说这是个人隐私。"我要是告诉你，我就是犯法，晓得吧？"

她找遍了他所有可能去的地方，都找不到他。好像一夜间，这个人便蒸发了。她骂自己蠢，他既是存心要躲开她，又怎会让她找到？

她搞不清楚怎么会这样。相比第一次分手，这次更是突然。都让人猝不及防了。她画在他背上的"心"，还有他写在她手心的"心"，都没有变过啊。那颗心真正藏在深处，外面再怎样也完全不搭界的。她和他努力去呵护的心。——又或许，太宝贵的东西便是如此，越是珍视，越是脆弱，一丁点风雨也禁不起的。

她回想起最后那天，她问她"水煮鱼与生鱼片哪个更好吃"，他回答，"水煮鱼是吃个刺激，平心而论，还是生鱼片好吃。"——原来是这个意思。

## 尾声

苏以真三十岁生日的前一天，办好了新加坡的移民手续。杜原在那边等她，两个月后便是婚礼。到时双方父母都会到场。钱文薏是伴娘。她要苏以真额外负责她男友的机票与住宿——长相酷似王力宏的外科医生，现在已升做主任医师。"我们本来老早想结婚了，看你大概也找不到其他伴娘了，所以只好吃亏点，等你结了我们再结。你千万要拎清。"

外婆说她，"其实该早点结婚的，女人过了三十岁再结，总归有些晚了。"苏以真父母已确定了回国的日子，连新饭店的地址都找好了,就在浦东的滨江大道。外婆说,好不容易把女儿盼回来了,外孙女却又要嫁走了。苏以真便安慰外婆,"新加坡呀,人间天堂,多少人想去还去不成呢。"

临走前一天,苏以真上开心网,与同学聊天。大家听说她要去新加坡了,都向她祝贺。还有一些平常不大联系的同学,用名字搜索,结果十有八九也能找到。开心网便是这么有趣的消遣。聊到半夜一点多,正要下线,忽地心念一动,输入名字"刘言",在性别选择"男",然后按下鼠标。

一下子跳出了几十页。她一页一页地翻去,密密麻麻的"刘言",有老有少。忽然,一张照片映入她的眼帘——是她与他在长城上的合照。她点开他的首页,生日、地区都吻合,没错,就是他。他居然把这张照片放在他的首页。

她怔怔地看了一会儿。他搭住她的肩,偷亲她,有些得意扬扬的眼神。像个孩子。

忽地,她听到有人在耳边道:"老阿姐,这张照片我要留一辈子的——叫'吃老豆腐'。"她霍地转头,却是空空如也。只看见窗外树影摇曳。窗子没有关严,应该是风声。

她心里酸酸的。接着,鼻子也酸了起来。像被什么驱使着。这样的夜里,端详着这样的照片,真是有些说不出的感觉呢。她点了"发送消息",在屏幕上打下一行字:

"祝你快乐。老阿姐。"

## 老陶的烦心事

　　老陶和老罗下围棋。老陶的棋艺比老罗高出一截，两人不是一个档次。老陶通常只花五分心思下棋，剩下的五分心思，用来考虑怎样下成和局，又不让老罗看出来。同样是五分心思，后者要比前者辛苦的多。老陶倒不是故意逗老罗玩。他的想法很简单——总让老罗陪他下棋，还时常叨扰人家一两顿饭，怪不好意思的。老陶把这看作是报答，人家陪他消遣，他让人家舒坦，上海话叫"适意"。老罗这个人，好胜心强，挺把输赢当回事。适了他的意，他开心了，老陶也开心，这叫皆大欢喜。两个五十出头的老家伙一边下棋，一边有口无心的聊天。聊政治、聊天气、聊小孩、聊老婆。老陶是没有老婆的，每次老罗一说到他那口子，老陶都只有闭嘴。老陶不会显山露水的闭嘴，而是笑一笑，扯点别的，把话题带过去。老罗的老婆是个细细小小的女人，讲话也细声细气，老陶和老罗下棋的时候，她在旁边泡功夫茶。三个杯子一字排开，烧开水，先把杯子烫了，再烧开水，倒满了，盖上杯子，两根手指灵巧的一转，翻个身，将盖子掀了，立时香气四溢。她把茶杯端给老陶，老陶毕恭毕敬的站起来，双手接过。如果说和老罗下棋是消磨时光，那么到了此刻，就完全不同了，境界升华了，像文章写完后的那个省略号，留了无穷的回味。老陶当然不是对人家的老婆有什么想法，只是每次喝完茶，心里都会长长的叹一口气。老罗听不见，老罗的老婆也听不见，只有老陶自己能听见。这口气幽幽怨怨的在胸腔里转个圈，便四散了。本来也没什么，因这口气来了又走，有了对比，反倒一下子觉出个空荡荡来。

这天，老陶和往常一样喝茶、下棋。他输了。连他自己都不晓得怎么输的，一眨眼的功夫，白子就被围个水泄不通。老陶盯着棋盘看了半天。老罗笑吟吟地拍他肩膀，说老陶啊，你也有今天。老陶也笑笑，缓缓地说，输了输了。不行了。

老陶说完叹了口气。他顿时惊觉了。平常藏在心里的那口气，今天居然溜了出来。想刹车都来不及了，那口气不长不短，不紧不慢，刚刚好落在他和老罗中间，尾音还有稍许佻皮，像毛笔字中的一提，轻轻巧巧便翘了上去。老罗也发觉了。老罗说，我知道你水平比我高，平常你都是让我的。老陶摇手，说，都差不多差不多。老罗跟着说，可是你今天是输了，你不要气。老陶说，我哪里气了？老罗说，你还说你没有气，你看你都叹气了。老陶说，我叹气不是因为下棋输了。我叹气是因为心里不舒服。老罗问，你为什么心里不舒服？

老陶不说话，又叹了口气。他发现叹气是件好事，一口气出来，心里就舒服多了。他问老罗，你吃过刀鱼没有？老罗说，好几百块钱一斤呢，吃不起。老陶说，那是清明前的刀鱼，过了清明就便宜了。老罗说，再便宜也吃不起，还是鲫鱼鲈鱼实惠，味道也不差。老陶笑笑，说：

"老罗我跟你说,做人都有烦心事,过日子谁会一直顺顺当当的?可老早那些烦心事吧,就像清明前的刀鱼,刺是软的,扎一下不疼。最近不晓得为什么,像刀鱼过了清明,刺全变硬了,一碰就伤筋动骨啊。"

老罗笑起来。他说老陶啊,你这人还真有趣,好好说话就说话吧,偏要拿刀鱼来打比方。我知道你下了岗,心里不痛快,可是上海那么多人下岗,你今年五十三岁,也讲的过去了。我还比你早两年下岗呢。现在有什么不好?下下棋喝喝茶,吃饭困觉,小日子过的蛮惬意。

老陶不再说什么了。他知道和老罗谈不到一起。老陶倒不是看不起老罗,老罗人蛮好,爽爽直直的一个人。可就是太爽直了。过日子像筛筛子,除了吃喝拉撒,别的都被他筛掉了。老陶不是这样。一个句子只剩主谓宾还有什么意思,要添上定状补才像样。那些被老罗筛掉的东西,有好多在老陶看来都是极重要的。这跟老罗没法说清。不是实打实的东西,老罗不感兴趣。老陶要是再说下去,老罗就会说,老头子一个,还像小姑娘一样,恶心不恶心?

老陶年轻时是办公室里的文员。他学历不高,写写弄弄还不错。后来厂里新分来了大学生,他被调到收发室,一做就是十几年。收发室工作清闲,整天坐着不动,别人会腻味,老陶不会。收发室里有成堆的报纸,看完了,还有从家里带来的小说,古代的现代的武打的言情的,老陶爱看书。书一打开,整个人就掉进去了。书里有说不出的好。书里是另一个天地。女人死了那么多年,要不是看书,老陶肯定撑不下去。书能把一些东西压下去,再生出些别的东西来。

有时候夜深人静,老陶会想起他的女人。两人是介绍认识的。老陶个子不高,长得蛮清秀,想找个小巧玲珑娇娇柔柔的女人。他幻想着和她手拉手走在小桥上,像梁山伯与祝英台那样,很诗意很古典的场面。后来介绍人把姑娘带来，一看，比他高小半个头，皮肤偏黑，肩膀宽宽的，身胚倒是蛮结实。老陶是有些失望的。结婚后，老陶才发现，这女人所有的诗意和娇柔原来都在床上。这让老陶很难为情。怎么会这样呢？不可思议了。而更让老陶难为情的是，随着时间的推移，他居然越来越懂得欣赏这种诗意和娇柔。他们的关系一直很好。那样的诗意和娇柔，造就了另一种意趣。这点，老陶婚前是没想到的。女人死后，老陶再看那些才子佳人的书，有了别样的感觉。原来书里好多场景，只是铺垫，是虚的，浮在面上的。真正落到实处的，其实是书里没写尽的，红鸾帐背后的故事。老陶不能想这些，一想就很不好意思。那阵子，老陶总是睡不好。明明关着灯，却时不时能看见她。窗台前、炉灶边、桌椅边、床角边，全是她的身影。

女人为老陶留下两个孩子。女儿陶晶晶二十七岁，最近又回了娘家，哭着说要离婚。老陶一向宝贝这个女儿。女儿刚出生时粉妆玉琢，像极了洋娃娃。五岁就熟读唐诗三百首，奶声奶气的在亲友面前背"床前明月光，疑是地上霜"。陶晶晶长大后不及幼时漂亮，但体态丰腴，五官细细巧巧，倒有几分像古代画上的仕女。到了谈婚论嫁的年龄，老陶看周围的小伙子，觉得谁也配不上自己女儿。毛脚女婿上门那天，老陶见到一个铁塔似的男人，先是吓了一跳，又问他做哪行的，回答是货车司机。更加凉了半截。女婿是女儿自己选的，认定了敲牢了，老陶再劝也没用，棒打鸳鸯的结果是——越打越要好。女儿是怀着孩子去领证的。喜宴那天，新娘父亲致贺词，老陶站到台上，看见女儿涂满胭脂红扑扑的脸，想起她出生时的情景，一下子悲从中来，竟然哭了。哭的哀哀怨怨，悲悲凄凄。女婿的母亲是个迷信的人，被他这么一哭，直呼倒霉，从此便认定"亲家是个老十三点"。结婚几年间，小两口争吵不断。老陶常听女儿在电话里说，我去上吊，死给你看！要不就是，我拿菜刀去，抹脖子！老陶又是担心又是伤心。担心的是，哪天女儿别真的想不开做傻事，伤心的是，那样精致的一个女孩儿，怎么成了现在这副模样。老陶嘴上不说，心里是有点怨女婿的。一朵鲜花插在牛粪上，老陶常这么想。女婿的妹妹在纸品公司上班，每次女婿上门，带的不是烟不是酒，居然是大捆的卷筒纸、草纸、湿巾纸，还有卫生巾。左邻右舍见了，都说陶师傅，你这个姑爷倒是蛮实惠，其实也好啊，过日子嘛。老陶哭笑不得。

　　儿子陶亮亮，刚考上大学。老陶的女人就是生他时难产死的。本来按照政策，那时已经不能生第二胎了，可老陶的母亲吵着要抱孙子。老陶女人躲到乡下去生孩子。医疗条件不好，又是偷偷摸摸的，最后弄了个大出血，小孩保住了，大人没救过来。因为这个原因，老陶一直不大喜欢陶亮亮。看见他，心里就发酸。两个孩子差了十来岁，陶晶晶结婚的时候，陶亮亮还在读初中。这不是个让人省心的孩子。小学留了一级，初中又留了一级，勉强读到高中，谁晓得他高二下半学期期末考居然考了个全班第二。老陶惊的眼镜差点没滑下来，全身的血管一下子扩张，发烫了，想，莫非生了个怪才？兴奋劲还没过，高三上半学期模拟考试，陶亮亮语文和英语齐刷刷亮了红灯，三门主课加起来还不到两百分。老陶的血管陡然收缩，结冰了。高考那几天，老陶和老罗下棋喝茶，想也不想，就当没这回事。不久揭榜，陶亮亮以优异成绩考上一所重点大学，其中语文大小两篇作文都得了满分。老陶的心脏病就是那时落下的。开学那天，老陶送儿子去学校。儿子从小没离过家，老陶是一百个不放心，胸腔里是铺天盖地的父爱，满当当的都快溢出来了。下了车，一个体态丰满的穿花裙子的女人走在前面。陶亮亮直勾勾地盯着她硕大的屁股。办好手续，临走了，老陶想语重心长地说几句，儿子先开口了。陶亮亮说："老爸，你觉得屁股大的女人好看,还是屁股小的女人好看?我喜欢正正好好的,不要太大也不要太小。"老陶深吸一口气,再缓缓吐出来。他不能激动,一激动就要吃麝香保心丸。

事实证明,陶亮亮对女人屁股的关注一直没有停止过。几天前,也就是老陶对着老罗叹气的前一个星期四,老陶接到儿子学校教导主任的电话。教导主任的声音不急不徐。他对老陶说:"陶亮亮上体育课的时候,摸了一个女同学的屁股。有空的话,麻烦你来一下学校。"

收发室除了分发报纸外,还负责打考勤卡。早上八点半,上班的人们来到收发室窗前,报出名字,老陶逐个敲卡。公司对考勤抓的很严,迟到十分钟要扣半月奖金。往往是窗外迟到的人苦着脸,窗内敲卡的人叹着气。老陶自感罪孽深重。职工大会上,老陶向领导提议,是否可以放宽些,早上路堵,大家也挺不容易。领导不客气地把他顶回去。"路堵?路堵是迟到的理由吗?嫌路堵就别做了,回家抱孩子去!"老陶无话可说。每天八点半一过,老陶就伸长头颈盼着,老天保佑,大家都别迟到。设备科的老梁腿脚不好,住的又远,换三辆车才能到厂里。老陶知道他爱人得了肝癌,小孩还在读大学,负担挺重的。那天,眼看着八点四十了,老梁还没到。老陶心一横,帮他把卡敲了。本来也没什么,偏偏这么巧,给值班经理看见了。领导们专门为这件事开了会。不久,老陶便下岗了。

老梁到老陶家去了一次。送了两瓶酒一条烟。老陶收下了,倒不是贪图这些东西,而是让老梁安心些。老梁是老实人,愧的连话也说不出了。老陶也是老实人,反复地说,没关系没关系,反正再过两年也退休了。两个老实人一会儿叹息,一会儿摇头,到后来干脆沉默了。你看看我,我看看你,窘的倒想笑了。

老陶女人的遗照摆在客厅的五斗橱上。没事的时候，老陶就搬张凳子坐在照片前看。女人扁扁平平的脸，因是黑白照，轮廓深了，眉眼倒是清透了不少。看着看着，老陶心里会生出些伤感来。女人的眼睛会说话。老陶觉得她就是在跟自己说话。别人听不见，老陶能听见。那些话不是一个个句子，而是一串串的眼神，像无线电波那样，飘过来，老陶收到了，飘过去，老陶又收到了。老陶也会对女人说话。说的很轻很轻，只有女人能听见。老陶把心事告诉女人。他的心总是塞得满满的，要是不说些出来，憋得慌。老陶是那种看见树叶掉下来就要难受半天的人。说给别人听，别人会笑话。女人不笑话他。女人静静地听。老陶的嘴，就是一篇篇日记，记着老陶一天又一天的日子。女人走后的日子，一天比一天长。几近难熬了。老陶说着说着，凄清的感觉就从心底冒出来。起初是一点一点，后来就变成一大片一大片。压都压不住。渐渐的，老陶的眼泪落了下来。

　　老陶也想过再找个伴。那时老陶还是小陶。儿子五岁，女儿十三岁。老陶问他们，给你们添个新妈怎么样？陶晶晶撇撇嘴，不说话。陶亮亮爽快地说，我不要后妈，后妈会欺负我和姐姐。老陶一想也是。万一真的找个狠心的，就对不起死去的女人了。老陶又当爹又当妈，把两个孩子拉扯大。年轻时乌黑锃亮的头发，渐渐稀疏了，失去光泽，到后来照镜子都看见两鬓斑白了。岁月是有脚的，抹了油，哧溜一下就滑了过去。只眨眼功夫——小陶成了老陶。

　　女儿谈恋爱那阵，两人好的有点过头。饭后吃水果，女婿叉起一片西瓜喂女儿，甜甜蜜蜜的，手肘不经意间在她胸前扫过。两人眼神对了一下。老陶装作没看见。女婿的手在女儿大腿上摩挲。女儿想笑，起初憋住了，后来还是忍不住，咯咯笑出声来。像钢琴声，一长串音符连着，末了还有回音。女儿的笑声让老陶心里一荡。笑的有些那个了。接近放肆了。有时老陶也会拐弯抹角跟女儿说。陶晶晶先是脸红，渐渐就不理不睬了。老陶其实比她还难为情。老陶想，是不是自己太无聊了。其实再想想，女儿也是女人，有些事情是自然规律，免不了的。就像阳台上的丝瓜藤，天天浇水施肥，到时候就会开花结瓜。打扫儿子房间时，老陶常会发现一两本花花绿绿的杂志，上面的外国字不认识，可外国女人还是看的来的。老陶一页页的翻，心跳的越来越快。老陶把杂志摔在儿子面前。陶亮亮叫起来，老爸帮帮忙，小儿科嘛。老陶让他把这些杂志全部扔掉。陶亮亮说，几十块钱一本呢，怪可惜的。老陶夺过来，想撕掉，想想又放下了。那天晚上，老陶躺在床上，眼前闪过一个又一个的外国女人。金头发、黑头发、褐色头发，还有白色头发。一个穿的比一个少。嘟着嘴，翘着屁股，看人时眉尖向上一挑，很妩媚了。老陶觉得对不住自己女人。老陶闭上眼睛，外国女人过来在他脸上呵气；老陶侧过身，外国女人摸他的背；老陶拿被子蒙住头，外国女人悄悄搔他的脚底板。那晚，满屋子晃的都是外国女人。老陶一直没睡着。脑子里有一幅画——女人的嘴唇、胸脯、屁股合起来的一幅抽象画。老陶非常非常的不好意思。

　　陶亮亮考上大学后，家里就剩下老陶一个人了。老罗家住在楼下，下几格楼梯便到了。老陶和老罗一边下棋一边聊天。老陶告诉老罗，隔壁新搬来一户人家，男的是公务员，女的是家庭妇女，倒是蛮客气，有次包馄饨，还送了一碗过来。虾肉馅的，味道蛮好。老罗问，多大岁数，长的怎么样？老陶说，四十来岁吧，长的还算白净。说完觉得有些不妥，见老罗冲自己笑。老陶便不说了。吃饭的时候，老罗女人招呼老陶留下。葱烤鲫鱼、糖醋小排、豌豆鸡片，西红柿蛋汤。再开一瓶绍兴黄酒。老罗酒量不行，几杯下肚，话就多了。老罗说，老陶啊，是不是有点想女人了？老罗斜眼看老陶，贼忒兮兮的笑。老陶说，别胡说。老罗说，我敢打包票，你要是不想，我就把头割下来。老陶只好笑笑。老罗女人在一旁说，你割呀，我拿菜刀去，不割你就不姓罗。老罗眼睛一翻，说，我把头割了你有什么开心，你那两只冰冷的爪子，我死了，晚上谁帮你热被窝？老罗女人往地上呸了一口，骂道，臭嘴巴！老罗咧开嘴嘿嘿地笑。女人把汤拿到厨房加热。老罗凑近了，轻声对老陶说，菜场边那个梦露发廊你晓得吗，里面的小姑娘长的水水灵灵，白天剪头发，晚上就帮客人解决困难。老陶一愣：解决什么困难？这时老罗女人端着汤进来了。老罗反问，你说呢？老陶顿时明白了。老罗朝他一挤眼睛，似是达成了某种默契。老陶挟了一块小排，放进嘴里嚼。忽然间有些无味了。有些事情，老陶喜欢静静的藏在心里。像水中的月亮，远远看着，很美。不能用手碰。一碰就碎了，走样了。老陶听不得老罗这样说话。老陶小心呵护着的那个东西，被老罗这样剥皮拆骨的说来，成了赤裸裸的一个内核，很不值钱了。老陶想说话，可又不知该怎么说。像有什么东西被撩拨着，只是搔的不是痒处，挠错了地方，越发不舒服了。老陶脖子一仰，将酒杯里的酒全干了。

女同学红着脸来了。老陶低着头。陶亮亮歪着头，看天花板上的蜘蛛网。教导主任说，呶，就是这个小姑娘。老陶偷偷朝她看。梳两条丫辫，瘦瘦小小的个子，鹅蛋脸，大眼睛。老陶连声说，对不起对不起。女孩没吭声。老陶训斥儿子：不像话，你怎么能这样呢，丢不丢人，你、唉，真是不要脸！"不要脸"三个字出口，老陶心里咯噔一下。好像骂的过头了。不给儿子面子了。陶亮亮揉揉鼻子，结结实实打个喷嚏。唾沫星子溅到教导主任脸上。教导主任皱起眉头。

那天体育课陶亮亮摸女孩屁股，本来也没什么，女孩没声张，几个男生见了，也不过一笑。偏偏给班上一个大嘴巴女生瞧见了，立时嚷起来：陶亮亮耍流氓了！陶亮亮摸小姑娘屁股了！嚷的大家全知道了。体育老师刚进来不久，是个新人，听了也不晓得怎么办，就报了教导处。学校正在整顿校纪校风，算陶亮亮倒霉，被当了典型。记大过一次。老陶临走前到儿子宿舍去了一趟。床边贴着几张海报，都是清一色丰乳肥臀的妖娆女人。老陶看看海报，再看看儿子。陶亮亮满不在乎的吹了记口哨。老陶倒不晓得说什么好了。回去的车上，老陶看着窗外，不住的叹气。儿子刚出生时才一点点，小老鼠似的，现在居然长这么大了，会摸女孩屁股了。老陶摇了摇头。他想起那个女孩。穿件小背心，怯生生的站着，能看见两片突出的肩胛骨。她好瘦啊，大概还不到九十斤。老陶一边恨铁不成钢，一边又有些纳闷。要是儿子摸的是海报上那些女人，倒也想的通些，可这个女孩——老陶不好意思往下想了。再想就不对了。下作了。老陶读中学时，弄堂里有个青年跑到女浴室偷看，被当场抓住。老陶知道这个青年，他妈妈没有工作，靠糊纸盒度日，两只眼睛常年发炎，泪水不断。不久，母子俩悄悄搬走了。做贼似的逃走了。那时老陶就想，他妈妈真是可怜，养了这种下作胚，脸都丢尽了。谁晓得几十年后，老陶也养了个下作胚。老陶欲哭无泪。他一下子想起自己的女人。为了这么个下作胚，丢了性命。真是不值得。起风了。老陶听到车窗外沙沙的树叶声，像是女人的哭泣声。路边走过的每一个女人，老陶都觉得她们很可怜。女人真比男人可怜。要生孩子，要做家务，还要被男人耍流氓。男人都不是东西。老陶觉得自己也不是东西。老陶使劲摇晃脑袋，要把里面那些妖妖娆娆的女人摇出来，大胸脯大屁股的女人。老陶很苦恼。他的脑袋好像没有门。一摇，她们掉出来；可是很快的，她们又会钻进去。老陶不晓得怎么办才好了。老陶闭上眼睛，想着自己女人的模样，心里说，——孩子他妈，我真想你，真想你啊。

　　老陶回到家。打开门，看见女儿和女婿飞快的从沙发上坐起来，冲力太强，沙发还弹了两弹。老陶吓了一跳。女儿头发散乱，胸前的扣子松了几个，拿手护着，肩带滑到手臂上。女婿叫了声"爸"，神情尴尬。老陶干咳了一下，摸摸头，说，嗯，这个，我上个厕所。老陶在厕所的镜子里，看到鬓角又多了几根白头发。老了，真的老了。吃过晚饭，女儿说要回去。女儿这次在娘家待了一个多星期。因为孩子入托的事，她跟婆婆不开心，女婿也不帮她，一气之下就回娘家了。她对老陶说，这次非离婚不可了，不离就不姓陶。老陶说些劝解的话，倒也不担心，女儿的脾气就是这样，来的快，去也快。老陶倒是蛮喜欢女儿回娘家。女儿回来，他就不是一个人了。虽然女儿和他话不多，但女儿看电视，老陶就在旁边看她，女儿烧菜，老陶就帮着洗洗弄弄，女儿每天临睡前要做四十个仰卧起坐，老陶就给她压脚，数数，一个，两个，三个，四个……老陶很满足了。老陶站在窗前，看到女婿搂着女儿的腰，小两口亲亲热热地走远。老陶安慰自己，走了也好啊，要是一直留着倒麻烦了。老陶回到屋里，呆呆地坐在椅子上。房间一下子又冷清下来。孤零零的，糟老头一个。楼下传来打骂孩子的声音，孩子尖声哭着，哭声一阵高过一阵。老陶想，打吧打吧，再打也是个讨债鬼。老陶懊恼了——当初何必给他们取名叫陶晶晶、陶亮亮，还不如一个叫陶债鬼，一个叫陶气包。倒也蛮好。

　　老陶那天晚上拿出纸和笔，想写点什么。很久没动笔了。一枝笔握在手里，都攥出汗了，还是一个字没写。脑子里的东西不少，呼之欲出，可堵住门口，反而出不来了。头倒是疼了。老陶晓得今天是睡不着了，干脆搬张躺椅到阳台上，躺下来。满天繁星就在头顶，一闪一闪。老陶看到最亮的那颗，也离他最近。老陶眼睛眨也不眨的看着它。以前听人说过，人死后，灵魂会变成星星。老陶猜这颗星星就是他女人。她靠的这么近，老陶不用费力抬头就可看见她。她静静地看着老陶。老陶朝她挥手。老陶说，看到我的白头发没有？还有头顶，都秃了一大块了，唉，不用多久，你老公就成秃子啦！老陶说完笑了。笑声戛然而止，像急刹车，连个余音都没有。接着老陶就不说话了，躺在那里，一动不动。似是痴了。

　　老陶九十多岁的老外婆去世了。这把年纪了，走的又不痛苦，所以是喜丧。老陶的外公四十多岁就没了，外婆一个人过了大半辈子。吃豆腐饭时，老陶听见邻桌有人在说故事，说古代有个女人年轻守寡，又不能改嫁，日子难熬啊，尤其是晚上，孤枕难眠，睡不着。于是女人想出个办法，每到晚上就把满满一盆绿豆洒落在地上，再将灯吹灭了，跪着，一粒粒去捡。从夜里捡到天亮，不停的捡，手指磨出一个个血泡，全身散架似的疼。终于把绿豆一粒不剩全捡了起来。女人筋疲力尽，倒也不觉得孤单了。老陶听了，怔怔的发了好一会儿呆。晚上回到家，老陶拿出一袋绿豆，洒了半袋在地上。关了灯，趴着去捡。黑咕隆咚的，老陶的头重重地撞在桌角上，疼的直龇气。一会儿手肘又撞到床脚了，麻麻酸酸。膝盖火辣辣的疼。背也酸了。老陶吃不消了。摸索着开了灯，拿扫把将绿豆全扫了起来。一屁股坐在沙发上，喘着气。老陶想，那个寡妇到了他这把年纪，大概也捡不动了——到了这把年纪，难熬也只有熬啊。

　　老陶又睡不着了。睡意像长着翅膀，扑腾扑腾越飞越远。他看表，十一点。坐起来披上衣服，走下楼。月色很美，旁边那条林荫小道上，走着夜归的情侣们，手挽着手，搂着抱着，月光下，影子合成一个。老陶缓缓走着，鼻尖触到夜里清新而微凉的空气，倒是惬意了些。

走着走着，老陶绕到另一条马路。一家店门前灯还亮着。招牌上写着"梦露发廊"。门紧闭着。老陶一下子想起老罗的话。有次老陶买菜经过，朝里看了一眼。好几个妖冶的女人，穿着奇形怪状的衣服。旁边，一个年轻姑娘坐在凳子上，托着下巴，眼睛低垂，长长的睫毛微微颤动。身后是一盆百合，映衬着姑娘的脸，静静的，像一幅画。那天老陶只看了一眼，便快步走了。印象深刻。此刻不晓得为什么，鬼使神差的，老陶忽然想去看看这个姑娘。他的手触到门把，有些犹豫。他朝四周看，没有人。

老陶一咬牙，有些羞涩的，推开了门。

屋里灯光昏暗，几个女孩坐着，有抽烟的，有打盹的，见老陶进来了，都朝他看，其中两个迎了上来，站在老陶旁边，拿眼神瞟他。老陶不知所措了，脸红了。一个三十多岁穿黑色蕾丝衣服的女人过来，问老陶，老板洗头还是按摩啊？老陶张口结舌，说，这个，这个——女人笑了，说，老板是第一次来吧。老陶依然是说不出话。他朝周围的女孩看，一个个看过去，仔仔细细地看。有个女孩在涂脚趾甲油，低着头，看不清长相。老陶觉得她发型有点像，便走过去，凑近了看——原来不是。女孩被他一惊，指甲油涂到外面了，嗔怒的白他一眼。老陶讪讪地说，对不起对不起。屋子里弥漫着香水的味道，但香的不纯，夹杂了些别的气味，腻腻歪歪的。老陶退出去，正要开门，门已经开了，一个女孩站在门口。浅蓝色的连衣裙，干干净净扎个马尾，没化妆，皮肤白得透明。老陶呆了呆。他觉得她真像是从画上下来的，换上古装，盘个髻，舞几下水袖，活脱便是杜丽娘，或是崔莺莺。老陶怔怔地看她。

女孩叫林曼君。老陶觉得这名字真好，就问她是爹妈取的，还是后来改的。她说是爹妈取的。女孩的声音轻轻柔柔。老陶猜她爹妈应该也是读过书的。女孩带老陶到她住的地方。租的老式公楼,底层一室户。外面阴阴暗暗,到了里面,打开灯,收拾的整整洁洁。女孩让老陶坐在沙发上,拿了罐啤酒给他。老陶说,我不喝酒,水有吗?女孩看他一眼。老陶有些不好意思。沙发是布艺的,有些旧了。老陶靠在靠枕上,竟有些紧张了,心怦怦的跳。旁边就是床,淡青色的床单,浅咖啡色的被套。梳妆台上放了些面霜、口红之类的东西。老陶干咳一声,咽了口唾沫。女孩问他,洗澡吗?老陶屁股挪了挪,又坐下去,说:这个,我想看、看会儿电视。都结巴了。女孩打开电视,问老陶:想看什么?老陶说,我无所谓,你想看什么就看什么。女孩便调到戏曲台,一男一女唱昆曲。老陶没料到她会看这个。老陶平常也爱看戏,京剧、越剧、沪剧,还会哼几句,昆曲的程度有些深了,所以不大看。老陶问她,你喜欢听昆曲?女孩一笑,说,我不懂的,瞎听听。女孩笑起来有两个酒窝,皮肤泛着光,没有一丝瑕疵。老陶想,这样的女孩怎么会走这条路呢。可惜了。老陶问她,你是哪里人?女孩说,湖南人。老陶又问,几时来上海的?女孩说,前年。说着轻轻叹了口气。老陶听出这声叹息包含着无穷的意思,一言难尽的,无可奈何的,不为人知的,委屈加上心酸,都在里头了。老陶想,一定是个穷人家的孩子,没办法啊,可怜啊。

女孩话很少。老陶问一句,她答一句。老陶喜欢安安静静的女孩。女人不能话多,一多就琐碎了,俗了。像衣服穿久了起的毛边,不精致了。她手里玩着一把梳子,不小心掉到地上,弯下身子去捡。老陶瞥见她领口里粉红色的文胸,触电似的,忙转过头。女孩大约是察觉了他的目光,整整衣服,坐的愈发端正了。两人都不说话,沉默着。老陶听见自己身体里有一种声音。听不清是什么,很闷很沉,又很远,像旧式座钟,又像老人喉里含着的那口痰。含混不清,仿佛有了年头,生了锈，发了霉。很不爽了。老陶狠狠地咽了口唾沫，想把它压下去。倒是好了些，可过一会儿，声音又来了。一下、两下、三下、四下……

看了一个多小时电视。女孩朝老陶看，笑笑。老陶也笑笑。尴尬得倒想走了。又过了一会儿，女孩忽道，我有点胃疼。老陶问，要不要紧？女孩说，还行。很快的，女孩脸色苍白，额头上有冷汗冒出来。老陶惊道，你怎么样了？女孩不说话，手捂住胃，眼里都含着泪水了。老陶慌了手脚，说，我送你上医院。打电话叫了出租车。老陶扶女孩下楼，上了车。女孩眉头紧蹙，脸白的像纸。老陶说，忍一忍，很快就到了。到了医院，老陶挂急诊，医生问他要病历卡，老陶一怔，说，出来的匆忙，忘拿了。女孩躺在病床上。医生检查完，问老陶，你是他爸爸吧？老陶说，嗯，这个，是啊。医生说，急性胃炎，还有点发烧，打两天点滴就好了。平常吃东西注意些，别吃刺激性食物。老陶说，哦，谢谢医生。

女孩睡着了。老陶陪在她旁边。窗帘半掩着，月亮透进来，落在她脸上。从侧面看，她的眼睛、鼻子、嘴唇、下巴，连成一条圆圆润润的弧线。离得近了，能看见皮下一根根毛细血管。额头几根刘海刚才被汗弄湿了，粘在一起。楚楚可怜了。老陶伸出手，想替她整理一下，犹豫着又缩了回来。老陶累了，打个呵欠。看表，半夜三点半。他想，是不是该回家了。这时，他听见女孩轻轻叫他：老伯伯。老陶走过去。女孩说，我想喝水。老陶哦了一声，倒了一杯水给她。女孩喝完，躺下来。一会儿，又说，我想吐。老陶吃了一惊，连忙去拿盆。然而迟了一步，女孩已吐了出来，老陶不及多想，从旁边拿过一样东西便铺了上去。女孩大口大口地吐，眼泪滴落下来。老陶在她背上轻拍，安慰道，没关系，没关系，一会儿就好了。女孩吐完，老陶拿水给她漱了口。女孩说声"谢谢"，便躺下了。老陶再看那盛秽物的东

121

西，原来是自己的外衣。老陶苦笑一下，拿到卫生间去洗了。再过来，窗外已微亮，又是一天了。老陶坐下来，也不知怎的，竟想起卖油郎独占花魁女的故事来。卖油郎老实巴交，拿着辛苦积攒下的十两银子到妓院，想见花魁女瑶琴一面，谁晓得这天晚上瑶琴喝醉了，卖油郎守了她一夜，喂她喝水，还拿新衣服去接她吐出的秽物——老陶觉得自己像卖油郎。女孩就是瑶琴。老陶这样想着，有些自怜，倒不是伤心难过的自怜，而是凭空生出些别样的情绪，堵在那里，心口倒充盈了许多。细细咀嚼，这情绪像熟透的槟榔，越嚼越香，越嚼越是有味，到后来几乎不舍了。老陶的呆傻气又上来了。老陶想，她要是胃不疼，倒难办了。这都是老天安排好的，放在过去，又是一段佳话，可以编成戏了。

老陶回到家，洗个澡躺下，看见自家女人的照片。有些惴惴不安。很快的，老陶睡着了。做了个梦。梦见自家女人从门外走进来。老陶去拉女人的手。女人不让他拉，甩掉了。再拉，又甩掉了。老陶有些难过了，心口发酸，对女人说，我可没做对不起你的事，我心里只有你一个，你晓得的。老陶说完哭了。醒来时，枕巾湿了一大片。

几天后，老陶从老罗家下棋回来，打开门，看见沙发上两个人飞快的坐起来。老陶眼睛不好，还以为是女儿又回娘家了，再一看，那男的是陶亮亮，旁边的女孩有些面熟，头低垂着。老陶记起来了，是上次在学校碰见的那个。两条丫辫，瘦瘦小小的个子，鹅蛋脸，大眼睛。两个孩子脸都红了。老陶脸也红了。老陶说，嗯，这个，我去买点菜，你们坐坐。

老陶逃也似的出来，心里别别扭扭。他买了一条鲈鱼，半斤虾，一把鸡毛菜，几个西红柿。回来时经过梦露发廊，老陶想起那个林曼君，不晓得她现在怎么样了，胃好些没有。——也只有她才配当瑶琴，发廊里那些女人都是烂泥,她是莲花。老陶忍不住朝里望了一眼。他看到林曼君坐在椅子上,穿了条黑色短裙,两条腿不雅的张开着,嘴里叼支烟。她把烟圈朝旁边的男人脸上喷去,随即哈哈笑起来。她眉毛画的很细很长,朝上挑去,看人时很媚很嗲。拿烟的手,涂着黑色的指甲油。远远看去,像十段烧尽的焦木。

　　老陶呆了半晌,把目光收回来,朝前走。走了几步,想起忘了买葱,便又折回去买。再次经过梦露发廊时,老陶直直的走,眼睛连瞟也不瞟。

## 拈花一剑

### 一

拾儿。拾儿。

她喜欢听他这么叫自己。他叫得很快,声音是浮在半空中的,带个小尾巴,轻轻巧巧地滑过去。夹杂些儿时的狎昵意味。拾儿,拾儿——像叫一件最亲近的物事。这是她的特权。外人面前他可不会这样,人家都说,杜都尉啊杜都尉,这人什么都好,就是太端正了些,不苟言笑。只是一回到家,远远地,还未见到她的面,官服还穿在身上呢,一边脱,一边便叫她的名字。拾儿,拾儿——那一刻,他的官服,连带着官威,一并脱了下来。

她迎上去。叫声"公子"。

她接过他的官服和官帽,端上点心和茶。是他最喜欢吃的百花蒸糕——拿时令的花瓣晒干,加糖腌了,放在密罐里埋在树下,吃时取些出来,和面粉一起揉了,做成一朵朵花的形状,上屉蒸半个时辰,入口有花的清香。她常说这是女孩家的玩意儿,男人喜欢吃真是奇怪。

他不理会，隔几天便缠着她做。他一边吃，一边说衙门里的事。这样的乱世，每天总有忙不完的事，像水里的木头，按下去又起来，反反复复的。她知道他心烦。都尉的官阶，不大不小，下头管着几千兵马，等他的号令；上头又有将军，等他的捷报。都尉是个苦差事，实打实地干活，硬碰硬地打仗，连个躲懒的借口都没有。

杨锵，这条臭虫。她又一次在他嘴里听到这个名字。杨锵——传说这人有三只眼睛，第三只眼睛白天闭着，到了晚上才睁开，能看见千里之外的东西。身上的皮像野猪皮那样厚实，刀枪根本奈何不了他，而且不食五谷杂粮，专吃人肉、喝人血——她每次听人说到这些，心里便颤一下。这样一个妖物，难怪攻了那么多次都是徒劳。人又怎么斗得过妖呢？别说一座山头，便是整个天下，也难保有一天不是他的。她不懂朝廷的事，只是为她的公子爷担忧。每天三更睡五更起的，人日渐憔悴下去。她看他在书房里一遍一遍地写"杨锵"这个名字，恨恨地，然后把纸撕个粉碎，抛到空中。那样温文尔雅的一个人，到这个地步，也实在是逼急了。

杨锵——他说，昨日又抢了十几车官粮，伤了百来个官兵。他说这话时，皱着眉头，声音是往里收的，压着许多东西。她听见他话尾的那声叹息，心里难受极了。她宁可把自己变成刀枪剑戟，朝那个杨锵刺过去，把他胸口刺个大窟窿。她的公子爷，得平安无事才好。

他一边吃糕，一边喝茶。嘴里还嚼着糕呢，满满一大口茶灌下去。她说这样容易伤胃。他不理会，说吃肉要喝酒才有意思，吃糕也是一样，配上茶才吃得香甜。

点心吃到一半，王爷派人来传话，说让都尉过去一趟。他放下筷子便走，一口蒸糕噎在喉咙，呛得咳嗽起来，腰撞上桌角，差点绊个趔趄。她扶住他，拿过衣服替他穿上，说，慢点儿，不急。——她知道他这么火急火燎的是为了见谁，心里怪不是滋味，又有些瞧不起自己，不该捻这个酸，没意思。他是她的神，从小到大捧在心坎间上，却又连手也不敢握的。她清楚自己的身份，老杜相公两岁时拾了她来，教她读书习武，吃穿与主人无异。可她晓得，"拾儿"终究是"拾儿"，幼时家乡遭了瘟疫，爹妈都病死了，只剩她捡了条命，又遇上了好人家。她乖巧的很，府里上下都疼惜她，但这乖巧里多少带些无奈，被情境逼出来的，不得已的。

公子慢走。她轻声道。他却握住她的手，说，咱们一块儿过去。她笑着点头。

两人走到府门口，小厮牵了马，后面两个汉子抬着一顶小轿过来。他上马，她上轿。穿过两条巷子，青石大街尽头，便是王府了。门前两座石狮，威仪还在，只是颜色旧了，有了年月，也顾不上整修。旁边几个军士持刀站着，见人来了，便问是谁。小厮上前通报，说杜都尉到了。一会儿，管家从里面急急地出来，手卷在袖笼里，"王爷请都尉进去呢。"

如轩。王爷亲手端了茶，递给他——礼数有些重了，杜如轩忙站起来，恭恭敬敬地接过，说，不敢。王爷坐下，又让了让。他揭开茶杯，一股淡香扑鼻而来，是清明前新摘的茶。王爷却不喝茶，也不说话，坐着只是叹气。他不敢问，便也陪着沉默。厅堂里点着几盏香炉，薄烟袅袅。半晌，王爷道，如轩啊——。他忙起身，垂手站着。王爷一摆手，示意他坐下。

"如轩啊——本王如今能倚靠的人，只有你了。"

王爷说完叹了口气，朝他看。杜如轩不便接口，依然沉默。王爷又道：

"那个混账，上京参了我一本，说我霸田占奴，激了众怒，民心都向着杨锵,这才久攻不下——你听听,这还像话吗?"

王爷口中的"混账",便是楚将军。朝廷重臣,讨贼大员。杜如轩低头,不敢答话。拾儿一旁站着,见王爷右手小指留了长长的指甲,微微翘着。脸色铁青。他似是越想越气,一甩手,把茶杯摔在地上,砸个粉碎。侍从忙上来收拾。"奴才给您换新的茶来。"

王爷不语,忽地,斥责那人:"狗奴才,又忘了含鸡舌香——口臭得很。"

侍从忙不迭从袖管里掏出一片香,放进嘴里含着。

王爷哼了一声,转向杜如轩笑道:"我最闻不得异味了,才让他们整天含着香。"杜如轩道:"王爷是雅人。这堂上熏的香也好闻的很,就不知是什么香。"王爷答道:"是波斯进贡的芫茜香。你若喜欢,带些回去。"杜如轩连忙谢过。

王爷站起来,道,随我到内堂。杜如轩应了,跟着上去。拾儿也要跟进。杜如轩对她道,你在这里等我。拾儿微一欠身,答应了。见旁边一众侍从也并不跟着,只王爷和杜如轩两人进了内堂。管家垂手站着,说,姑娘若是闷了,不妨到后花园走走,出了客厅往右便是。拾儿说声"谢谢",慢慢踱了出去。

穿过一条长廊,池塘里荷花盛开,斜阳掩映着亭阁一角。便是王府后花园。她走上两步,倚着栏杆,看塘里的锦鲤,不时跃出水面,溅起几朵水花。站了一会儿,忽听后面有人道:

"拿这花瓣用水煎了,清火败毒,对咽喉痛最有效。小心别带着根茎,有毒的。"

她回过头,见不远处一个穿湖绿色衫裙的少女站在树下,手里拿着几枝花,对着旁边几个丫环说话。这少女眉目如画,夕阳余晖落在她脸上,整个人竟似发着光,让人不敢直视。

拾儿猜她便是郡主——王爷的独生女,公子爷的心上人。想到这里,心不自禁颤了一下。正要走开,郡主已看见了她,"你是——啊,我晓得你是谁,你是杜都尉的伴当。"

她只得停下,弓身做了个万福。一个丫环道:"郡主认得她?"郡主不答,却指着手中的花儿,问她:"你晓得这花吗?"

拾儿见这花只有两片花瓣,细叶儿呈心形,从根直长到上头,却是从未见过。便摇了摇头。郡主提醒她,你看这花长得像什么。她又细细看去,见花心处几道浅黑色的条纹,花瓣袅袅婷婷地伸展出去,直如蝴蝶的翅膀。"莫不是蝴蝶花吗?"她道。

郡主笑起来。"没错,就是蝴蝶花——这花美不美?"

拾儿点了点头。

"这花不光美,还能入药,解百毒。春夏季将花瓣采收,切段晒干,若是谁肝胃不适、内毒上火,煎汤服下,一会儿便好了。"

她说着,朝拾儿一笑。随即又看向手里的花,走上几步,嘴里轻哼着:

> 蝴蝶花,蝴蝶花,
> 蝴蝶你可好吗?
> 看似花,不是花,
> 无人来睬她。
> 蝴蝶花,蝴蝶花,
> 蝴蝶花不说话。
> 人在那,雨在下,
> 风吹草动疑是他——

这歌词简单入俗，倒也琅琅上口。她声音温柔得如同溪水一般，眼睛微垂，睫毛长长地披下来，脸上肌肤如玉，没有一丝瑕疵——这样一个美人儿，也难怪公子爷对她朝思暮想。别说男人了，就是女人，也忍不住想多看她几眼，和她亲近亲近。拾儿心里叹了口气。正想找个借口离开，忽听郡主脆生生地道："你头上的簪子真好看，让我瞧瞧好不好？"

拾儿一怔，摸了摸头上的簪子——前年过生日时夫人给的，只是一支寻常的玉簪，并无出奇之处。又瞥见郡主头上竟没有一点饰物，只拿丝带挽了发髻，不免有些意外，想这堂堂王府也忒节省了些——稍一迟疑，拔下簪子，递上前，忽见旁边丫环使个眼色，朝她摇了摇头。心念一动，还不及反应，手上一空，簪子已被郡主拿去。说时迟，那时快，只见郡主微微一笑，反手便往自己脖子里抹去——

周围一阵惊呼。拾儿叫声"不好"，正要去夺簪子，然而已经迟了一步，簪子已在她雪白的颈上划出一道血痕。忽地，半空中一个人影闪过，出手如风，紧扣住郡主的手腕——正是杜如轩。

"啪嗒！"簪子掉在地上，断成两截。

都说郡主疯了。若不是疯了，怎么没来由的便要寻死。好好的，一点征兆都没有，冷丁丁的。叫人猝不及防。贴身服侍的人都怕了她，连一丁点利器都不敢放在身上，首饰不敢戴，尖头的鞋不敢穿，吃饭拿石制的碗碟，就连女孩儿家用的针线包也都藏了起来——那个朝拾儿使眼色的丫环，心急火燎出去找大夫时，对着拾儿抛下一句"你呀，多事"。拾儿怔得都有些傻了，脸色比床上的郡主还要白。一会儿，大夫来了，搭了脉，说是皮外伤，不妨事，休养两天便好。管家送大夫出去。王爷朝杜如轩看，叹口气。

"都是那厮害的——"

丫环端上药，郡主不肯喝，"太苦了——"王爷劝她："良药苦口，你若不吃药，病怎么能好？"郡主依然是不肯。旁边两个丫环走上前，一个把郡主扶起来，一个拿药便往她嘴里灌。郡主一歪头，将药尽数吐了出来，弄得枕头上一片污渍。

回去的路上，拾儿都不敢跟杜如轩说话。坐在轿子里，一声不吭。听着帘外踢踢踏踏的马步声，猜他必定也是满腹心事——也是郡主命运多舛，好端端的，去年到庙里给亡母上香，居然叫杨锵那厮给掳了去。天牢里十几个天瞳山的贼人，原定了秋后问斩，可这么一来，投鼠忌了器，没法子，只得放人。郡主被掳了一月，人是回来了，可却是失了魂，整个人都傻了。也不晓得在山上遭了什么罪——他不说，她也不敢问。

"你怎么不说话？"他在轿外问她。

她道，有些累了。他道，簪子断了无妨，我买支新的给你。她晓得他是在逗她呢——这当口谁还想着那支簪子？她顺着他，嗯了一声。他又问，吓坏了吧？她停了停，道，我倒还好，你才吓坏了。

他沉默了一下。她掀开帘子，见他脸色凝重，眉头紧攒着。双手握住缰绳，似在发怔。她忙放下帘子，半晌，道，郡主真是个美人呢——话一出口，便有些后悔，不该提这个。听他在轿外叹了口气：

"大夫说了，是肝气郁结，形神俱伤——她这个病啊，怕是好不了了。"

她听到他的叹气声，更是难过。"有什么病是好不了的？她是郡主啊，王爷自然会遍寻名医，不必担心。"他停了停，涩然道："也是。"

她寻思着说些什么话哄他，忽地，听见轿外有人高声喝道：

"什么人！"

她慌忙掀开帘子，见外面兵士正与几个黑衣蒙面人斗成一团。这几个蒙面人出手极快，只一会儿功夫，便逼退了兵士们。剑锋一转，便向杜如轩袭来——他们的目的显然是杜如轩。拾儿不由得惊叫起来。杜如轩哼的一声，也不见他如何出手，白光过处，几个黑衣蒙面人便已悉数倒地。眼见得不敌，起身要逃。兵士们一拥而上，将他们团团围住。

这几人身手也着实凌厉，饶是处于弱势，仍挣脱了去，展开轻功，顷刻便不见踪影。只剩下一人，胸口中剑颇深，自知无望，反手一剑砍在自己颈中。众人待要阻止，已是不及。这人当场毙命。

有兵士把这人的剑呈上。杜如轩看了一眼，剑柄处刻了个"楚"字，旁边是一只雄鹰展翅，栩栩如生。拾儿见了一惊，朝他看去。杜如轩先是不语，随即幽幽地说了句：

"他竟是这么容不下我。"

楚将军爱鹰，远近无人不知。将军府内兵器更是统统刻上雄鹰。杜如轩早年拜在他门下，后来又由他引荐，立了好些战功，年纪轻轻便官拜都尉。将军算是他的恩师。这些年，王爷与将军的过节，越来越不可收拾。两人形同水火。只是没料到竟牵扯了他进去。外面传得沸沸扬扬，说杜都尉早晚是王爷的乘龙快婿。这本也没什么，他杜如轩苦恋郡主，世人皆知——将军不该为这个，便想要他的命。

杜如轩吩咐将刺客埋了。那柄剑藏了起来。左右传令下去——这事不许透露半个字。拾儿晓得他是为了大局，眼下这形势，自己人若是先斗起来，只会给贼人可乘之机。

"倘若，他再这么做呢？"她有些担心。

"我自有法子。他伤不了我。"

他说完，朝她微笑了一下。忽地，眉头一皱，整个人低了下去。拾儿慌忙扶住他，见他面如金纸，左肩处有血迹不断渗出，惊呼道：

"你受伤了——"

这一剑正中肩头,入骨三寸,大夫叮嘱要卧床将息个十天。偏偏圣旨前两日便下了,"速速剿灭天瞳山贼匪,不得有误。"原本已定了杜如轩领兵,这下事出突然,只得易人。照杜如轩的意思,这点伤不妨事,可老杜相公无论如何不答应,几次三番到楚将军那儿去说情。到底是把他拦下了。改由将军亲自挂帅。

王爷来杜府探病。问他,"这一仗,你觉得会如何?"

杜如轩沉默了半晌。"不好说。"

"不好说"便是"凶多吉少"的意思。杜如轩与杨锵交手多次,晓得那厮的厉害。天瞳山虽小,可地势险峻,易守难攻;贼人数目纵然不及官兵,但一个个都是彪悍骁勇的壮汉,以一抵十。加上抱着必死之心,拼死相争,实在骇人。将军上了年纪,用的也是老兵法老路数,这一仗胜算无多。

"唉——"王爷叹了口气。却是难掩一脸幸灾乐祸。

杜如轩果然言中。不到三日,便有战报传来——全军覆没,数名死士保护将军脱险,却在离城不到五里处遭伏,一支冷箭正中将军咽喉,要了他的命。

楚将军无儿无女,杜如轩以子徒身份,自请扶灵之任。出殡那日,天瞳山竟送来一把铁弓——应该便是射中将军的弓。这是大喇喇的挑衅了。杜如轩再好的脾气,也摁捺不住。

"拖下去砍了!"

有人担心这样会激怒杨锵。杜如轩全然不睬。稍后,那人的首级呈上,杜如轩吩咐挂在城楼示众三日。——杀敌军的气焰,再振自家的军威。

天瞳山那边果然有了反应，当天晚上便出动偷袭。杜如轩早有准备，安排几百精兵候在他们的必经之路，杀个措手不及。这一仗着实漂亮。王爷向京城奏表，说杜都尉英武骁战，智勇双全，是朝廷不可多得的人才。很快圣旨便下了，说边关不可一日无帅，命杜如轩暂代将军一职，领剿匪之任，多建战功。

王爷设宴为杜如轩庆贺。郡主也出席。拾儿冷眼旁观，见郡主坐在那里不吵不闹，脸色似比前阵子要好些，只是安静得有些异常，竟像个木头人了。

"惠儿，"王爷叫郡主的小名，"你觉得杜将军如何？"

郡主并不看他，微笑了一下。"不是杜都尉吗？"

"昨天是都尉，今天已是将军——女儿，你好福气啊。"

王爷这话的意思已经很清楚了——是明明白白的求婚。杜如轩的目光一刻也没有离开过她身上。郡主还是微笑。王爷道：

"下月初八是个好日子——如轩，你觉得呢？"

杜如轩连忙起身，朝王爷深深地作了个揖。"多谢王爷。"忍不住又朝郡主望去，见她把玩着手上的玉镯，似是没有听见。杜如轩不禁有些失落。拾儿在一旁见了，想，这郡主算是答应还是不答应呢。虽说婚姻大事由父母做主，可她与公子相识时间也不短了。别的不提，前年那场庙会，若不是听说她会去，公子爷怎么会恰恰也在那里？装着是碰巧遇见，但那架势，喘着粗气，一头的汗水，官服都来不及脱——郡主又不是傻子，如何会不明白？还有那次，她随口说了句"喜欢清居庵内的梅花"，他听了，第二天便替她摘了来。清居庵离得远，快马加鞭来回都要好几个时辰。又是在山上，大冷的天，恰恰那几日又在下雨，山道滑湿。除了他这个呆子，还有谁会把她随口一句当成圣旨，那样巴巴地赶去？

没来由的,拾儿竟有些恼恨这个郡主了。恼她那样掳了他的心,却又浑不在意。只是这话却是对谁都不能说,连脸上都不能露出一星半点。她晓得,公子是心里都要甜出蜜来了。府里上下也是欢喜无比。才获了圣恩,如今又要当郡马。大小登科接踵而至。这福气不是人人都攀得上的。

婚礼那天,迎亲队伍敲敲打打到了王府,把郡主接了。杜如轩与家人等在府门口,迎接新人。杜如轩穿着喜服,站在那里一个劲地搓手,又是摸头捏鼻,喜不自禁的模样。杜夫人笑说他竟像个猢狲了,"别让你的新娘子笑话。"

等了小半个时辰,没等来喜轿,却见几个迎亲的侍从跌跌撞撞地奔来,嘴里嚷着:

"新娘——新娘被贼人掳走了!"

杜如轩这一惊非同小可。"怎么回事?"

"轿子走到半途,便杀出几十个天瞳山的贼人,我们拼死相斗,到底是不敌,还伤了几个弟兄,眼睁睁地看他们把轿子给掳了去。"

"啊——"老杜相公急得跳脚,"还不快去通知王爷!"

喜事成了伤心事。当天晚上,杜如轩独自坐在新房。一动不动。等鸡叫了三遍,抬头看去,窗外已是微微发白了——这一夜,竟似是一生中最漫长的一夜。

二

天渐渐暗下来。晚霞却还未褪尽,像放完焰火后留下的那几道光,在天空徘徊逗留。天瞳山成了光秃秃的笔头,在黑暗中只剩了个轮廓。偶尔传来几声雁鸣声,低低回旋。

郡主坐在床边,喜帕还顶在头上,远远听见开门声,接着,是一个人的脚步声,渐渐近了。到她面前停下。郡主看见这人的脚,穿一双青白色的靴子,靴尖沾了些泥。

"惠儿。"这人叫了声。

喜帕被掀起。郡主见到他的脸——留了络腮胡须,本来眉宇也称得上英俊,只是脸上那道疤,从太阳穴直落到鼻尖,看着有些可怖了。郡主与他目光相接。

这人便是杨锵。天瞳山的首领,神龙见首不见尾的"妖人"。郡主怔怔望着他。他靠近了,伸手在她脸上一抚。她不自觉地朝后一退。他叹了口气,"啪啪"两下,解开她的穴道。

郡主先是不动,忽地,"啊"的一声,起身便往外逃去。他抓住她手臂,一按,将她按了回去。她要挣扎,却哪里挣脱的开。他朝她看,目光里尽是怜惜。半晌,郡主不动了,退开两步,缩在床角。

他在她身旁坐下,柔声道:"惠儿,你怎么不说话?"

郡主不作声。

他细看她的脸色,忽地,眼里凶光大起,"是他们害你变成这样的,对不对?"

停了停,他又温言道:"你放心,我一定有办法治好你。"

郡主怔怔地看着他,忽地,朝他微微一笑。他心里一荡,兀自未回过神来,她已从袖口里抽出一把匕首,猛然朝他刺去。以他的武功,这一下自然是难以伤他半分。只是不知怎的,见到她的笑容,他整个人便似傻了一样,竟忘了闪避。

"啊——"

匕首直直地刺入他左胸，鲜血汩汩而出。

天瞳山的大夫姓吴。吴大夫几年前本要投奔亲戚，在山脚下被捉了上来，因为医术超群，留下当了军医。山上许多兄弟受了重伤，若不是他，早不知死了几回。

杨锵的伤不深，位置却极准，倘若力道再多个三分，直刺入心脏，那便是神仙也救不了了。吴大夫替他包扎完伤口，洒上药粉。杨锵的神志还清醒，问他：

"人呢？"

吴大夫知道他说的是谁。"关进大牢了，听候处置。"

"别难为她。"

吴大夫应了一声。

杨锵在床上躺了三日。郡主被软禁了三日。第四日，杨锵去看她。几日不见，受伤的倒像是她似的，整个人瘦了一圈。那把匕首藏在鞋子里，刀尖上还淬了毒。——谁都没想到成亲当日，新娘子随身居然还带着利器。

杨锵把这层道理想了又想。"我晓得，"他道，"你必定是不想嫁给那个姓杜的。"

郡主依然是沉默。眼神涣散，似是什么都没有听见。

吴大夫替她把了脉。"邪毒入侵，五脏受损——这个病有些麻烦。"

"是被人下了毒？"杨锵目光森然。

"这倒不好说。总之，是个邪症。"吴大夫缓缓地道。

接下去的几日，杨锵陪郡主把天瞳山逛了个遍。

"还记得这里吗？那时你最爱到这条小溪来玩，说这里像极了你老家。你跟我说过，你出生在江南，是外祖母带大你的，直到十五岁才到了这边。你还说你不喜欢跟着你父亲，要不是你外祖母过了世，你宁可在江南待一辈子，是不是？"

"那里，就是那棵梨树，有印象吗？我们第一次见面，就在那棵树下。我本来你以为你必然是吓得去了半条命，谁知你竟一点惧意也没有，看我的眼神，就跟看普通人没什么差别。说实话那时我还挺气，想，我堂堂一山之王，居然还镇不住你一个姑娘家。"

"这花叫什么名字，记得吗？——是蝴蝶花。你说从来没见过这花，我告诉你，这是西域才有的品种，中原人自然不知。我母亲是西域人，我说给你听过的，是吧？你求我教你种这花，我逗你，说是传家技艺不能外授，你生气了，几天没睬我，我拼了命地给你作揖赔不是，你才饶了我。其实你也该给我留些薄面的，兄弟们都在旁边呢，多不好意思。"

"我脸上这条疤，想起来了吧？是大小姐你拿簪子划的。除了你，谁还能伤我半分？我那时若要伤你，一百个你也早没命了。如今我胸口上又多了处伤，早晚要留疤的，比先前那个还要深。你啊，究竟要在我身上留多少疤才够？"

"……"

他自言自语，一句又一句，絮絮叨叨的竟像个女人了。别人见了，都忍不住感叹——首领又犯傻了。上一回犯傻，是在去年。任谁见了郡主的面，都会感慨，这是个容易让男人犯傻的女人。大家千辛万苦劫了她来，为的是换回牢里的兄弟。但看首领那架势，谁都晓得他舍不得。有人打趣——干脆留下当压寨夫人算了。他不理这茬。兄弟是什么？是一起喝酒一起搏命的交情，谁都不能比。后来那几个兄弟回山不久，都得伤寒病死了。有人替首领抱屈，早晓得是个死，还不如把人留住。他听了把那人骂了一通。哪怕是兄弟的尸体，也得换回来！

只是她走了以后，他连着几天都痴痴怔怔的，似是没了魂。有人建议，把人再劫回来，不就是了？他却又不肯了，犹犹豫豫瞻前顾后，都不像他了。终日里望着窗台上那盆蝴蝶花发呆。天瞳山种满了蝴蝶花。她说喜欢这花，美丽却不妖艳，很别致的模样。他告诉她，每次看到这花，便会想起他母亲。

临分别前，他送了一盆给她。只是这花着实娇嫩，又难养，也不知她能不能养活。

"那花，是时候开了吧？"他问她。

她望着他，点了点头。

她依然是开不了口。吴大夫在她颈后"风府"、"风池"、"哑门"三个穴位施针，渐渐的，有黑色血滴渗出。"脏腑受损已深，除非真气输入，替她打通全身经络，那时气血自畅，不药可愈。"

杨锵大喜，道："果真？"

"只是替她输气的人必须内力高强，方能不受其害，且需持续一昼夜，片刻不能间断。更不能受外界打扰。稍有分心，轻则前功尽废，重则走火入魔，于二人俱有大损。"

"那容易。"

杨锵挑了后山的一间静室，一边是悬崖峭壁，一边由兵士把守，没有命令，任何人不得进入半步。施功的自然是他自己——凡是她的事，他都不放心交给别人。大家觉得，首领这么做，有些过了。不是一方霸主该做的事。可谁都不敢劝他，知道再劝也没有用。倘若相思是一种病，他便是病入膏肓了。无人能医，无药可治。

杨锵与郡主进入静室。室门随即锁上。百来名兵士守在门外。静室无窗户，只在墙壁上凿了许多小眼透气。两人一前一后盘膝坐下，杨锵按住她背上"神道"、"灵台"两穴，真气缓缓输入。郡主不懂武功,这两处穴位乃是人体要穴,平常人稍碰一下,便会酸麻难当,何况以真气贯入。一时间,郡主只觉背上仿佛火烧般吃痛,"啊"的一声,叫了出来。

杨锵停下来,朝她看。"要不要紧?"

郡主摇了摇手,示意他继续。

杨锵却不动了,原本看她的目光总是温柔似溪水,此刻却陡的冰冷如霜。她有些察觉了,诧然朝他看。杨锵先是不语,忽地伸出手指按住她后颈。

"说,你到底是什么人?"他冷冷地道。

杜如轩在书房看书,听见身后有脚步声。

"还不睡?"他道。

郡主端了茶,缓缓走到他面前。杜如轩放下书,朝她微笑。窗户半开着,月光柔柔地洒进来,郡主整个人浸在月光中,脸庞皎洁无瑕。

"我晓得,今晚你已部署停当,要攻上天瞳山。"她声音清清脆脆。

"你怎么晓得?"他拿起茶杯喝了一口,脸上笑容不改。

"方才你在后厅说话,我听见了。"

杜如轩怔了怔。布兵杀敌是多么要紧的事——自己竟没有察觉。实在是忒不小心了。

"为什么是今晚?"她又问。

"今晚是个好时机。"他拿起茶杯,又喝了一口。

她沉默了一下。他从旁边看去,见她眉头微蹙,睫毛不住颤动。

"这些日子委屈你了,"他温言道,"天天待在房间里,哪里也去不得——坐牢似的。"

"拾儿去了几日了?"她忽道,"差不多该有十日了吧?"

"刚好十日。"

她朝他看。"若是被他识穿——你该晓得他对付敌人的手段。"

杜如轩沉吟了一下。

"拾儿为人机警,况且金大师的易容术天下无双,不会那么容易被识穿。"

"那也未必。易容术再高明,人再机警,终究是两个不同的人。行动举止,气质风度,便是孪生姐妹亦不会全似,又岂能长长久久地骗下去?终究只是一时罢了。"

"一时就够了,"他笑笑,手在她肩上轻轻一搭,"夜深了,去睡吧。"

她缓缓走到门口,忽地,回头问他:"拾儿是你的伴当,你们从小一起长大——你真的一点也不担心吗?"

"我说过,拾儿她很机警。"他微笑。


杨锵顶着她的后颈,只要指尖稍稍用力,她立时便会毙命当场。

"我再问一次,你到底是什么人?"他厉声道。

她有些惊恐地看着他,只是穴位被制,丝毫动弹不得。

"若是你不出声,只怕我至今还蒙在鼓里,受你的愚弄。可你方才叫了一声,我一听便知,嘿,这断然不是惠儿的声音。"

杨锵说着,命人把吴大夫叫了进来。

"此人必是易容,你替我查验一下。"

吴大夫应了,将郡主拉到一边,对着烛光,仔细查验。片刻后,回道:

"此人并未易容。"

杨锵目光再次投向郡主。见她眼里泪水滚来滚去，很快，一颗泪珠便滴了下来，顺着脸颊落到头颈里。

吴大夫向杨锵解释，一个人若是久未开口，声带势必受损，与以往大不相同。"平常人晨起时，第一句话必带痰音，又哑又涩，皆因一宵未语所致——是一样的道理。"

杨锵沉吟了片刻。"若她真是奸细，今晚必然会有官兵偷袭。传令下去，严加戒备——老吴，你也出去吧。"吴大夫点头，出去了。

房间里只剩下他与她两人。杨锵将房门照旧反锁，拿过一把椅子，坐下。郡主坐在床边。两人相向而坐。他朝她看，脸上没有表情。仿佛一只豺狼对着猎物。她晓得他这样，一是监视，二是存心不想张扬，以静制动。倘若今晚安然无事，他或许还会信她。

她避开他的目光，想站起来，整个人却似僵了似的，动都不能动。手心里都是汗。他嘿的一声，眼睛眨也不眨地看着她。她嘴唇有些发干，不自禁地咽了口唾沫。屋里静得要命，都能听见心跳的声音了。

忽地，她低低哼起歌来：

> 蝴蝶花，蝴蝶花，
> 蝴蝶你可好吗？
> 看似花，不是花，
> 无人来睬她。
> 蝴蝶花，蝴蝶花，
> 蝴蝶花不说话。
> 人在那，雨在下，
> 风吹草动疑是他——

她声音暗哑，仿佛是刚学会说话的人，好几个音都没咬准。

他静静听着。这原是他家乡的小调，他教她唱的。送她蝴蝶花的时候，连带着把这首小调也送给了她。家乡的小调，有家乡的味道，还有他母亲的味道。他母亲是个小巧秀气的女人。他第一次见到她，便觉得她像他母亲。其实她比母亲漂亮得多，也年轻得多。家世经历也是千差万别。也真是奇了。这首小调，是母亲教他的。母亲死后，他便再也没有在第三人面前唱过。除了她。天晓得这个深居简出的王府千金，居然会让他动心至此，几乎是挖心掏肺地对她。那时她还嫌这调子太过悲伤，说哼着心里挺难过，忍不住想哭。他说也许是个伤心的人编的。她让他教几首欢快些的曲子，他却不会了，说只记得这一首。

他坐着一动不动。但她看得出，他已不似刚才那样强硬了。过得片刻，他起身倒了杯水。依然是不说话。她留心听外面，一点动静也没有。她晓得这是他故意布下的疑阵。此刻天瞳山必定已是严阵以待，便是进来一只蝼蚁，只怕也是有去无回。

郡主——拾儿一颗心不由得提到胸口。信鸽早上便已放出，公子爷今夜必然会派兵袭山。到时官兵全军覆没，而她形迹败露，也无活路可走。拾儿一生中从未像此刻这般紧张过。她死还是小事，耽误了公子爷的大事，那就真是死不瞑目了。

她瞥见墙上挂着一把剑。一时竟有种冲动，想要把这妖人斩于剑下——当然只是想想罢了。她若真这么做了，无非是死得再早些，于事无补。

杨锵触及她的目光，"想杀我吗？"他嘿的一声，"那便不妨试试。"

她闭目不语。杨锵又是嘿的一声，停了停，竟也哼起歌来：

> 蝴蝶花，蝴蝶花，
> 蝴蝶你可好吗？
> 看似花，不是花，
> 无人来睬她——

拾儿想，这人倒也好兴致。这歌她只听郡主唱过一遍，亏得记性好，方才一字不漏地哼出来。是抱着侥幸的心理。又有些不解，想郡主与这厮不知是什么交情，而看那厮的模样，对郡主也是颇有情意——一时竟有些摸不着头脑。索性什么也不想，闭上眼睛。

这么不知不觉，竟沉沉睡去。

也不知过了多久，醒过来，见房门敞开着。天已大亮了。她倚墙而睡，颈脖处有些酸胀，起身伸了个懒腰。一件衣服掉落下来，一看，认得是杨锵的外衣。

拾儿怔了怔，心里陡的一凛，想昨夜不知情况如何了。自己也忒糊涂，居然就这么睡着了。实在该死。正要飞奔下床，心念一动，把步子放慢了，不慌不忙地走了出来。

杨锵站在门外。她走上前，把外衣递给他。他一只手接过，另一只手却在她的手背上抚了一下。她一震，差点把手缩回去。总算是忍住了。

"惠儿。"他叫了声。

她听到这声"惠儿"，心里"扑通"一声，有什么东西落地了。晓得这关总算是过去了。平生从未经历过这样可怕的难关。总算是过去了。他又道：

"昨晚睡得好吗？——你脸色不好，我点了你的睡穴，让你多睡一会儿。"

她吃了一惊，才知原来是被点了睡穴，怪道如此。她朝他点头。心里着实不解。她是他的犯人，只有让犯人坐立不安、心神交瘁的道理，哪有这样体恤的？

"惠儿——我真怕再也不能这样叫你。好险。"

他朝她笑。露出雪白的牙齿。竟是那种有些孩子气的笑容。明媚得像三月里的春光。他有多大年纪呢。她猜他该是三十出头。因为留了络腮胡子，所以显得要老成些。

她偷看周围的情况，应该是一夜无事。有些庆幸，又觉得奇怪。按理说，公子不该放过这么好的机会。但不管怎样，平安无事就好。她的公子爷，吉人天相，自能逢凶化吉。

原说好十天内便能回去的。那天公子与她商议时，拍了胸脯保证，最多半月，便会亲自接她回去。她想也不想便答应了。为了他，冒些险又算什么呢。只是——她一直弄不明白，公子如何就那么肯定，杨锵会劫花轿呢？还那样大费周章的，请来了隐居世外的金大师。她脸形身架与郡主相似，易容并不太难，麻烦的是声音。所以才不得不假装失声。

她做了最坏的打算。杨锵那样的妖人，什么坏事做不出来？她听过无数关于他的传闻，什么斩手斩脚、扒皮抽筋、食人血肉。平日里若是谁家小孩调皮，大人只消说一句"当心天瞳山的杨锵来把你捉去——"，小孩便立时乖了。城里的镖师每当运镖经过天瞳山，都会写好遗书，家中老小统统安置妥帖，生离死别一般。天瞳山与城内只隔了几十里远，却似是一个地狱一个人间。他求她的时候，眼睛眨也不眨地朝她看。只消她有一丁点不情愿，这事便作罢。她说，不妨事。——她别的都不在乎，只是想到此生可能再也见不到他了，便忍不住伤心。从小到大，他与她分开的日子，加起来还不到一个月。她离不开他。临走前,她又做了一次百花蒸糕给他。他大口地吃,拿起茶便往喉咙里灌去,呛得咳嗽起来。她劝他,快改了这个坏习惯吧,伤胃。他笑道,你比我娘还啰唆。

杨锵居然问她闷不闷,"要不要陪你下山逛逛?"

她是真的有些吃惊了。他不怕么?山下到处是等着拿他的人。悬赏金都涨到五千两了。他只怕她闷,怕她烦恼,却不顾及自己的性命吗?拾儿瞥见他的目光——他望着"郡主"的眼神,竟与公子爷是那么相似。

她忽然想到,倘若他昨晚不管不顾,对她严刑逼供,不知会是怎样的情形。虽然他未必会要她性命,但她丝毫不会武功,即便抱着必死的决心,终究不免玉石俱焚。可他非但没有如此,反而竟是点了她的睡穴,让她安睡一宵。

——他始终是不忍伤害她。

她想,倘若是他素来皆是这般行事,只怕天瞳山早已夷为平地。

这个妖人。拾儿忍不住朝他看去。想象他斩人手脚食人血肉时会是什么模样。他叫她"惠儿"的时候,声音与公子爷一样温柔。她自然晓得他叫的不是她。可还是忍不住有些脸红。她想,也只有郡主这样的可人儿,才会让人痴迷到这步田地。公子爷是这样,这个妖人竟也是这样。这妖人纵然有千般万般的不是,可对待郡主,却似是真心实意。

她想,要死了,竟拿这妖人与公子爷相提并论——实在是不该。

杜如轩醒来时,已是次日早晨。夜间副官几次过来,见他睡得正香,唤他,他纹丝不动。再过一会儿,居然鼾声大作。便不敢再唤了。兵士们在外等了一夜,因无他的军令,皆不敢行动。议论纷纷,说将军近日太操劳了，竟困成这样。

杜如轩起身后，命众将士回去好生休息。瞥见桌上的茶杯，心思一转，派人去唤郡主。很快，郡主到了。"我在茶里落了些宁神散，好让你睡得香些。"她开门见山。

"为什么？"

"我不说，你也该明白的——又何必多此一问？"

他在房里来回踱了几步。

"你的病，似乎已经大好了，"他朝她看，"见你说话行事，都与常人无异了。"

她笑笑。

"我知我犯了军法。你若要罚我，我绝无二话。"

她说着，在一旁坐了下来。神情平静。

## 三

吴大夫进屋给拾儿诊脉。杨锵问他：

"几时能痊愈？"

"看情形，用不了一月，当可痊愈。"

杨锵大喜。吴大夫拿出针盒，"我稍候会在郡主后背施针，需除去她上衣，请您暂且回避。"杨锵应了一声，转身出去。只留个婆子服侍。

婆子放下帐幔，脱去拾儿的上衣，将她背朝上而卧。吴大夫取出一根长约二寸的金针，淬了火，在她背上"巨阙"穴缓缓刺入。婆子一旁候着。吴大夫让她去打盆水。婆子随即出去，关上门。拾儿侧过头，叫了声：

"吴大夫。"

吴大夫嘘的一声，示意她别说话。留神听了四周的动静，确定无人偷听，方才道：

"怎么？"

拾儿临行前，杜如轩关照她，到了那里，自会有人接应。那日杨锵派吴大夫给她把脉，她紧张得一颗心差点跳出来，及至听到吴大夫说"邪毒入侵，五脏受损"，心才算回了原处。无人时，吴大夫向她说明身份。他原在城里开药铺，祖传的医术。五年前，几名天瞳山的贼人被官兵所追，逃到药铺，逼他为他们疗伤。他迫于无奈只得答应。谁知后来官兵袭到，混战中，他妻子与两子一女悉数被杀。从此他对贼人恨之入骨，自荐到天瞳山做了内应。

拾儿问他，那晚是如何通知官兵取消偷袭的。他说没有，"那晚杨锵怕走漏消息，吩咐所有人都不准离开房门半步，否则按奸细处置。"两人都觉得奇怪。

当日拾儿行刺杨锵的匕首上淬有剧毒。原指望一击即中，能要了那妖人的命。谁知伤是伤了，隔几日竟全好了。毒液似是长了翅膀，很快便无影无踪。这让吴大夫百思不得其解。拾儿说或许是这人天生异禀。吴大夫摇头。

"非但是他，这整座山头啊，说不得，都有些古怪。"

拾儿扳着手指，算回去的日子。大半个月过去了。她坚信公子爷不会食言。他是说得出便做得到的人。小时候，她养的小兔儿病死了，他为了逗她开心，说带她去打猎。那年他才十一岁，她连十岁都不到。她只当他是哄她，谁知他竟真的拿了副小弓，又牵了两匹小马，瞒着家里人，一起去郊外打猎。也亏得那次没遇到猛兽。他人小力弱，只射落一只麻雀。两人兴奋得什么似的。回到家，他从怀里取出一只小兔儿，说是打猎抓到的。其实她晓得是他事先备下的，却不戳穿他。他问她，以后还去打猎吗？她使劲点头。后来这事还是被夫人发现了，罚他抄了一百遍《三字经》。其中有三十遍是她偷偷替他抄的。

拾儿想起这些，不禁感慨万千。

偏偏这时，杨锵过来邀她一起去打猎。"老是待在屋里不好，出去替你解解闷。"

她与他各骑一匹马，到后山丛林。他取出弓箭。她见这弓颜色呈暗红，不似寻常铁器所制，有些奇怪。他瞥见她的目光，猜到她的心思，"朝廷将将附近的铁矿都派了重兵把守，逼得我们无法打造兵器。嘿，亏得苍天庇佑，这山上产有一种赤铁矿，打造出的兵器更加锋利耐用。这就叫天无绝人之路。哎——"

他正说着话，猛地抬手一箭射去，正中不远处一只山鸡。

她笑笑，忽然想起一事。苦于无法开口相问。待要用笔写在纸上，又怕字迹不同，愈发惹他怀疑。只得作罢。

这一趟打猎收获颇丰。山鸡、野雀、兔子……少说也有十来只。他吩咐厨房将这些野味洗净烹调了，晚饭与她一起吃。她喜欢那道辣炒山鸡，连着吃了好几块。他见她吃的香甜，问她："合不合口味？"她点头。

晚饭后，他拉她一块儿去看屋外的几盆蝴蝶花。他拿来水壶，递给她。她接过，替花浇水。他一旁看她，道：

"我上次同你说过，这花喜阳不喜阴，要多晒太阳。还记得吗？"

她点了点头。

"我送你的那盆花，种得可好？"

她又点了点头。

"那就好。"他笑笑，摘下一朵花，戴到她鬓间。

临睡前，吴大夫照例是给拾儿施针。杨锵只坐一会儿，便离开。依然是留那个婆子侍候。

拾儿趴在床上，听吴大夫叮嘱那婆子去打水。一会儿，婆子进来，说声"水来了"。又过得片刻，拾儿听到一声闷哼，侧头一看，不禁吃了一惊。只见那婆子倒在地上，两边太阳穴各被插入一根金针。吴大夫伸手去掐她"人中"。她丝毫不动。

拾儿慌忙起身，"你伤她做什么？"

吴大夫"嘘"了一声。走到门边，插上门闩。随即回来，抱婆子上床。从怀里拿出两块纱巾，递了一块给拾儿，"蒙住口鼻。"拾儿一怔，见他迅速系好纱巾，遮住口鼻。便也照做了。

吴大夫从药箱里取出一个小瓶子，掀去盖子，将里面的药粉尽数倒在那婆子的嘴里。拾儿不明所以，但见吴大夫脸色凝重，也不敢问。过了一会儿，婆子咳嗽起来，本来一张蜡黄的脸，顷刻间如同煤灰般颜色。

忽然，婆子倏的睁开眼睛。拾儿与她目光相接，见她一双眼睛红得怖人，几乎要渗出血来。不由得向后退了一步。接着，更可怕的事情发生了。这婆子刚刚还软瘫在床，忽然一下子坐了起来，如僵尸般，猛的掀去拾儿的纱巾，用手去抓她脸颊。拾儿大骇之下，竟忘了闪避。这婆子的手在半空中停住，接着，直直地落下。与此同时，一口血喷了出来，正中拾儿的脸。

拾儿尖叫一声，再朝她看去。见她双眼圆睁，已然猝死。眼、鼻、口、耳有鲜血慢慢流出。一张脸却是乌黑，如同戴了个面具。

拾儿惊魂未定，正要抹去脸上的血迹。吴大夫急道：

"别碰！"

他拿出纱布，替她擦了血迹。拾儿瞥见他一双手抖得厉害，似是紧张到了极点。"是中了毒吗？"她问。他眉头紧蹙成一个川字。

"是我糊涂了，竟忘记绑住她的手脚。"

他看向她。她触及他的目光，忽地醒觉，声音都发颤了，"难、难不成——我也中了毒？"

吴大夫嘴巴动了动。半晌，道："她的血，碰到了你的口鼻——拾儿姑娘，对不住。"

拾儿闻言一震。只觉得全身的血液顷刻间涌到头顶。还未及反应，只听门口有人道：

"什么事？"应该是值夜的兵士听到动静，前来询问。

吴大夫抢着回答："没事。打翻了水盆。"

兵士的脚步声渐渐远去。吴大夫长长地呼出一口气，别过头，见拾儿一动不动地坐着。想这姑娘应该不过双十年华，性命却已危在顷刻。喂婆子吃的药粉是他精心研制而成，剧毒无比，只需沾着一星半点，便即染上。原本不该拿这婆子来试药，只是他不会武功，这山上的贼人俱是以一抵百的壮汉，奈何不得。这婆子一命不足惜，不料却害了拾儿。

"姑娘，你可有什么心愿未了？"吴大夫叹道。

拾儿摇头，瞧着地上的尸体，涩然道："今夜你可要辛苦了——须将我们处理得干净些才好。别让别人看出破绽来。"

吴大夫拿出一瓶药水，洒在那婆子尸体上。尸体顷刻间开始缩小，化作青烟升起，很快，便无影无踪。拾儿看得心惊肉跳，想稍候自己也会这般随风而逝。虽说早已做了死的准备，可落得这般下场，也不免心灰意冷。想，这缕青烟若是飘到公子爷那里，不晓得他可认不认得出来？自己对他的这片心意，到头来他是否能明白？

"咦——"忽然，吴大夫盯着她的脸，诧异道，"怎么你的神色——咦，当真奇了。"他隔着纱布搭她脉搏，愈发惊了，"你且吐口气试试。"

拾儿依言，深深呼了口气，再吐出来。

"可有哪里不适？"他问。

她摇头。

他又探她额头，连连称奇，"你沾了那人的血，居然安然无恙——"他忽地扇动鼻翼，"你身上可佩戴了什么香囊之类的饰物，或是搽了什么香粉？"

拾儿茫然地摇了摇头。

吴大夫凑近她，目光触及她头上那朵蝴蝶花。心念一动，把花摘了下来，倒了些药粉在花蕊处。花瓣顿时变成黑色，但很快，便一点点恢复了原来的颜色。娇艳欲滴。直如变戏法一般。吴大夫看得目瞪口呆。

"我明白了，"他恍然大悟，"我终于明白了——怪不得那妖人中了匕首上的毒，竟安然无恙——几年来，我不知研制了多少厉害的毒药，用在那些贼人身上却如石沉大海——我只道这山上有古怪，原来竟是这花、这花——"

拾儿站起来，拍去身上的灰尘。她已明白自己性命无虞。瞥见吴大夫的神情，惊讶远远多于欣喜。适才虽非他亲自向她下毒，但这毒是他所制，她若死了，终是他的罪孽。想必这人已见惯人之生死，所以才不把人命放在心上。这些年他潜在山寨，整日里便是制毒杀人。若非这蝴蝶花，只怕天瞳山早已成了一座荒山。

她从地上拾起那朵蝴蝶花——杨锵将它戴在她头上，才救了她一命。她轻轻抚着花瓣，忍不住庆幸。竟不全为了自己，还有天瞳山的人。

这一夜，久久不能入睡。次日早上，还未起身，便听人在窗外说，"怎么一夜间，山寨里数百盆蝴蝶花尽数被人连根拔起——"她心里一凛，想吴大夫做事竟恁地干脆。

杨锵又与她去打猎。途中，说起蝴蝶花的事。"可惜了，这花种得不易。"

她朝他看，竟有些不忍，想，花固然种得不易，人活着又何尝容易。你只顾可惜花，却不知此刻你和山上这些人的性命，已如日出前的露珠，只是时间早晚罢了。

他一箭射中一只麋鹿。孩子似的，竟向她讨赏。"你拿什么奖励我？"

拾儿迟疑了一下，从怀里拿出一只香袋，递给他。他欢喜地接过，问：

"是你做的吗？"

她点头。

"多谢了。"他说着，把香袋收好。

官兵攻上山头的那天，下着小雨。淅淅沥沥的，像是有人在哭泣。哭一阵停一阵。断断续续，没个尽头。

拾儿一辈子从未见过这么多尸体。满山遍野的尸体，血渍被雨水冲走又来。脸与泥土是一个颜色，五官已看不甚清了。官兵用纱巾蒙住口鼻，小心翼翼地把尸体抬走。扔进早已挖好的大坑里。层层叠叠地堆在一起。仿佛那已不是人，只是些麻袋罢了。

这样的大坑足有好几十个。堆满了死尸。拿火把逐个点燃。很快,山上一片熊熊火光。直冲云霄。

拾儿怔怔地望着,一动不动。虽然早晓得会是这样的结局,但亲眼见到如此血淋淋的场面,毕竟还是触目惊心。风过处,飘来一阵皮肉的焦味,混着血腥气。令人作呕。

忽地,半空中隐隐有歌声传来:

蝴蝶花,蝴蝶花,
蝴蝶你可好吗?
看似花,不是花,
无人来睬她。
蝴蝶花,蝴蝶花,
蝴蝶花不说话。
人在那,雨在下,
风吹草动疑是他——

歌声低低徊荡,如泣如诉。拾儿猛然朝四周看,除了官兵和死尸,却哪里还有别人?应是自己听错了——此刻竟还惦着那妖人的曲子,也真是奇了。那妖人,此刻该是化作青烟,不知飘向哪里了吧。作的孽太多,也该有此劫。

她痴痴的,不觉竟叹了口气。

过得片刻,听得身后有人唤她:"拾儿。"

她浑身一颤。这两月来,朝思暮想的便是这个声音。都有些不敢相信自己的耳朵了。

她转过身,见到一个长身玉立的身影。他朝她招手,微笑着。他比之前消瘦了些。眼神却是炯炯然。笑容也依然是那么温柔。她竟有些想哭了。想扑到他怀里，哭个够——但却不知被什么抑制住，脚牢牢地钉在地上，动也不动。又有什么东西，沉沉地，直落下去。许久，她恭恭敬敬地叫了声：

"公子爷。"

## 四

圣旨很快下了。杜如轩剿匪有功，升为威武将军，赐良田百顷，丝帛千匹，奴仆无数。次日，前来祝贺的人排成长龙，礼品从前门堆到后门，"恭喜"之声不绝于耳。杜如轩素来不喜交际应酬，可又躲不过，只得勉强应付。

"这架势啊，比打仗还累。"他对拾儿道。

"大家是替你欢喜呢，杜将军。"

"别这么叫我，"他笑道，"听得我鸡皮疙瘩都起来了。我宁可你叫我阿猫阿狗，也好过这个称呼。你就饶了我吧。"

拾儿做了百花蒸糕给他。他甚是开心，拿起一块，放到鼻子底下闻了闻，"好香啊——这阵子你不在，我想这个味道都快想死了。"

"是我和郡主一起做的，公子快尝尝。"

他听了一怔。"哦？"

"郡主看见我在做，便说也想试试。公子别拂了郡主的好意，尝尝吧。"

她说着，偷看他的脸色。府里上下都在传，说郡主与将军不怎么对劲,小夫妻至今还是分房睡。这当然也有缘故,新婚那天,两人又未曾拜堂——是她乔装成郡主,上了他的花轿。她想到这儿,便忍不住脸红心跳。好端端的,居然想这些。后来又听人说,郡主扰了他的公务,他恼了,差点要动军法。其实拾儿晓得,他又怎么舍得对她动军法呢?就是一根头发丝,他也必然是舍不得的。那天王爷提出给他们再补办一场婚礼。两人都不作声。王爷也不便多说。他如今是将军了。之前那个楚将军,是王爷的死对头。如今这个,是王爷的乘龙快婿。

做糕时,郡主问她在天瞳山的情形。

"你扮作我的模样,他真的没瞧出来吗?"她问了几遍。

拾儿摇头。她便不说话。一会儿,又问,"他的尸体,你亲眼瞧见了吗?"拾儿想起那一张张焦炭般的脸,照实道:"没有。"

她微蹙眉头,目光有些涣散。看不出是喜还是悲。拾儿瞥见她头上戴着一朵白色的蝴蝶花。蝴蝶花有好多颜色,她偏偏挑了朵白色的。还在新婚里呢。拾儿心里咯噔一下,不觉叹了口气。郡主发觉了,问她:"你为什么叹气?"

拾儿看着她,竟不晓得说什么好。一时间,忽地有种冲动,想要告诉她,杨锵对她深情一片——想想罢了,她自是不会说。"深情一片"的是公子爷,那妖人该当用"痴心妄想"四个字才对。拾儿发现自己最近脑子乱糟糟的。想事情有些不清不楚,一会儿往东,一会儿往西。公子爷早关照过了,郡主若是缠着她说话,只消敷衍几句便是了,不必认真。只是郡主提起杨锵来,竟像个打破砂锅问到底的孩子。连他每天喝几瓶酒,胃口好不好,晚上睡得踏不踏实,都详详细细地问了。拾儿又怎会了解得那么清楚。"不知道啊——"郡主脸上的失望,看得她一阵阵心酸。

杜如轩连着吃了几块蒸糕。拾儿问他，味道怎样？他道，好吃。拾儿便笑笑。其实她尝过味道，有些太甜了。郡主到底是新手，没经验，洒糖跟洒面粉似的，没个准头。她晓得他口味清淡，便给他倒了杯茶。他接过，咕噜咕噜喝了一大口。嚼一口糕，灌一口茶。——他这个坏习惯总是改不掉。

郡主走了进来。杜如轩一眼瞥见她头上那朵白花，立刻把目光移开。"怎么不好好休息，又做这个。"他指着盘里的蒸糕。

"拾儿说你喜欢吃，我想学着做。"郡主笑笑。

"让她做就是了，你又何必去学，"杜如轩说着，扶她在旁边坐下，拿了块糕给她，"要不要尝尝自己的手艺？"

她不接，"刚才在厨房都尝够了，现在哪里还有胃口？"

"辛苦了。"

"我不辛苦——倒是拾儿，教了我半日，才真的辛苦了。"她说着，朝拾儿笑。

拾儿欠了欠身。想这夫妇俩讲话竟如此客气，倒真是相敬如宾了。正要出去，让两人单独说会儿话，忽地，杜如轩"啊"的一声，身子一晃，直直地倒了下去。

她吃了一惊，见他手捂着肚子，脸色苍白，额头上有豆大的汗珠渗出。

"公子——"她待要去扶，他嘴一张，立时一口鲜血吐了出来，随即昏了过去。仆从们闻声赶来，手忙脚乱地去请大夫。唯独郡主坐着一动不动，面无表情地看着。

"是砒霜，"她缓缓地道，"待他死了，我替他偿命便是。"

这一夜，杜府里忙作一团。凌晨时，杜如轩总算是清醒过来，大夫说亏得他底子好，又救得及时，已没有大碍了。老杜相公夫妇千恩万谢地把大夫送出去，回来时，见郡主站在床边，杜夫人忙不迭地把她推开，"你在这里做什么——"瞧她的目光都要冒出火来，若不是碍着她郡主的身份，怕是早就扑过去拼命了。

"好端端的，教她做什么蒸糕！"夫人一口气咽不过，出在拾儿身上。

王爷亲自过来赔罪。带了长白山的野参，还有上好的燕窝。杜如轩挣扎着从床上起来，王爷扶住了。郡主上前，叫了声"父亲"。王爷反手便是一记耳光：

"你做的好事！"

郡主一个趔趄，站立不稳。杜如轩忙伸手相扶。郡主重重地推开他。

"你居然做出这种事！"王爷恨恨地道。

郡主嘴角有鲜血慢慢渗出。脸色却是平静之极。

"他死了，我原也不想活了。只是，害他性命的人，须得一起陪葬才是。"她清清脆脆地道。

拾儿垂手站在一旁，竟是从未见郡主用这般语气说话，都不像平常的她了。只觉得脚底隐隐有凉意冒出。她原本想回避的。好让他们三人说话。只是杜如轩病还未愈，离不开人服侍。她只得留着。王爷几次目光落过她身上，冷冷的。她晓得王爷心里窝着火，并不全为了郡主。几日前，王爷原定好修建新宅的那块地，被杜如轩征来建兵营了。他还不能说什么。新宅是自家住的，兵营却是为国效力的。公私有别。况且杜如轩现在是朝廷的红人。前任楚将军打了三四年没攻下的天瞳山，这小子只花了半年功夫，便赢得漂漂亮亮。

偏偏郡主还给他添乱。上次在茶里下宁神散，这次又在点心里放砒霜。她是存心要让他这个父亲不得安生。都说漂亮女儿是福，也是祸。好端端的被贼人掳去，也就罢了，偏还对那贼人有了情愫，几次三番说要回去寻他。又不能打断她的腿，迫于无奈让大夫给她下了一剂药，吃的她神志不清，总算未做出有辱门楣的事情。好不容易嫁给了杜如轩，这个女婿是他亲自挑的，对女儿钟情，又有锦绣的前程。王爷有识人的眼光。煞费苦心助他当上了将军，其实也是帮自己。王爷胃口不算大，但该要的东西还是想要，该享的福一点都不肯落下。良田、华府、金帛、美女……说到底也不值什么，要不是生在乱世，又被遣到这鸟不拉屎的边陲之地，这些本该是轻轻松松到手的。前几日营里要重置军服，王爷推荐了相熟的布料坊和裁缝铺。军中的生意最好赚，轮着谁便是谁发财。照他想这是小事，谁知竟被杜如轩拒绝了。还有，军中要提拔几个副校，王爷都收了人家的礼了，答应把事情办得妥妥当当。结果这几个人全都没轮上。王爷觉得，这是往他脸上泼屎呢。是存心驳他这个岳父的颜面。

　　王爷想着这些，便恨得牙根痒痒。前面那个姓楚的，喜欢鹰，自诩为雄鹰；现在这个，初时还以为是只小雀，养大了才发现，竟也是只鹰，比原先那只还狠几分的。

　　又坐了一阵，王爷便说要走。杜如轩不顾身子虚弱，坚持送他到门口。"岳父大人，"他道，"您放心，我一定好好待惠儿。"

　　"若她再如此，直接打死便是。我只当没有这个女儿。"王爷咬牙切齿地道。

　　"就算她恨我入骨，我也视她如珍似宝。"杜如轩道。

　　王爷走后，杜夫人命家丁在郡主房里搜了一遍，看还有没有别的毒药。又关照丫头们，好生侍候着，若再出什么事，统统打断腿。郡主静静坐着，似是没有听见。

　　拾儿煎了药，喂杜如轩喝了。问他感觉如何。他道，还好，就是有些倦。拾儿道，那你睡吧。正要出去，他叫住她，"你替我到惠儿那走一趟，看她睡了没，要是还没，就安慰她几句。说我没事，叫她不必介怀。"

拾儿嘿的一声："是她下的毒，她又怎会介怀？"

"还有，你拿瓶药油给他搽搽——岳父大人那记耳光着实不轻，她半边脸都肿了。若是不搽药油，只怕明天会更肿。"

拾儿答应了，转身出了房间。却没有去郡主那里，绕了个弯，折到了书房——下午杜如轩便是在那里中的毒。她推门进去，点了灯。从书架底下摸出一包东西，用手帕包着。打开一看，是一大团糕点碎渣。

——这团碎渣是杜如轩吐出来的。他吃糕时，并没有吞下，而是偷偷吐在手帕里，又扔在了书架底下。他以为没人看见。偏偏给她瞧了个正着。

一听说是郡主做的糕，她晓得他已有了警惕。如何会真的去吃那糕？砒霜无色无味，平常人自然察觉不出，只是却瞒不了他。拾儿看到地上那摊血渍。以他的武功，吐点血只是小事一桩。自乱经脉，骗过大夫应该也不难。

也难为他这么煞费苦心。

拾儿在原地怔了半晌，把东西包好，重又放回书架底下。

次日，王爷又来到杜府。原先是让杜如轩过去的，家人回话，说将军身体未愈，不便行走。王爷只得自己过来。丫环奉上茶，他一拂袖，连茶带杯摔在地上，砸个粉碎。这般气势汹汹，都不像王爷平素的行事了。

杜如轩挥了挥手，示意左右退下。

"岳父大人，"他亲手端上新泡的茶，"何事大动肝火？"

王爷朝他横了一眼。"你是存心要把事做绝，是不是？"

"小婿不明白您的意思。"

"你明晓得那条船运的私盐是我的本钱，睁只眼闭只眼便是了，又何必那样穷追不舍？剜了我的颜面，你又有何得益？托你那位前任的福，王府的吃穿用度，已是省得不能再省了。我堂堂王爷，圣上的皇叔，到如今这般田地，说出去简直是笑话一桩。我问你，你是不是非要把我逼成乞丐，才肯罢休？"

"岳父又何出此言，"杜如轩赔笑道，"您也知道，我新任不久，下头好多双眼睛都看着呢，倘若不能事事秉公，只怕难以服众。"

王爷嘿的一声："这些堂而皇之的话你就省省吧——杜如轩，你也不想想，要不是我向皇上奏请，你能顺顺利利当上将军？你以为凭你那些芝麻绿豆大的战功，皇上就会对你这么一个乳臭未干的小子青眼有加？我劝你，做人留些余地，他日好相处。我再不济，总还是个封疆的王爷，既能捧你上天，自然也能拉你下地。"

杜如轩闻言并不恼，反而笑了笑。

"岳父大人的手段，小婿自然明白。别的不说——单是当日那几柄剑上的雄鹰，就刻得非常神似啊。"

王爷脸色一变："你说什么？"

"我说什么，您应该最清楚——岳父大人，您千不该万不该，不该让您手下那些奴才个个都含着香。当日那几个刺客一靠近，我便闻到他们身上的香气。楚将军是个粗人，不像您这般风雅，从来没有让手下熏香的习惯，"杜如轩缓缓说来，脸上兀自带着微笑，"我记得，是鸡舌香，没错吧？"

王爷脸色越来越难看。

"您派人假扮作楚将军的手下，前来行刺。若杀了我，罪过都是楚将军的；倘若杀我不死，我自然恨他之骨，从此唯您马首是瞻。岳父大人，这条离间计，着实妙的紧呵。"

王爷倒抽一口冷气："原来你早就晓得——"

"小婿虽不才，却也并非傻子。官场上你争我斗，本也寻常。只是您老人家也忒狠心了些——我若死了，谁来当你的好女婿？"

杜如轩说着，笑着端起茶杯，朝王爷让了让。

"很好，"王爷咬牙切齿道，"杜如轩，你果然厉害。"

"说到厉害，在下不及岳父万一。别的不说，单是您给亲生女儿喂毒药，吃得她几乎去了半条命，这般大义灭亲的壮举，又岂是常人所能做到？只是您有些大意了，一把她嫁过来，便立即停了药。这是不是叫'嫁出的女儿泼出去的水'呢？见女儿找到好归宿，便立刻不管不顾了。不过，也亏得如此，要不是那晚她在我茶里下了宁神散，我贸然攻上天瞳山，定必全军覆没——所以说岳父大人，您真正是小婿命中的福星。您的大恩大德，小婿感激不尽。"

王爷鼻里出气，冷冷哼了一声。

"老夫自然是好事多为，不消你多说。可你做的那些事，又以为没人晓得？"他眼望杜如轩，"还是那句话——我能捧你上天，也能拉你下地。你若不信，咱们只管试试。"

王爷说完，起身大步向外走去。杜如轩在他身后幽幽地道：

"我和惠儿夫妻一体。我若有事，想必她也不能独活——岳父大人慢走。"

王爷闻言一凛，猛然朝他看去："你——"

"她几次三番害我，府内府外无人不晓。小婿若不幸有个三长两短，她难脱嫌疑。到时候怕是也会牵连到您。加害朝廷大员，这罪名是大是小，您最清楚不过。再者，您也晓得，天瞳山虽已剿灭，难保还留有贼党余孽，万一他们找上门来报复——所谓明枪易挡，暗箭难防，谁都不敢担保没个闪失。况且惠儿她又不会武功，更是糟糕——岳父大人，您明白我的意思吗？"

王爷死死盯着他："你、你好狠——"

杜如轩一笑，起身恭恭敬敬地作了个揖。

"小婿送岳父大人出去。"


走廊上，郡主拿个水壶浇花。蝴蝶花摆在墙角处，开得甚是娇艳。拾儿走进来，叫了声"郡主"。

"你来得正好，"郡主放下水壶，擦了擦手，"我正想找你聊天呢。"

拾儿问，郡主想聊什么？她道，聊山上的事啊，什么都可以，只要是和他有关的，我都想听。拾儿怔了怔，只得道，好。

郡主留她一起吃午饭。拾儿冷眼旁观，见那些丫环们一个个都懒懒的，对这位少奶奶服侍得并不十分殷勤。只是不敢离她半步，连上茅房如厕都盯得紧紧的。拾儿心里叹了口气。郡主竟又说起那天的事。"害你跟着挨骂，不好意思。"

拾儿摇头："我不妨事的。只是郡主——您又何必如此。"

"我晓得，我伤了你家公子爷，你一定恨我入骨。"

拾儿不语，半晌，缓缓地道："公子吉人天相，谁都伤不了他。"

"你脸色不大好。"郡主朝她看，"不舒服吗？"

"没有——只是方才吃了碗冰镇酸梅汤，有些闹肚子。"

"早过了立秋了，可不该再吃这些东西。"

"郡主说的是。"

拾儿转过头，拿过手巾，借着擦嘴，顺势把额头上的汗擦去——

方才夫人吩咐她去偏厅给公子加件衣裳,她在门口听见里面两人的谈话,虽然声音不大,但一字一句都听得清清楚楚。听得她额头上都冒冷汗了,身子也有些发颤。怪不得公子爷不让人在旁边侍候,连端茶的丫环都遣了出去。"让我同岳父好生说会儿话——"公子爷说话总是那么温文尔雅。连最后拿郡主的性命要挟,都跟闲话家常似的。她只听到他的声音,见不到他的人,一时竟闪过个念头,里面那人并不是他,只是声音像他罢了。她的公子爷,断不会如此。她也算得机警了,手已搭在门框边了,倘若再多用个半分劲,门一开,那情景便不好看了——总算是悬崖勒马,躲开了。走出来,只觉得腿肚子发沉,都迈不开步了。

丫环端上一道芙蓉鸡片。色味俱佳。拾儿连着吃了几筷,却见郡主一口未尝。

"郡主不喜欢这道菜吗?"

"我从来不吃鸡的。你若喜欢便多吃些。"

拾儿笑笑,忽地想起什么,"郡主,您不吃鸡,他——杨镝可知道?"

"他?我忘了,或许知道吧。"

拾儿目光瞥过墙角边那盆蝴蝶花。"这花整日放在房里,不用晒太阳吗?"

"你不晓得,"郡主微笑,"这花喜阴不喜阳。若是晒多了太阳,不出两天便枯死啦。"

拾儿闻言,整个人如同被点穴般,倏的僵住了。

"你怎么了?"郡主问她。

拾儿嘴巴动了动,却是一句话也说不出来。

吃过饭,她径直去了书房。杜如轩正在看书。她端了点心和茶,走近，叫了声"公子"。他抬起头，朝她笑了一下。

他的笔掉在地上，她帮他去拾。弯下腰，侧目瞥见书架底下空空如也，那包糕点残渣已经不见了。她把笔交到他手里，又叫了声"公子"。

他望向她。"怎么？"

她迟疑了一下。"我有话想说。"

## 五

没几日，将军府里传出喜讯——郡主有喜了。老杜相公夫妇欢喜得什么似的，虽说不怎么中意这个儿媳，又不见这对小夫妻如何亲近，本想着抱孙必是无望。不料这么快便有了好消息。杜夫人激动得当天便去了庙里拜神还愿。只是郡主身子太弱，下面有些见红。大夫替她开了好些方子保胎。又建议少夫人不妨回娘家住几日——按老风俗，怀孕女人回娘家能保母子平安。杜如轩本不信这些，但拗不过父母，便亲自送郡主回了王府。

隔了两日，杜如轩竟也病了。是风寒，大夫说不妨事，但要吃几副药，卧床休养。杜夫人唠叨着必是前阵子中毒伤了元气，原先铁板似的身体，哪有这么容易生病。偏偏杜如轩怕烦，每日只让人煎了药送进去，也不用人陪，昏昏沉沉地只是睡觉。拾儿给他送药，每次都见他闭目休息，一动不动。脸色倒是还好。也不敢跟他说话，放下药便出去了。

杜如轩这一躺便是好几日。到了第五日，拾儿到底是摁不住，劝他出去动动。他躺在床上，一声不应。拾儿见早上送的细粥小菜也都放着没怎么动，想这样可不行。问他，做百花蒸糕给你吃好不好？他还是不睬。拾儿走近了，轻轻推了推他，唤道：

"公子。"

他动也不动。拾儿在他额头搭了一下，没有发烧，稍稍放了些心。

"你这个样子啊，别人只当你得了瞌睡病呢，"她同他开玩笑，"快起来，我陪你到园子里逛逛。都开春了，连虫子都醒了找食吃呢，难不成你比虫子还懒？"

他嗯了一声。她只当他要说话，谁知他翻了个身，又沉沉睡去。半晌也未见他开口。心里更是纳闷，想他是怎么了，又不是什么大病，竟困成这样。

窗户开着，有风透进来。她走过去把窗关上。无缘无故地，一颗心竟跳了起来。扑通、扑通——越跳越快。倏然有一种不好的预感，如浓雾般渐渐包围过来，袭了全身。刚入秋的天，不知怎的，身上竟已凉透了。忽听得身后有人说话：

"别来无恙啊。"

拾儿听到这声音，整个人一震。随即慢慢地转过身——杨镝站在距她不到两尺处，满脸络腮胡子，比之两月前又浓密了些，遮住了大半张脸，更显得一双眼睛炯炯有神。

"你——"拾儿不禁朝后退了一步，"你——"

杨镝先是不语，随即走到床边，看着兀自昏睡不醒的杜如轩。

拾儿一把推开他，挡在杜如轩面前，"你想干什么？"

杨镝朝她看，有些嘲弄地笑笑。

"你说我想干什么？当日他怎么对我，今日我便怎么对他——我不想伤你，请你及早离开。"他说着，从怀里拿出一个小瓶，拔掉瓶塞，一手扳过杜如轩的脸,张开他的嘴巴,要将瓶里药粉倒入。拾儿瞥见那药粉的模样,认出这便是当日吴大夫制作的毒粉。心里一凛,大叫一声"不可",抢上前要夺。杨锵不理不睬,一指点出,正中她腋下"极泉穴"。拾儿顿时不能动弹。

杨锵将药粉尽数倒入杜如轩口中。随即站开几步。

拾儿大骇,要不是穴位被制,只怕立时便会瘫倒在地。她见识过这毒粉的厉害,知道不消片刻,公子爷便会七窍流血而亡。瞬间只觉得五脏六腑尽数沉了下去,一颗心被掏空了似的。眼泪顺着脸颊,悄无声息地流了下来。

"公子——"

杨锵面无表情地看着杜如轩。随即"啪"的一声,解开拾儿的穴道。

拾儿冲上前,见杜如轩嘴角渐渐有鲜血流下。心中大恸,拿起床边的一把剑便向杨锵刺去。杨锵反手一夺,两只手指牢牢夹住剑尖。拾儿顿时虎口发酸,半分力道也使不出来。

"我说了,我不想伤害你,"他冷冷地道,"当日你在送我的香袋里放了蝴蝶花的花瓣,是想救我一命。我杨锵恩怨分明,虽然你假扮惠儿在先,但这份恩情足以抵过。拾儿姑娘,多谢了。"

拾儿咬牙道:"早知你今日这般狠毒,当日我便不会存一念之仁。"

杨锵摇头叹道:"我今日若不如此,日后他找到机会,必将对我狠毒百倍千倍。"

拾儿嘴巴动了动,心里晓得这话不假。

"你早晓得我不是郡主,对不对?"半晌,她问。

他点头。"那天我见你吃了好几块鸡肉,便试你一试,你果然露出破绽——惠儿从来不吃鸡肉,更加不会搞错蝴蝶花的生长习性。"

"那为什么不当场戳穿我——"她说到这里,停了停,"是了,你必定是想静观其变，所以先不声张——只是，你既已晓得蝴蝶花的秘密，为何还会让公子爷灭了你的天瞳山？"

"我来告诉你——"忽然，从两人身后传来一个阴恻恻的声音，"因为，他想将计就计，让我以为天瞳山已灭，消了戒心，他才好将我杀个兜底——是不是啊，杨兄？"

两人霍地回头。只见杜如轩变戏法似的出现在门口，神情似笑非笑。拾儿先是一怔，随即又向床上看去，见那"杜如轩"兀自躺着一动不动。

竟然同时出现两个公子爷。她诧异得一句话也说不出来。

杨锵死死盯着他。

"你怎么会——床上那人是谁？"他说着，声音不觉有些颤抖。

杜如轩笑起来。

"你猜会是谁？你这么聪明，应该猜得到的。"

杨锵心里一凛，隐隐约约猜到了是谁。不知不觉，一股寒气从五脏六腑渐渐升起，手心有汗渗出。身体不自禁地朝后退了一步。

"是——惠儿？"他声音颤抖得愈发厉害了。

"你果然聪明。"

杜如轩说完，脸上的笑容倏的消失，声音如冰霜般冷酷。走到床边，一手探出，只听得"嘶啦"一声，从那人脸上剥下一张薄薄的面皮似的东西。

——床上那人，正是郡主。

"杨锵也许并没死。"

那日，拾儿把这话说给杜如轩听。"——我不慎露了破绽，他必定察觉，有了防备。"她瞥见他的神情，那一瞬，不知为何竟有些后悔，不该把这话告诉他。又想，自己这是怎么了，从小到大，何曾有事瞒他？他是她的公子爷，是她的主子、她的神。为了他，便是要她的命也没二话的。

他对她说"多谢"。她听了一怔。他竟这么客气。她劝他不必太担心，"不见得真会有什么事，只是提醒一声，请您自己留心。"她说完愣了一下，居然称呼他为"您"。她对他竟也有些生分了。也不知怎么回事。两人说完都笑了笑，是那种有些见外的笑。拾儿看见他的眼神，却是一点笑意也没有，有什么东西在眼里一闪而过，凌厉的很。

郡主回娘家那天，是他亲自护送的。马车的帘子拉得严严的。说是不能见风，要保暖。郡主的脸也是包得严严实实的，由两个婆子搀着。上马车的时候，因为台阶太高，他一把将她抱了上去。旁人见了都想，有了孩子毕竟不同，这小夫妇也变得恩爱了。

——那人自然不是郡主。不知是谁做了郡主的替身。郡主则是公子爷的替身，是饵，引杨锵现身。又是盾牌。替他挡枪挡剑，挡灾挡难。

拾儿一生从未像此刻这般懊悔过。若不是她提醒了杜如轩，他又怎会事先布置下，将郡主易容作自己的模样。他必定是点了郡主的穴位，让她昏睡不醒，好使旁人不起疑。饶是杨锵精细过人，也猜不出床上的人居然不是杜如轩。

果然是好棋。

"你该晓得这药粉的厉害，"杜如轩朝杨锵看，"老吴的手段你最清楚。中了这毒，不到一炷香的时间，人就去了。"

杨锵双唇紧抿，喉结上下滚动，低吼一声，便要冲过去看郡主。杜如轩手一挡，将他拦在三尺以外。随即"啪啪"两下，点了郡主的穴位。

"我已封住她胸前两处大穴,暂时不致毒血攻心——杨镝,咱们聊聊吧。"

"你这个畜生!"杨镝沉声道,"她好歹是你的妻子,你若对她还有一丝一毫的情意,便不该如此。"

杜如轩嘿的一声:"她又何曾当我是她的丈夫?有哪个妻子会为了别的男人,三番四次对自己丈夫下毒?既然她不仁,便休怪我不义了。"

杨镝瞥一眼床上的郡主,见她双目紧闭,整张脸已是土灰色。再也摁捺不住,一把将杜如轩推开,冲了过去。"惠儿!"他颤声道。

郡主身子一动,忽然哇的一声,一口鲜血吐了出来。杨镝大恸,不住摇晃她肩膀,叫道:"惠儿,惠儿——"郡主一动不动。已然昏了过去。

杨镝转身看向杜如轩:"解药呢?!"

杜如轩笑笑。"你莫非是吓糊涂了?我哪来的解药?我又不是大夫。"

"你若没有解药,此时又拿什么来要挟我?姓杜的,少惺惺作态了,惠儿命在旦夕——你想怎样,我什么都答应你。"

杜如轩又是一笑。"果然是英雄气短,儿女情长——我想怎样,便是不说你也该晓得。"

"你无非是想灭了天瞳山,建好大一份战功给皇帝老儿,加官晋爵——杜如轩,我们同年入的军,同年拜的都尉,你野心有多大,没人比我再清楚。"

"好兄弟就是好兄弟,"杜如轩微笑,"没错,这是其一。"

"其二呢?"

"带着你的贱人,走得越远越好。"

"贱人?"杨锵朝他看,怒道,"你居然叫她'贱人'?"

杜如轩嘿的一声。

"你杨锵视她如宝似珠,可在我杜如轩眼里,真正喜欢的人从来只有一个,"他说着转向拾儿,声音刹那间变得无比温柔,"这个人,始终真心待我,为了我不惜以身犯险。我欠她良多。她对我的情意,这一世我便是粉身碎骨也还不清的。"

拾儿看着他,脑子有些迷糊,像做梦。有那么一瞬,几乎便要相信公子说的这番话是真的。眼泪在眶里不停地打转。一圈又一圈的。不是感动,而是为自己这么多年付出的真情。拾儿看过一些兵法,晓得这招叫"缓兵之计"。此时此刻,公子爷是怕腹背受敌,不得不先稳住她。他太了解她了。这些话句句都落在她心坎尖上。她的心事,他一直都晓得,从来不提,却偏偏放在这个时候说破。

拾儿再也忍不住,"嗒!"一滴眼泪落了下来。

杜如轩又转向杨锵。"考虑得怎样了?"

"我答应你,"杨锵伸出手。"给我解药。"

"别急,"杜如轩道,"你那些余党藏在哪里,说出来,我立刻把解药奉上。"

杨锵迟疑着。

"不说也没关系,"杜如轩笑笑,"那就走吧——惠儿到底和我夫妻一场,她的后事,我必然替她办得妥妥帖帖,你不用担心。"

杨锵看了一眼床上的郡主,一咬牙,道:

"东郊城外,距此三里地,那个废弃了的酒庄。"

"总共多少人?"

"五百。"

"兵器呢?"

"三百多柄剑，长矛一百，短戟两百，另有暗器飞刀千余把。"

"可有火药？"

"没有。"

杜如轩点了点头，"当日天瞳山上那些尸体，都是你事先备下的假人吧——杨锵啊杨锵，我一直只当你是个有勇无谋的莽夫，想不到你居然还有这些心思，也算是领教了。"

"废话少说，解药呢？"

杜如轩看了他一眼，忽地，笑道：

"你未免太高看我了——我真的没有解药。"

"你——"杨锵怒极，一双眼睛几乎要渗出血来。大喝一声，拔剑便向他刺去。杜如轩侧身避过，手指搭住剑身。"且慢，我说我没有解药，可没说没法子救她。"

杨锵收剑站住。"什么意思？"

"我问你，人若是被毒蛇咬了，身旁无药无医，该当如何救他？这个道理，你不会不晓得。"

"你是说——"

"没错。再厉害的毒药，只要碰上一个不怕死的人，也就无计可施。杨锵，你口口声声说爱惠儿，现在我给你个机会——将她体内的毒汁吸出来，或许还能救她一命。"

"不可！"杨锵还未说话，拾儿已脱口而出，"这毒粉见血封喉，万万不可！"

杜如轩一怔，随即笑了笑，"我的拾儿便是这般心软——杨锵，时候不多了，你若要当情圣，便早下决心，若是怕死，弃惠儿而去，我也不拦你。改日我们再一决生死好了。你看如何？"

杨锵不语。掉转剑尖，在一旁的烛火上淬过，走近床边，掀开郡主的被子，手起剑落，在她颈脖处划开一道口子，血随即流了出来。他再无犹豫，低头便要吸血。

"且慢。"杜如轩忽道。

"怎么？"杨锵停下来，朝他看。

"把你腰间那个香袋拿下来——我一直不晓得，蝴蝶花竟这般神奇。我的拾儿真是很心软呢。"杜如轩说着，接过杨锵递来的香囊，朝拾儿微微一笑。

"姓杜的，你是非要我的命不可了？"杨锵沉声道。

"不错，"杜如轩脸上笑容不改，"刚才话未说完，我的确是要你的命——这是其三。"

杨锵停了停，神色反而平静下来。

"我想喝杯水，拾儿姑娘，有劳了。"

## 六

"惠儿，惠儿。"

郡主只当自己在做梦。平白无故的，竟听见他的声音了。她记得，上次听见他的声音，是两年前。她刚从天瞳山回来，却是每天都在想他。恨不得再回到山上，好与他时时刻刻待在一起。父亲骂她"不要脸"。旁边下人们都听着呢。她却一点也不觉得难堪。别说骂，便是打又如何呢。她不在乎。只是她的身子不争气，好端端的，便这个病那个病，吃药比吃饭还多。

"惠儿，惠儿……"

她想睁开眼睛，却不知怎的，无论如何睁不开。眼皮似是粘住了。身子软绵绵的，一点力气也使不出来。她听见他的声音时远时近，一会儿像是在耳边，一会儿离得远些，一会儿响亮，一会儿又轻了下去。她想答应一声，却不知怎么开口。嘴巴好像都不是自己的了。她焦急得很，可越是急，越是使不出力。

她觉得累，想睡。便不停地提醒自己——不能睡，若是睡了，下次不知几时才能见面。她与他，总共也就待了个把月。山上那些日子，她永远也忘不了。他说他上山之前，也是入过军的，吃了冤枉官司才被逼做了贼寇。他还说他早做好了最坏的打算，砍头不过碗大个疤，不值什么。她却不许他这么说。"你若死了，我陪你。"她说这话时，好像真的觉得死并不可怕。只要与他一起，死又算得了什么呢。

他送她的蝴蝶花，她种得漂漂亮亮的。他教她唱的歌谣，她整日挂在嘴上，连几个贴身服侍的丫环也都会哼了。他下山找过她一次，那晚差点被王爷擒住。单枪匹马的，便是神仙也抵不住啊。亏得她以死相胁，他才逃了出去。后来两人便再也没见过面。一来是她病得神志不清，二来他也晓得自己肩上的担子，不能放着山上几百号兄弟不管，以身犯险。两年的时间，说长不长，说短也不短。她以为这辈子再也见不到他了。嫁给杜如轩，是她父亲的意思。后来才晓得是个局，让拾儿扮作她的模样，接近他，好伺机下手。她想去通风报信，可又怎么逃得开？那些日子，她天天往杜如轩的书房跑，便是为了打听消息。她在杜如轩的茶里下宁神散，后来又在糕里下砒霜。他死了，她也不想活了。

"惠儿，惠儿。"

她想，一定是做梦。一定是了。他明明已死了，怎么还会听见他的声音。还那样反反复复地。

也不知过了多久，眼睛一下子睁开——她竟看见他了。他就躺在她的身边，满嘴是血。她惊得呆了。推他，他动也不动。

她迷迷糊糊地想，这必然还在做梦。也是奇了，这个梦竟总也不醒。

忽地，她听见有人说话：

"你总算醒了。"

她怔在那里，像一个人从高处跌下，有失重的感觉——这不是梦。她看见床边的杜如轩。一下子清醒了。有什么东西在心底爬，像千条万条小虫，吞蚀着她的血肉。

她再朝旁边看去——杨锵紧闭双目，一动不动。她抖抖地伸出手指，探他鼻息。已然气绝。那一瞬，心竟是没了知觉。冻僵了似的。与此同时，听见杜如轩嘲弄的口气：

"若是吸出毒血便可以救命，那天下人便都不用怕什么鹤顶红、孔雀胆了——惠儿，他这条命，到头来竟是死在你的手上，你说有不有趣？"

郡主脑子里空白一片，一句话也说不出来。觉得手心里似是握着什么。摊开一看，竟是几爿蝴蝶花的花瓣。拾儿一旁见了，顿时明白——这花瓣自然是杜如轩事先塞在她手里的。毒粉根本伤不了她。公子爷要的不是她的命，而是要她亲眼看见杨锵为她而死。

"可惜你刚才昏迷着，否则亲眼见他为你吸毒血，岂不更有意思？"杜如轩道。

拾儿看见郡主的神情，也不哭也不闹，只是那样怔怔的，傻了似的——这比亲手杀了她还让她难受。也亏得公子爷想出这样的招数。拾儿心中不忍，别过头，与杜如轩目光相接。他竟还笑了笑。

"拾儿，你再做百花蒸糕给我吃，好不好？"

拾儿一怔，想他这当口竟还惦着这个，正要说话，只听得旁边"铛"的一声，急忙看去，一把宝剑跌在地上，郡主应声而倒——拾儿大惊，奔过去扶起她，见她颈脖处一道血痕，血汩汩而出。拾儿慌的回头叫杜如轩：

"公子，快救救她——"

杜如轩只看了一眼，便摇头道："伤口太深，来不及了。"

拾儿慢慢放下郡主，瞥见杜如轩冷漠的神情，一颗心渐渐沉下去。只一会儿功夫，房里便多了两具尸体。她晓得，以公子爷的武功，刚才若要挡住郡主，实在是绰绰有余——他自然是不想她活。凡是待在这间屋子的人，他都容不下。拾儿心里咯噔一下，一种从未有过的恐惧油然而生。仿佛一股阴风从五脏六腑慢慢渗出，手脚瞬间变得冰冷。拾儿听得身后脚步声渐渐近了，公子爷的声音却还温柔如旧：

"拾儿，你头上这支簪子歪了，我替你重新戴过，如何？"

她几乎都听见他掌风的声音了——她立时便会被他毙于掌下，房里很快又会多出一具尸体。那一瞬，她隐隐竟是有些欢喜。人总要一死，能够死在他手里，也不枉了。她又想自己实在是忒傻，都这个时候了——他的手，几乎都碰到她后脑勺的头发丝了。

她忽地一骨碌爬起来，看着门外，大声道：

"是您啊——您请进来。"

杜如轩倏的收住掌力，顺着拾儿的视线朝外看去。

一个人开门进来。——正是王爷。

"如轩，"王爷仿佛没有看见地上的尸体，"病可好些了？"

"托岳父大人的福，已经大好了。"杜如轩若无其事地回答。

两人一问一答，都是平平无奇的语气。拾儿一旁听着，却觉得浑身汗毛根根倒竖，都忍不住要打寒战了。

"奴婢给您倒茶去。"她低着头说完，飞快地出去了。逃也似的。

她万万没想到，王爷竟会在这个时候出现。方才她只是随口一叫，仿佛溺水的人捞住一根救命稻草——谁知竟真的有人在门外。也是始料未及。

她快步离开将军府，到了城西的悦来客栈。

适才杨锵问她要水，趁杜如轩不察，在她耳边说了句"悦来客栈，找陈掌柜"。她把水递给他时，手都有些抖了。他朝她微笑。她想起山上那段日子，心里酸了一下。

她找到陈掌柜，说要买酒。趁小二拿酒的当口，蘸水在柜台上写下"官兵很快杀到，快逃。"陈掌柜看了一眼，便拿袖管把字擦去。拾儿接了酒，匆匆离开了。

回去的路上，身后似是有人跟踪。她加快脚步，转进一个小巷，停下来，闪在一边。随即一个戴着帽子的人跟着进来。拾儿掏出随身的匕首，正要向他刺去。这人叫声"且慢"。声音有些熟悉，拾儿定睛一看，竟是吴大夫。

"是你——"。

"拾儿姑娘，看在我们一场相识的分上，能不能帮我个忙？"吴大夫恳求道。

王爷伸出长长的指甲，轻轻挠了挠额头。

"当年北魏孝武帝与高欢交恶，投奔宇文泰之前，他将宫中的财宝带出来，藏在一处隐秘之地，以留作后用。可惜世事难料，不久他就被宇文泰毒死。这些数之不尽的财宝便长埋深山，无人知晓。谁知过了百来年，这秘密到底还是被人得知了——宝藏就在天瞳山。好女婿，我说的对不对？"他说着，看向杜如轩。

杜如轩一怔，随即笑了笑。"岳父大人果然神通广大。我只道除了死去的楚将军，再无第二人知晓这件事，想不到您老人家竟也知道了。"

"你和那姓楚的处心积虑，费了不少心思，才得知这个秘密。可惜人算不如天算，本来空空一个山头，竟教杨锵那厮给占了。这就叫自作孽不可活，倘若姓楚的对手下稍微宽待些，杨锵也不至落草为寇。偏偏那厮又是个厉害角色，区区几百号人马，竟是连着几年都攻不下。山上那些富可敌国的宝藏，眼看已到嘴边了，却是怎么也吃不到——嘿，你说着不着急？"

杜如轩听着，一言不发。

"杀死姓楚的那支冷箭，是你射的吧？"王爷话锋一转，忽地问他。

杜如轩先是不语，随即哼了一声。

"岳父果然什么都知道。"

"其实这也没什么，那么大一笔宝藏，换了谁都想独吞，"王爷道，"你若不杀他，早晚他也会杀了你。这叫先下手为强。"

"岳父这般体恤，小婿感激不尽。"

杜如轩说完，目光冷冷地投向王爷。

王爷笑笑。"我知道此刻你在想什么，你必然是想，该当怎样结果这个人才好呢，王爷到底不是寻常百姓，若是处置不当，只怕会惹上麻烦。好在眼下有个替死鬼，只需将责任全部推在杨锵那厮身上便可，对外只说王爷与郡主被这厮杀死，杜将军再拼死杀了这贼人——这样便全然不露痕迹了，是不是？"

杜如轩笑笑。"岳父替我设想得这般周全。"

"如轩，你父母亲可好？"王爷忽道。

杜如轩怔了怔,脸色一变。

"哦,是了,我竟这般糊涂,"王爷一拍脑袋,"这几日我府上那几盆牡丹开得正艳,刚才已派人请了二位老人家过去赏花——怎么,他们没跟你提过吗?"

杜如轩脸色越来越难看。

"我回不去不打紧,我手下那班奴才自会好生招待二老——两命换一命,也值了。"王爷说着,在一旁坐下,朝他看。

杜如轩沉声问道:"你想怎样?"

"很简单——方才你要杨锵怎样,如今我便也要你怎样。"王爷一字一句地道。

杜如轩不由倒吸一口冷气。

"你不是很喜欢惠儿嘛,怎么舍得她一个人孤零零地走?"王爷望着女儿的尸体,眼里闪过一丝泪光,"我做桩好事,送你到下面去替她做伴。"

他说着站起来,从地上捡起长剑,剑尖上还沾着郡主的血,慢慢地,指向杜如轩,"若是你自己下不了手,我帮你一把如何?"

杜如轩僵在那里,眼见剑尖一点点逼近,寒光都触到他眼睛了。忽地,他手掌一翻,将长剑拗了过来,"哧"的一声,直直地刺入王爷胸膛。

"你——"王爷胸口鲜血涌出,兀自不敢相信,"你、你当真不要你父母的命了吗?"

"我自然要我父母的命,只是岳父大人您却要不了我的命,"杜如轩冷冷地道,"您手下那些个奴才,装腔作势狐假虎威还过得去,可想要到我府中拿人,却欠些火候了。小婿的拙父母,如今正在东厢房里好好歇息着呢。岳父大人,看来惠儿并不想我陪他,却是思念你这个父亲了——您一路走好。"

杜如轩说完,眼中陡露凶光,剑尖一转,倏的拔出。王爷胸前顿时血如泉涌,扑通一声,倒在地上。立时身亡。

杜如轩掏出汗巾,缓缓擦去剑身上的血迹。——身后有开门的声音,随即一个人走了进来。杜如轩并不转身,说道:

"是你啊,拾儿。"

拾儿端着一盘百花蒸糕,走近。"公子,吃些点心吧。"

杜如轩朝她看,竟有些意外了。原先还担心被她逃脱,正要遣人去擒她,想不到她竟自己送上门。杜如轩目光瞥过她手里的蒸糕,叹了口气,"你又何必做这个,怪累的。"

他这么淡淡地说来,若无其事般。拾儿摇头道:

"有什么累的——若是今日不做,只怕以后再也没机会了。"

杜如轩停了停,心底有什么东西被触动了一下。他朝她看——这个女孩,从记事起便陪在他的身边,小尾巴似的。她叫他"公子",连正眼都不敢看他一眼。他每次想起她,便会在心里偷偷"嘿"的一声,像叹息,又像是笑话。他把她当什么呢——连他自己都搞不清楚,好像从来没有认真想过。她只是个小人儿罢了。

"有劳你了。"

杜如轩大喇喇地拿起一块糕,放进嘴里。

拾儿替他倒了杯茶放在边上。房里三具尸体卧着,有些触目惊心。她只看一眼,便把目光移开。"公子,吴大夫托我求您一件事。"

"什么事?"

"求您饶他一命。"

杜如轩哼了一声。

"他说,他只是个无足轻重的人,您若饶了他,从此他便远走他乡，再也不回来。您的那些事，他发誓不会告诉任何人。"

"我若是不饶他呢？"杜如轩问。

"您若不饶他，他也没法子。他说他作的孽的太多，早料到会有这天。他说他先走一步，在地府等您。"

"哦，他还说了什么？"杜如轩饶有兴趣地问。

"他还说，您当年把那几个天瞳山的贼人与伤寒病患关在一起，教他们得了伤寒，再放回去，好让整个山头的人都染上伤寒。您不用费一兵一卒，便能如愿以偿。谁知天瞳山上有蝴蝶花，竟没人传染。可偏偏看管贼人的那些官兵，全都染上了伤寒，眼看性命不保。您索性一不做二不休，把他们全偷偷杀了，尸体烧个一干二净。"

"还有呢，他还说了什么？"

"他说那些兵士的家眷中，有起疑心的，要找您麻烦，还说要上京告御状。您办事着实干净利落，统统处理了，一个不剩。"

杜如轩吃了块蒸糕，喝了口水。笑笑。

"这些人自是该死——继续说。"

"他还说，杀死楚将军的那支冷箭，是普通铁器所造，而天瞳山的兵器都是赤铁所制——葬礼上杨锵派人送了把赤铁弓来，您怕别人察觉，忙不迭地把来人杀了——您在将军灵前掉的那些眼泪，若是被戳穿，岂非都白流了？"

"很好。继续。"杜如轩脸上兀自在笑，只是看着有些僵硬了。

拾儿越说越快："他还说，他在天瞳山这些年，杀的人太多，早想收手了，可您拿住他的小儿子要挟——吴大夫跟我说过，他妻儿是在一次意外中被贼人杀死——我只当他家人已经死绝了，谁知他竟还有一个小儿子。您把他留在身边，拿他试药，结果他也死了。"

"还有呢？"杜如轩索性坐下来，往嘴里放了块蒸糕。

"公子爷，"拾儿有些凄然地道，"我记得小时候，我家乡闹瘟疫，满天满地都是死人，先是一个人染上，结果一夜间，全村人都染上了。外村人过来做生意，也染上了，回到家乡，又传染给自家人。这么一个接着一个，没多久，周围几里便死绝了。这是没法子的事。可您怎么能故意让人染上瘟疫呢？伤寒是多么可怕的瘟疫——公子爷，人命在您眼里，是不是连一只蚂蚁都不如？"

杜如轩端起茶杯，喝了一口。

拾儿看向床边郡主的尸体。"恕我再多口问一句——您对郡主，可有一丝一毫的真情？"

杜如轩沉默不语。

"公子爷，您好狠的心——"

拾儿说到这里，忽觉得喉咙口被什么堵住，泪水在眶里一圈圈地打转。她看见杜如轩吃一块糕，喝一口水，忍不住道，"公子爷，边吃糕边喝水，容易胃疼。"

这话她曾经在他面前说过无数遍。每次他都是孩子般的依赖她的神情。撒娇似的。她比他小了好几岁，可当着她，他总是长不大似的。要她宠着、惯着。

"公子爷好生上路吧。"

拾儿听见自己发颤的声音，像是从另一个世界发出来似的。

杜如轩先是一怔，随即笑笑，"你以为我会吃你的糕么？拾儿，莫非你以为你的公子爷是傻子？"他说着，从旁边捡起一包汗巾包着的东西，打开——是一堆糕点残渣。

"公子爷这招，奴婢早见识过了。"拾儿停了停，道，"蒸糕里什么都没有——毒下在茶里——我早对您说过，边吃糕边喝茶不好。"

杜如轩又是一笑，从怀里取出两片花瓣，朝她晃了晃。

"这还是你教我的，蝴蝶花能解百毒。王爷喜欢熏香，我也向他学上一学——这天然的花香，可不是更好闻吗？"

"没错，蝴蝶花的花瓣能解百毒，可却解不了它根茎上的剧毒，这叫自生相克——您刚才喝的，便是拿蝴蝶花根茎泡过的茶。这还是吴大夫近日刚发觉的。公子爷若是对他留有余地，或许他已将这事告诉您了——这蝴蝶花也真是神物，救人的是它，杀人的也是它。居然又是仙丹又是毒药。"

杜如轩一震，整个人怔在那里。被点穴似的。

"您若不信，试试运口真气，是不是提不上来？"

杜如轩暗自运气，果然一点都提不起来。脸色霎时变得煞白。

"吴大夫说了，"拾儿有些涩然的声音，"只消半炷香的时间，人便去了。"

"拾儿，"他怔了半晌，忽地一把抓住她的手，使劲摇晃着，"你一定有解药的，是吗？你不会真想毒死我的，是不是？"

拾儿黯然不语，站着。任由他摇晃。

"拾儿，你该明白我的心的，这世上我真正在乎的，其实只有你一个。"杜如轩说着，忽觉得肚里一阵绞痛，随即一股甜甜的液体冲上喉咙，整个人低了下去，"拾儿——"

拾儿摇头。

"公子爷你错了——这世上你真正在乎的，只有你自己。没有别人。"

她说完，朝前走了两步。只听得身后"啊"的一声，随即"扑通！"——身体倒在地板上的声音。很快便安静下来。一丝声响都没有了。

拾儿眼前一黑，身子晃了两晃。仿佛整个世界都坍塌了。几乎要昏厥过去。她想哭,竟是一滴眼泪也流不出来。有种想呕吐的感觉,五脏六腑都在翻转。她不敢看他的尸体。她的公子爷,竟是死在她的手里。她从未想过此刻的情景。噩梦似的。

天色竟已全黑了。不知不觉,已是夜里了。她看见窗外那轮圆月,木然地挂在树梢上,全无生机,竟也像是死了。

她想转身,脚却似是僵住了。整个人都僵住了。连带着思想都僵了。那一瞬,她竟然想不起为何要这么做。她亲手杀了他的公子爷。她只记得,公子爷端端正正地坐在书房里,她送上百花蒸糕。他朝她微笑。她红了脸,立刻低下头去。怕他看穿她的心思。他叫她"拾儿"的时候,她全身每个毛孔都在往外漾着幸福。

她看见他在吃糕。吃一口,再喝口水。

"你这个边吃糕边喝水的习惯啊,怕是一世都改不了了。"

她说完这句,眼泪终于忍不住,哗哗地流了下来。

天瞳山上,郡主与杨锵的墓前。拾儿摆上一盆蝴蝶花。微风缕缕飘来,花瓣随风轻摆,竟真像是低飞的蝴蝶了。墓碑上刻着"杨锵、惠儿伉俪之墓"。

"你们两个生前做不成夫妻,来世一定要睁大眼睛,别错过了。"

她将杨锵的长剑埋在土下。用赤铁炼制的剑——他只道是山上的奇矿,却不晓得,这竟是一个天大的宝藏。当年魏孝武帝将随身的黄金藏在山上,怕被人发现,尽数熔了,铺在地下——真正是一座金山了。可惜再多的金子也没用,他终究还是被宇文泰杀死,成了北魏的末代皇帝。这事杨锵并不知情,整座天瞳山也没人晓得。也是杨锵时运不济,那么多山头,偏偏占了这座天瞳山。若非如此,只怕他也不至于如此下场。

墓旁种了一棵梨树。拾儿记得杨锵说过,他与郡主第一次见面,便是在梨树下。——他叫她"惠儿"时,声音真的很温柔。

拾儿离开时,忽然不知从哪里传来一阵歌声。回顾四周,这样人迹罕至的荒野,居然有歌声,也真是奇了。幽幽的,在半空中低低徊荡,却听得甚清,直如在耳边哼唱一般。

> 蝴蝶花,蝴蝶花,
> 蝴蝶你可好吗?
> 看似花,不是花,
> 无人来睐她。
> 蝴蝶花,蝴蝶花,
> 蝴蝶花不说话。
> 人在那,雨在下,
> 风吹草动疑是他——

## 夏天，有客到

火车站。

傅悦送走婆婆和宝子，看表，十二点半，离大伯和大伯母的火车进站还有两个多小时。索性便不回家了，到附近一家肯德基，叫了汉堡和饮料。边吃边等。

火车晚点了。原本这时候早该到了。大伯特意挑的这班车，让她送一批接一批，省得跑两趟。可惜人算不如天算。傅悦吃饭时，给王峻生打了个电话，预备告诉他火车晚点了。电话没人接。她放下手机，便有些后悔——不该打这个电话。没啥意思。一会儿，王峻生打过来，问她什么事。她说没事。他问，你大伯接到了吗？她说，火车晚点了。他嗯了一声。她说，只晚了一会儿，马上就到。他说声"自己当心"，便挂了。

汉堡里洋葱放多了，傅悦不喜欢，吃了几口便放下。看表，才过了半小时。想刚才该买份报纸进来的，现在出去买再进来，又要花钱，不合算。橙汁也甜得发腻，让人更渴了。便不喝了，靠在椅背上，朝周围看。大都是些十七八岁的青年，聚在一起，吃喝聊天。室外三十七八度的天气，在这里买杯饮料，便能吹一个下午的空调。蛮好。夏天是属于这些年轻人的。不用上学，不用劳动，高温丝毫不影响他们的生活，相反只会让他们更加热情似火。傅悦就没有这个命。虽然她比他们大不了几岁。这阵子又请了长病假。

傅悦只觉得累。

肾盂肾炎是富贵病。请假是为了休息，却也让她成了别人眼中的大闲人。本来嘛，肾炎不算什么大病，只要多喝水，连消炎药都不用吃。一天二十四小时待在家，有的是时间。婆婆就是看中了这点，才说要带宝子过来住一阵。"你管你上班，让小悦陪我们就行了，我们婆媳俩也难得有机会亲近的。"婆婆在电话里这么说。王峻生再转述给傅悦听。言下之意是老人家跟她很亲，不拿媳妇当外人。傅悦自然表示欢迎。当即把朝北的小房间收拾一新。她向丈夫建议，干脆我们睡小房间算了，让妈和宝子睡朝南的大房间。她只是随口一提，猜他应该会说"没这个必要"——没料到他竟爽快地答应了，"好啊，亏你想得周到。"她只得把大房间也收拾了，被褥、枕套换上新的。床头柜抽屉兜底摸了一遍，小夫妻间的物事，避孕套、避孕药什么的，统统拿走。还有王峻生那些 AV 影碟，乱七八糟堆得到处都是，封面和碟都分家了。她说，我不管了，让你妈过来看看你有多下作。他嬉皮笑脸，说，自己妈妈，没关系。那几天，小夫妻像迎接领导检查似的，把家里彻头彻脑地整理了一番。

宝子是王峻生孪生妹妹的儿子。他妹妹高中毕业便工作了，县城里流行早婚，三十不到，儿子已八岁了。婆婆以前是来过上海的，这次主要是带外孙来玩。小男孩很调皮，手脚不停，第一天到便把家里的花瓶砸了。是法国货，百货公司大减价时买的。平常都舍不得用，这次特意买了香水百合插上的。婆婆忙不迭地训斥外孙。傅悦出来打圆场，说小孩子打烂东西很正常，让舅妈看看手有没有受伤——心里是一百个痛惜，趁婆婆不注意，把家里值钱的东西都摆到了小孩摸不到的位置。

　　傅悦认真做了功课，每天玩什么、吃什么都写在纸上，安排得满满当当。城隍庙、东方明珠、外滩这些地方是肯定要逛的。小孩喜欢热闹，锦江乐园也要安排一天。虽说不会购物，诸如恒隆广场、SOGO这种地方也要逛上一逛，大上海嘛。还有"时空之旅"马戏，也值得一去。关于吃，王峻生的意思是，这几天就别做饭，在外面吃算了。丰俭随意。讲起来也是"天天上馆子了"。傅悦没意见，可婆婆舍不得，说外面吃费钱。每天逛完回来，硬是要去菜场一趟，"我来烧我来烧——"婆婆客气，傅悦自然不能当福气，怎么能让客人烧菜呢。没这个道理。逛了一天，晚上回来还要买汰烧，累得人发晕。睡觉时在老公耳边唠叨两句，王峻生还不高兴，说，不是让你去外面吃嘛，嫌累就别烧，想扮贤惠就别多话——生生把她的嘴给封住了。傅悦有些委屈，说，你怎么这样？他其实也是累了，天天加班，都忙到十点多才到家，连顿饭也不能好好吃的。房间隔音效果差，这边拌嘴，婆婆那边听得清清楚楚。傅悦忍住了。想，反正也就一个礼拜，眼睛一眨就过去了。只当是吃苦夏令营。

　　婆婆的兴致比想象中好。其实也是傅悦自己多事，眼看一个礼拜到了，问宝子，再多待几天好不好？宝子说，好。傅悦倒愣了一下，朝婆婆看。婆婆说，宝子顶喜欢你这个舅妈了——就是怕给你添麻烦。傅悦笑成一朵花，说，喜欢就再多待几天，舅妈也喜欢你啊。心里是恨不得给自己一拳。讲给王峻生听，当然是说自己诚意留客，婆婆答应再住一周。王峻生倒不见得多么高兴，只说了句，你不嫌累就好。傅悦道，累肯定是累的，只要你承我的情就行。王峻生嘿的一声，道，是你自己留他们的，我可一个字没说。傅悦说，我对你妈好，就是给你面子，你要记在心里。王峻生说，晓得了，下次你妈过来，我保证也给足你面子。

大伯和大伯母是临时决定来的。爸爸给傅悦打电话说这事时，傅悦没吭声。她想大伯应该知道她身体不好的事，还有婆婆也在，不方便。她有意表现冷淡，希望爸爸把这层意思转达。谁晓得不到两天功夫，大伯亲自打电话过来，说火车票已经买好了。"你大伯母快六十的人了，还没来过上海，我带她过来看看——"傅悦只有说好。转身便对爸妈发了通牢骚。妈妈说，他们要来，我们有什么办法，总不见得不让他们来咯？又说，你大伯是自己人，你连你婆婆都应付得来，不用担心。

傅悦告诉王峻生，大伯大伯母是看她长大的，初中离家远，每天中饭都是去大伯家吃。她爸妈是工人，大大咧咧的，不懂教子女读书，学习的事，都是大伯管的，家长会也常常是大伯去开。大伯母这个人最慈祥，待人也好，她从小到大的毛衣，十件倒有九件是大伯母织的。大伯母烧的腌笃鲜，能让人把肚子撑爆了还想吃，眉毛都要鲜掉下来的。

王峻生打断她："你就算不把他们夸上天，我也不会不让他们来的。"

傅悦有些窘。她发现他最近说话越来越拆皮拆骨了，一点面子也不留。谈恋爱时他不是这样的，而是很温柔的，一句话分作七八句，兜了半天话头还在云端里飘着呢，小心翼翼地。哪像现在这么一针见血。傅悦不高兴了，说，你妈过来，我可是举双手欢迎的。他道，你大伯大伯母过来，难道我不欢迎了？来吧来吧，只要你撑得住，我就撑得住。

人流涌出时，傅悦看到了大伯和大伯母。大伯没什么变化，大伯母明显瘦了，比起过年时，脸色又黑又黄，像得了病似的。傅悦还没来得及招手，大伯已看见了她，大踏步走近。

"小悦！"大伯的声音洪钟似的。傅悦笑吟吟地，叫声"大伯、大伯母"，接下大伯母手里的旅行包，一掂分量，不重，心里稍定了些。行李不多，看样子不会待久。又想，现在是夏天，换洗衣服都是单薄的，当然不重。——亲亲热热地，挽起大伯母的手。

"走吧，车站在那边。"

当天晚饭，是在楼下的本帮餐厅，给大伯大伯母接风。早订好座的。傅悦再三关照王峻生，尽早回来，别让客人等。但王峻生还是晚了一个多小时。大伯把面前的小食花生都快吃光了，可见肚子是饿透了。傅悦有些不好意思，几次说先吃，大伯母都说再等等，"主人不来，怎么好动筷子。"

王峻生入了座，再三道歉，说最近单位加班，实在走不开。傅悦心里晓得这是实话，只是怕大伯大伯母不开心，解释道，"上礼拜他妈妈在的时候，他也是天天加班，都没好好吃过一顿饭，今天还算早的呢。"大伯说："没关系没关系，现在不怕忙，就怕不忙。"王峻生给大伯带了件小礼物，一盒巧克力，说是朋友从日本带回来的。日本货价格都印在包装纸上，傅悦一看，便晓得不是什么贵东西。大伯母倒是很喜欢，连说了两遍"谢谢"。傅悦吩咐服务员上菜。王峻生看了点菜的单子，便叫起来，"太朴素了，傅悦你也真是的——吃点好的，大伯也难得来的，吃点贵的。服务员，现在有啥海鲜，龙虾多少钱一斤——"

晚上洗完澡进卧室,傅悦说王峻生,"像暴发户一样,搞得自己好像多有钱似的。"王峻生道,你老公在给你撑面子,不要拎不清。傅悦道,其实也没必要这样,随意些就好了,我大伯会有压力的。王峻生躺下来,忽道,这床睡得不舒服,我颈椎都疼了。傅悦道,那让我大伯大伯母睡小房间,我们还是睡里面好了。她故意这么说,看他的反应。王峻生道,我可没这个意思。傅悦道,前两天你妈在的时候,你可没说你颈椎疼,你妈一走,你颈椎就疼了。王峻生道,我是实话实说嘛。傅悦把毯子一掀,蒙住头,道,睡觉!

第二天,天刚亮,大伯母便起床了。傅悦听见动静,看闹钟,才五点半。王峻生睡得迷迷糊糊,说,你去看看,也不晓得在干嘛。傅悦道,我大伯又不会拆了你房子。一边说,一边起身穿衣服,走出去,见大伯母在厨房烧泡饭,煤气灶不习惯,点了半天才燃。大伯母看到她,说,吵醒你了,是吧?傅悦摇头,说,我起来上厕所。又道,冰箱里有牛奶面包,吃泡饭干啥?大伯母说,我们习惯了,几十年都是泡饭酱瓜。傅悦说,家里没酱瓜。大伯母道,没事,吃白饭也行。

傅悦回到卧室,换了外出的衣服。王峻生问她,这么早去哪儿?傅悦道,去菜场买点酱瓜。王峻生嘿的一声。傅悦拿了钥匙,蹑手蹑脚地走到门口。大伯母听见了,追出来说,你去哪儿?傅悦说,跑步。开门出去了。以最快的速度跑到菜场,买了酱瓜,再跑回家。泡饭才刚端下炉,正晾着。不晚。傅悦把酱瓜倒在盘子里。大伯母见了,内疚道,真是的,这么大早——。傅悦笑笑,说,跑步嘛,锻炼身体。她去厕所刷牙,听见大伯母抱怨大伯,都是你呀,非要吃泡饭,拿个面包对付过去不就行了,害得小悦跑这一趟——

第一天是去城隍庙。傅悦之前做的功课,现在还能派上用场。大伯十来年没出来旅游了,照相机都是老式的。兴致倒是高,到哪儿都要留影。傅悦挽着大伯母,指着旁边的建筑,给她一一讲解。大伯说,上海现在大变样了,这城隍庙我不晓得来过几次,现在都不认识了。

走过金饰店门口,傅悦问大伯母,要不要买点金饰?她只是随口一说,谁晓得大伯竟连连称是,"对对对,进去看看——"拉着大伯母便往里走。到了里面,营业员问他们,想买什么。大伯母其实不想买的,随口说了句"手链"。营业员问,镶不镶钻的?大伯在一旁道,拿镶钻的看看吧。大伯母朝他使劲白眼。一会儿,营业员把镶钻的手链拿了一排过来。大伯仔细地挑选。大伯母几次踢他的脚,他都不睬。又让大伯母试戴。相中一款,营业员再三说好,问傅悦,傅悦也说蛮好。大伯当即掏钱买了。两千两百块。走出来,大伯母把大伯骂了一通,"你个老头子,钞票多得发霉了,用不掉了?"大伯说:"钞票不多就不能买了?你这只手腕保养得不错,不弄根东西戴就浪费了。"

傅悦在一旁笑。

中午吃小笼。底楼的小笼最便宜,可排队也最长。傅悦带大伯大伯母到二楼吃,一样的东西,价格要贵上一倍。大伯母说,楼下吃吃不是蛮好,我们又不赶时间。傅悦说,大热的天,别为了省两个钱,坏了兴致。一会儿,小笼上来了,大伯拿了一个,蘸醋放进嘴里,赞道,是这个味道,没有变。傅悦说,大伯你要是喜欢,过两天我们去南翔吃,那里的小笼更正宗。大伯摇手,道,我又不是什么吃客,也就是吃个热闹,不用。傅悦笑笑,刚才那句话有些冒失了,亏得大伯没接茬,否则大热天去南翔,也真是够受的。

傅悦给大伯点了瓶啤酒。大伯半瓶酒下肚,话便多了起来。他问傅悦,你们王峻生这两年混得不错?傅悦道,哪有,也就是个小白领。大伯道,当初你跟王峻生谈恋爱,你妈还不同意,嫌他是苏北人,现在不是蛮好？三十年河东三十年河西，你这个女婿啊，算是找对了。大伯母道，我们小悦哪里差了？要相貌有相貌，要本事有本事，一点也不输人。大伯又道，你们那套房子，总得一两百万吧，好多上海青年都买不起房子呢。小悦，你们不简单啊。

傅悦说，都是贷款的，银行里还欠着一屁股债呢。我们是在消费明天的钱，压力大啊。

她心里晓得，自己低调得过了头。贷款是不假，不过份额很少，每月还款那点数目，一点也不伤筋动骨的。傅悦倒不是存心哭穷，只是觉得，没必要把自己的处境说得太好。大伯的儿子，她的表哥，在老家当抄表工，前年结的婚，老婆是环卫所的，两人加起来工资还不及王峻生的五分之一。傅悦晓得爸妈都是嘴藏不住事的，只会添油加醋地替她吹嘘，图个脸上有光。逢年过节，傅悦花在两边亲戚上的钱不少，只为了怕人说句"有钱还这么小气"。大伯大伯母这次来，恐怕也跟这脱不了干系。她要是苦哈哈的，人家也不好意思叨扰。还有婆婆，听王峻生说，她在老家是省惯了的，一分钱恨不得掰成两半用。可这次来，王峻生请她和宝子到东方明珠上的旋转餐厅吃自助餐，一个人就要两百多，她也没怎么推辞，笃笃定定地。傅悦不是怕花钱，更不是有心刻薄，只是将来的日子还长，两个人在上海没根没底的，谁也不敢保证没个磕磕绊绊。钱是要花在刀口上的。该花的是要花，可也不能让人觉得，你花钱是理所当然的。否则将来你稍有些犹豫，倒成你的不是了。

第二天去东方明珠，午餐在旋转餐厅吃。——王峻生的老娘去了，自家大伯自然也要去。这是关乎家族的体面。是另一码事。丈夫钱挣得比自己多，有些地方就更不能露怯。这是关乎女主人的尊严。是顶顶要紧的事。

旋转餐厅其实吃的就是个环境。餐厅每小时旋转一周，浦江两岸的风景尽收眼底。大伯一边吃饭，一边拍照。傅悦怕大伯母吃不惯自助餐，每次都拉着她一起去拿餐。王峻生的公司就在陆家嘴，中午溜出来一起吃的饭。他悄悄问傅悦，怎么样，你老公够给你面子吧？傅悦用力地点了点头，说，很好。

大伯母戴上新买的手链。傅悦问王峻生，漂亮吧？王峻生看了，夸张地叫起来，说，漂亮的。大伯让他猜价钱。他想了半天，猜"五千块"。大伯母笑道，哪有这么贵，你大伯又没发洋财。傅悦告诉王峻生，两千出头。王峻生连声道，合算的合算的，这种款式，一看就是吃价钱的款式，合算的。傅悦心里好笑，偷偷踢了他一脚。王峻生朝她做了个鬼脸。

大伯母不会用刀叉，拿筷子吃牛排。大伯笑她是乡下人，拿相机把她的吃相拍了下来。又让傅悦一起合影，"小悦，来，和你大伯母拍一张，嗯，一、二、三——"大伯的声音很响亮，引得旁边几桌的人都朝他们看。大伯母兴致极好地，很配合地，摆了几个姿势。傅悦瞥见王峻生一副不以为然的样子，晓得他是觉得丢人，凑近了，在他耳边道："你妈那次来，也是一个劲的拍照，老人都喜欢这个调调儿。"王峻生嘿的一声，到旁边拿餐去了。

买单时，王峻生刷的卡。大伯母问傅悦，多少钱？傅悦说了。大伯母便心疼起来，说，一顿饭够开一个月伙仓了。傅悦笑笑，说，也难得的。王峻生额外给了服务员十块钱小费。大伯一愣，只当上海有这风气，啧啧称奇。傅悦暗骂这男人死腔，出去时，悄悄在他手臂上掐了一把，骂道，小儿科！王峻生嘿的一笑，说，这是男儿本色。

晚上，大伯母说什么也不肯出去吃了。"去菜场买点，自己做——"傅悦有了前阵子的教训，坚持不答应。"这附近有的是小饭馆，味道蛮好,价格也不贵。"大伯母没多说,趁她洗澡的时候,带着大伯去菜场把菜买回来了。排骨、带鱼、土豆,还有鸡毛菜。傅悦这几天一累,肾炎又有点发作,老想上厕所。见厨房里一堆菜,便有些心烦。硬着头皮和大伯母一起择鸡毛菜。大伯以前是不做家务的,两手一摊,大男人一个。这次居然帮着洗带鱼。还像模像样的。傅悦说,大伯现在成好男人了。大伯把洗好的带鱼剪成一段一段,拿盐涂了,放在盘子里晾着。大伯母低头择菜,站起来便有些头晕,人晃了两晃。大伯扶住她,说,你去房里休息,晚饭我来做。傅悦自然不肯,谦让了半天。大伯母说,小悦你就让他烧吧。你刚才说他是好男人,他人来疯上来了,肯定要好好表现一下。

傅悦一是推辞不过,二是也确实累了。便不再坚持,搀着大伯母到房间里。心想自家人到底是自家人,实在不行了还能偷个懒,换了婆婆就是两码事了。这么想着,心里有些暖洋洋的。瞥见大伯母的脸色很差,问她,大伯母你是不是不舒服啊?大伯母叹道,年纪大了,不中用了,出去玩玩也会累。傅悦说,正常的,这么热的天,换了谁都累。

大伯母说,这么热的天,也实在是麻烦你和峻生了。

傅悦一怔,想让大伯母多心了。忙道,有什么麻烦的,你来,我们都很开心的。大伯母点头,在她头上轻轻一抚,道,长大了,大姑娘了。傅悦叹道,都快三十了,老女人了。大伯母笑道,你在我们眼里啊,到六十岁还是小孩子。

大伯的厨艺不错,尤其是一道干煎带鱼,又香又脆。傅悦捧场,吃了两碗饭,直说味道嗲。大伯母特意留了一些菜给王峻生。"男人都喜欢吃夜宵的,等他回来,开瓶啤酒,蛮好。"傅悦晓得王峻生没这个习惯,但不忍拂大伯母的好意,便拿保鲜纸盖了,放在冰箱里。

王峻生打电话回来，说要加班，晚回来。傅悦一看来电显示，不是公司号码，是拿手机打的，便晓得是托辞——多半找了狐朋狗友在外面玩。傅悦没有戳穿他，心想也难怪，要是换了他家的七大姑八大姨过来，她也难保不会找机会躲开。

　　刚放下电话，电话铃又响了——是表哥。对着傅悦客气了一番，什么麻烦你辛苦你之类的。傅悦寒暄两句，便把话筒给大伯母。

　　电话那头不晓得问了句什么，大伯母回答"后天"。傅悦猜想是说后天回去。心里一松，装作没听见，到一旁叠衣服。一会儿，大伯母放下电话，对大伯道，你儿子说想你了。大伯嘿的一声，说，我养了这小子三十年，都没说过一句想我，现在才来上海两天，就说想我了。大伯母笑道，儿子也会发嗲了。傅悦也跟着笑。

　　王峻生快到凌晨才回来。蹑手蹑脚地进了卧室，刚上床，便听傅悦道，这么大的酒味，你以为我大伯是傻子啊？王峻生只当她已经睡了，自知理亏，便不吭声。傅悦背着身，问，和谁一起？王峻生说，还不就是老刘他们。傅悦停了停，又道，我大伯好像后天就走。王峻生一愣，随即喜道，真的？傅悦转过身来，故意板着脸，说，听见我大伯要走，这么开心？王峻生忙道，不是不是——真的后天就走？傅悦道，谁让你老是借口加班不回来，我大伯拎得清，晓得你不欢迎他们。王峻生哎哟一声，道，帮帮忙，我怎么不欢迎，连旋转餐厅都去吃过了——傅悦朝他瞪眼，他忙闭嘴不说，嬉皮笑脸地道，好好好，是我不好，我招待不周，这样，明天晚上在小南国请他们吃饭，送别宴。傅悦哼的一声，道，关键是要心诚，老是请吃饭有什么稀奇，我大伯他们又不是没吃过好东西——

　　正说着，王峻生的手有些不老实起来，活络得很，朝她的身下探去。弹钢琴似的。傅悦一把打掉，说，你干什么，小心隔壁听见。王峻生手下不停，嘴里道，都半个来月了——。傅悦说，半个月都熬了，还有两天等不及？王峻生这才停了，嘴里兀自依哩啊啦，小孩似的。傅悦心里好笑，在他头上拍了一记，道，睡觉！

第二天，王峻生七点不到便起床了。特意到楼下买了生煎和油条，拿上来，热气腾腾地给大伯母，"吃吃看，味道还不错的。"亲自烧了泡饭，又推荐大伯尝尝新买的橄榄菜，"不要老是吃酱瓜嘛，这个也不错的。"大伯让他当心身体，"天天晚上加班，自己要多注意，男人身体顶顶要紧的。"傅悦在一旁笑道："大伯，女人身体也要紧的。"大伯忙道："就是就是。"

王峻生上班去了，临出门前，朝傅悦抛了记媚眼。"死腔！"傅悦对着他悄悄骂道。

这天是去逛南京路。一直到中午，大伯也没说明天走的事。傅悦自然也不能提。到了下午，大伯才告诉傅悦，明天他和大伯母要去见个朋友，不用她陪了。傅悦点头，心想原来"后天"是这个意思。是自己误解了。

王峻生打电话给她，问，晚上小南国订了吗？她道，他们明天不走。电话那头沉默了一下。傅悦道，怎么了？他道，没怎么。口气有点生硬。傅悦道，你生气了？他道，谁生气了？随即便挂了电话。傅悦恨恨地把手机往包里一扔。也有些烦了。又想这男人怎么越来越像小孩，都有些蛮横得不讲理了。脸上还不敢做出不开心的样子，强自带着笑，带大伯大伯母从南京西路一直逛到南京东路外滩。

晚上王峻生又说加班。傅悦没理他，想随便你怎样。也没心思烧饭，煮了些速冻饺子。端上桌时，对着大伯大伯母，觉得不好意思。远道而来的客人，竟然拿饺子对付。又想，可别给他们看出来了，索性直说，"我身体不大舒服，这顿马虎些——"大伯忙道，不马虎不马虎，我最喜欢吃饺子了。大伯母摸了摸她的额头，道，好像有点热。

傅悦量了量体温，真的有五分热度。心里晓得是肾炎引起的，本来就没好透，加上这阵子累了，反反复复的。一会儿，又要上厕所。大伯母叮嘱她，多喝水。她点了点头，到床上躺下。听见客厅里没声音了，晓得大伯是怕吵着自己，把电视关了。闭上眼睛，明明是极累的，却又睡不着。头又疼了。针戳似的。人难受到了极点。

王峻生回来时，她本已睡着了。他重重地在床上一坐，她又醒了。他脱了袜子，往地上一扔，上床。她忍不住道，不洗澡了？他不说话，一只手便伸到她衣服里面。她说，我身体不舒服。他不理，手上的动作更甚了。她推开他，沉声道，我不舒服，你没听见啊？

傅悦开了灯。他朝她看，只停顿了两秒，手又上来了。这次更加凶狠，都把她抓疼了。傅悦忽然有种想哭的感觉。委屈极了。她坐起来。他一把将她按在床上。她坐起来。他又把她按下去。这么反反复复的。像打架。他喘着气，一次比一次用力。

她终于忍不住，大声喊道："你什么意思？"

"没什么意思。"他说着，压在她的身上，牢牢抓住她的两只手，不让她动弹。

她闻到他身上的酒味。"我再说一遍——我不舒服，在发烧。"

他没听见似的，拿嘴封住了她的。傅悦先是不动，忽地，用力一推，把他推到了床底下。

"混蛋！"她用尽力气骂了句。

那晚，两人大吵了一架。有些歇斯底里，发泄似的。她猜大伯大伯母应该都听见的。万幸的是，他们并没有过来敲门。傅悦忽然想到，前阵子婆婆在的时候，王峻生再怎样都是憋着忍着，一次也没发作过。他是故意的。傅悦觉得自己终究还是输了，让自家人难堪了。没忍住。

197

原来男人这么狡猾的。表面大大咧咧，其实心里比什么都清楚。

傅悦结婚后，第一次觉得做人这么难。这么烦。

"下次千万别让你妈过来，否则我也不会让她好受。"傅悦说了句狠话。

"你爸妈也一样，别落在我手里。"他道。

"现在混得人模人样了，眼睛就长到头顶上了是吧。当初在我爸妈面前苦苦哀求的时候，怎么没这么拽啊？——小人得志！你以为穿西装打领带就不是乡下人了？"

"我是乡下人，你就是上海人了？你家顶多也就算是个城乡结合部。"

"我问你，你妈和你外甥在的时候，你怎么不闹啊？欺负人是不是，欺负我们家人是不是？"傅悦提高了音量。

"谁他妈的欺负你了？"

"我老早跟你说过，我大伯大伯母都是看着我长大的，跟我爸妈差不多——"

"屁，我家隔壁张大叔还看我长大的呢，把看我长大的人都叫过来，能组一个连——"

第二天，王峻生老早就去上班了。傅悦躺在床上，听见外面没动静。大伯大伯母都没起床。她看表，七点半，平常这时候他们早起床了。应该是怕尴尬，拖着。

傅悦爬起来，到厨房烧泡饭。一会儿，大伯母起床了，走到她身边，默默地拿碗筷。傅悦打开冰箱，拿了牛奶出来，倒在杯子里，放进微波炉。"到外面去吧，微波有辐射。"她说。大伯母点头，出去了。傅悦跟着出来，见大伯在沙发上刮胡子。

"早啊。"大伯对她打招呼。

"早。"

吃过早饭,大伯大伯母便出门会朋友了。傅悦一天都躺在床上,懒得动。本不想吃药的,可几分钟便跑趟厕所,实在吃不消,吃了两片头孢。下午睡了几个小时,醒来觉得略好些。只是头还昏的厉害。锅里还有些泡饭,放到炉上热了热,就着酱瓜吃了半碗。

想起昨晚的事,傅悦后悔极了。就算天塌下来,也该等大伯他们走了再说。忍忍就过去的事。傅悦不晓得自己原来是这样冲动的人。又好像,不止是王峻生,其实她自己也憋着一股气。在体内上蹿下跳很久了。找不到出路。逮个机会就爆发了。身体不舒服是催化剂,也是借口。自己说服自己的借口。又或许,天热也是个理由。

大伯大伯母回到家,说在外面已吃过了饭。傅悦嗯了一声,到厨房切了几个橙子,又切了半个西瓜,切成一块一块,放在盘子里端出来。

"吃点水果。"她插上牙签。

"小悦。"大伯母叫她。

傅悦心里一沉,想大伯母该不会说要回家吧。倘若这个时候提出要走,她真是无地自容了——幸亏没有,大伯母是问她,明天去哪里。傅悦松了口气,回答说,明天上午休息一下,下午去看马戏,好不好?大伯母说,好。

大伯母把刚才在楼下小店买的衣服给她看。"其实小店反而能淘到东西,那些南京路的大商场,进去就让我觉得头晕,什么东西也买不到。"她买了一件圆领T恤,五十块钱。傅悦说颜色蛮好,显年轻。

王峻生照例又是半夜才到家。傅悦装作睡着了,没睬他。他也没说话,倒头便睡,一会儿便打起小鼾了。傅悦心里气极,想男人倒是轻松，说放下就放下，一点心事也没有。在他屁股上狠狠踢了一脚。他翻了个身，又沉沉睡去。

次日早上，王峻生起床时，和大伯打了个照面。大伯说，峻生，早啊。傅悦在一旁看他，想，要是他死样怪气不搭理，就跟他离婚——见他堆着笑，叫了声"大伯早"。虽然笑容有些勉强，总算也过得去了。傅悦心里哼了一声。王峻生吃早饭时，眼睛有意无意地朝她瞟。她只当没看见。

下午看完马戏出来，大伯告诉傅悦，他们已买好了明天的火车票。傅悦挽留了几句，心里有些纳闷，火车票肯定是昨天出去就买好了，怎么昨天没说——再一想，大伯是怕自己难堪。刚吵完架就说要走，自己脸上肯定过不去。是给自己面子。傅悦有些不好意思了，又有些惭愧。都不晓得说什么好了。

傅悦犹豫了半天，给王峻生发了条短信：大伯他们明天走。

一会儿，王峻生回过来：我订好小南国了，晚上六点。

晚饭时，王峻生非但没有迟到，还早到了一刻钟。傅悦带着大伯大伯母进来时，他已点好了菜。冷菜也已上了。这顿饭规格不低。八百八十块一窝的鸡鲍翅、鲥鱼、清炒蟹粉。菜一道道地上。大伯大伯母都说太隆重了，破费了。王峻生说了些漂亮话，很得体很亲切。席间，他不断地为大伯与大伯母夹菜、盛汤。给傅悦夹菜时，傅悦本想让开的，不给他这个机会——想想还是算了，别让大伯大伯母尴尬才是。

"这次来，招呼不周啊。不好意思啊。"王峻生一遍又一遍地说。

"哪里哪里。"大伯说，"吃得好玩得好，就是给你们添麻烦了。"

"大伯你千万别这么说。你们来，就是给我们做小辈的面子，我们高兴还来不及呢——是不是啊，傅悦？"王峻生笑眯眯地朝傅悦看。

傅悦点头。"是啊。"

回去的路上，王峻生趁人不注意，在傅悦身上蹭了蹭。傅悦往旁边一让。王峻生又去拉她的手。她故意走上前几步，去挽大伯母的手臂。傅悦恨恨地想，我大伯一说要走，你心情立刻就好了，像变戏法一样。觉得挺没意思，想，这个男人真是差劲。

"我可是向你伸出橄榄枝了——"睡觉时，王峻生在她耳边道。

她哼的一声，朝向另一边睡了。

大伯是下午三点多的火车。王峻生问了傅悦几遍，需不需要他送，他下午可以调休几个小时。傅悦依然是不接他的橄榄枝，硬邦邦地回绝了。"工作要紧，不劳你费心了。谢谢。"他碰个钉子，又再三对大伯大伯母说"下次有机会再来啊"。客气了一番，才上班去了。

下午，天气依然闷热，但比来时好多了。毕竟已是立秋了。再热也是强弩之末，后劲不足了。车上，傅悦和大伯母坐一起。大伯母问她，累不累？她回答，不累。大伯母笑笑，柔声道，怎么会不累，这阵子可把你累坏了，我晓得的。

傅悦心里一热，被这话说得竟差点落下泪来。

大伯母拿过她的手，放在自己手上。"小两口好好过日子，你们会越来越好的。"

"有什么好的，都不想和他过了。"傅悦话一出口，便有些后悔。冲动了。大伯母道："别说孩子话，我和你大伯都看着呢，你这个女婿啊，算不错的了。"傅悦嘿的一声，不吭声。

"谁都是这么过来的。我和你大伯刚结婚那时候，也是钉头碰铁头，谁看谁都不顺眼。可不也过了大半辈子？我跟你讲，夫妻过日子，要睁只眼闭只眼。好的东西，你得把眼睛睁得大大的，看得越仔细越好；不好的东西，就闭上眼，随它去。"

"这是自欺欺人。"傅悦说。

"过日子呀,那么认真干什么,自欺欺人就自欺欺人,有啥大不了的?又不是敌我关系,是夫妻呀,天底下顶顶亲密的就是夫妻了。要过一辈子的。你现在觉得他这不好那不好,等你到了我这个年纪,就会觉得,他浑身上下全是优点,讨人喜欢得不得了——"

大伯母说着,回头朝大伯看去。大伯朝她笑。"谢谢夸奖。"

傅悦买了站台票,送大伯大伯母上了车。火车缓缓启动,傅悦朝他们挥手,目送着他们远去。大伯母的笑容定格在窗玻璃上。不知怎的,傅悦有些怅然若失。一下子轻松下来,整个人都有些浮的。失重的感觉。

她走出来,手机响了。是王峻生。她故意让手机响半天,才接起来。

"喂?"她道。

"送走了?"

"嗯。"

"大功告成,亲个嘴儿。"他说的是《鹿鼎记》里的台词。

"我大伯刚走,骨头就轻了?"她嘲他。

他厚颜无耻地在电话里笑起来。

傅悦本想再嘲他几句的。不知怎的,竟没有这个劲了。电话那头孩子气的那个男人,让她又是好气又是好笑。棉花似的,骂也不着力的。"这样的男人,再过几十年,真会让我觉得讨人喜欢的不得了?"傅悦想起大伯母的话。不由得有些定神了。

"喂喂?你在听吗?"他问。

她停了停,换了个手拿电话。

"给你个赎罪的机会——晚上请我吃饭。我要吃红房子的虾仁杯。"

刚过了立冬，老家那边传来消息，大伯母去世了。是胃癌。五月里就确诊了，医生说她活不过三个月，谁晓得她硬是挺了半年多。

爸爸打电话给傅悦，"大伯让我再次向你表示感谢，说他们在上海那几天非常开心。大伯母一辈子没去过上海的，总算临走时去了一趟，感觉很好。谢谢你和峻生了。"

傅悦从电脑里翻出与大伯母的合影。——是旋转餐厅时拍的。大伯母面前一块牛排，手里拿着筷子，紧依着她，笑得很灿烂。腕上那条手链，闪着光。傅悦回想起那几天，大伯母的脸色是真的很差，但始终带着笑。胃癌是最折腾人的，也亏得她兴致好，今天逛这个，明天逛那个。一点也不说累的。傅悦忽然有些怨大伯了，该早把大伯母的病告诉她才对——居然就那样不动声色地，做人生最后一次旅游。

王峻生陪她回了老家。火车上，她看着车外的风景，想到大伯母也曾一路看着这样的风景。她那时的心情，不知是怎样。她必定是希望自己的眼睛变成相机，每眨一下，便把景物定格在脑海里。那时，坐在她对面的大伯，她必定是看了又看，满心的不舍。这个陪她走完一生的男人。宝贝似的。

"你现在觉得他这不好那不好，等你到了我这个年纪，就会觉得，他浑身上下全是优点，讨人喜欢得不得了——"大伯母说这句话时，嘴角带着笑，又似是满怀感慨的。

傅悦看着对面的王峻生。心想，倘若有一天，只剩她一个人孤零零地坐着，又或是，只剩他一个人坐着。另一个他（她），再也看不见，只能留在脑海里想象着。以往的一段一段，孩子气的、任性的、恼火的；好的、坏的；可爱的、可恨的。再也摸不着触不到，成了脱手的氢气球，就那样眼睁睁地看着它远去，一点点没了踪影——那种滋味,又有人谁能忍受呢?

所幸,此时此刻,他还在她身边。她也在他身边。

火车穿过一段隧道时,车厢里一下子暗了。像黑夜。再出来时,傅悦的手,已搭在王峻生的手上。仿佛不经意般。

"怕黑啊?"王峻生逗她。

她不说话,却把他的手轻轻捏了捏。捏橡皮泥似的。

## 寻人启事

　　本来还好好的天气，一转眼的功夫，便下起雨来。还是那种瓢泼大雨，兜头兜脑地往人身上砸，只一会儿，浑身便湿个精透。连个反应的余地也不给。

　　半桶糨糊成了一桶。好不容易打印的那叠纸，全毁了。五角一张，总共是一百张，五十块钱就这样被雨水冲走了。胡小兵火起，朝地上吐了口唾沫，恶狠狠地骂了句：

　　"龟儿子！"

　　老天爷像是故意跟他开玩笑。正郁闷着呢，突然又开晴了。太阳一点点地探出头来，没心没肺地。似是要考验他的耐性。把他濒临崩溃的神经扯到最紧，扯橡皮筋似的，再一拉，弹回去，看他会怎样。胡小兵坐在街沿上一动不动，发呆。墙上已经贴的那些传单，被雨水无情地冲成几圪碎纸屑。斑斑驳驳的很难看。那个长着三瓣嘴的门卫从里面冲出来，凶他：

"喂喂，我已经打110了，再不走你自己吃苦头！"

胡小兵先是不动，继而站起来，走了。门卫在他身后兀自喋喋不休：

"人都不晓得去哪儿了，搞不好去非洲了也不一定。你这样有个屁用——"

回到阿三那里，又打印了一百份。阿三劝他，下次行动之前，要先看天气预报，"最近也不晓得怎么回事，大冬天还老是下雨。他妈个×，门槛精一点，否则自己吃亏——"

"我已经吃亏吃到现在了。"胡小兵说。

阿三在他肩上拍了一下。"在上海滩混，总归要吃点亏交点学费的。没啥。"

晚饭是在阿三那里吃的。阿三女人在小饭馆做服务员，把客人吃剩下的东西打包，自家就不用开伙仓了，省钱又省力。开几瓶啤酒，两人边吃边聊。又下雨了。吃了多久，雨便下了多久，滴滴答答，时紧时慢。像是佐餐的音乐。很闷很苦的那种。

水煮鱼片应该趁新鲜热辣时吃。打包回来再加热，鱼肉便散了厚了。木笃笃的像猪肉。倒是两道凉菜还不错，金针肚丝和拌海蜇，爽爽脆脆的，最适合下酒。胡小兵吃到一半，又去翻那些寻人启事。

"其实该把龟儿子的照片印上去，效果会更好。"他说。

"哪来的照片？"阿三问。

胡小兵皱着眉头想了一会儿，一拍大腿。"开心网——龟儿子的头像不是在那儿？"

阿三呵呵笑起来，拿筷子在他头上敲了一记。"他妈个×，你脑筋倒动得快。"

照片像素很低，应该是拿手机拍的再上传的。放大了就有些模糊。

又印了一百张。用原先那些传单的背面印的，阿三给他打了个折扣，只收墨粉钱，每张一角。胡小兵觉得他小气，加起来也就十块钱，他请他吃的那些饭都远远不止这个数，大钱不计较，倒计较这些小钱。胡小兵想归想，心里还是佩服阿三的。做生意是该这样，清清楚楚一板一眼的。当初赵胡子说合伙做木材生意，说得花好稻好的，他想也没想，一股脑把家当全投了进去。阿三才不会，任赵胡子说破了天去，也就投了五千块。现在生意亏了，钱没了，人溜了。他胡小兵输个一败涂地，人家阿三照样稳稳做着小生意。五千块也是钱，但一点也不伤筋动骨，老底还在呢。不服不行。

赵胡子的头像印在寻人启事的左上角。"寻人启事"这个法子，胡小兵还是跟电视剧里学的。找到人，就给五千块奖金。贴在赵胡子家附近，人来人往的，机率再小也总有希望。重赏之下必有勇夫。赵胡子跟她女人离了婚，明摆着是让女人撇清。但老婆孩子摆在那里，沾皮带肉的，胡小兵不信他能躲一辈子不回来。门卫都报过几回警了。警察的脸色一次比一次难看。胡小兵不在乎，又没犯法，总不见得把他抓了去。真要抓去了也好，里面管吃管住，也省得开销。胡小兵是豁出去了。那些钱是一分一厘攒下的，砌砖头、扛沙包、做苦力，刮风下雨没日没夜地干，带血带泪的钱，是肉里分。三十多岁的人了，连个女人也没寻着。在上海混了这么多年，到头来还是个光杆子。真不如死了算了。

挑了个晴天，继续贴。门卫远远朝他做手势，示意已经报警了。他不理会。一手刷糨糊，一手贴传单。动作是越来越利索了。说到底什么都是熟能生巧。厚厚一叠纸转眼便贴了大半。

旁边凑过来一只手——"啪"的一下，在他的传单边，又多了一张"寻狗启事"。胡小兵一愣，看见偌大一个狗头在那里，有些愕突的神情。是彩打，效果完全不一样了，很逼真。顿时把他的"寻人启事"比了下去——人不如狗。手的主人——一个二十出头的女孩子，短裙下是一双长靴，妆化得很浓，刘海厚厚地遮住了眼睛，半张脸都没了。

两人对视一下。女孩看到他的传单，笑笑，上唇那里微微鼓出来。他瞥到狗头下面的金额，有些吃惊了。停了停，怪不好意思的。拿着剩下的传单，走向马路对面。

女孩很快跟了上来。"警察会管吗？"她问。

"会。"他明明白白地告诉她。

"大不了撕了，反正还可以再贴。"她边说边贴，动作明显有些生疏。刚贴的那张被风一吹，摇摇欲坠。他见了，在角上补些糨糊，按牢了。

"谢谢，"她朝他笑，"我们想到一块儿去了。英雄所见略同。"

"你是狗，我是人。"他话一出口，便觉得不妥，忙解释，"我、我不是这个意思。"

"我晓得你是什么意思。没关系。"

女孩指着传单上的头像，问他："仇人？"

"嗯。算吧。"

"'赵胡子'是真名？"

"不是，谁晓得他龟儿子真名叫什么！"胡小兵没好气地回答。

女孩笑起来，"四川人？"

他点头。

"卷了你的钱，跑了？"她指指传单上的头像，又问。

"你怎么晓得？"

"看你的样子就晓得了，咬牙切齿的，"女孩笑道，"肯定是跟钱有关。"

"那你呢，狗卷了你的钱跑了？"他觉得她说得太轻松，有些不悦。故意惹她。

"不是钱，是心。傻妹走了，把我的心也带走了。"女孩说到这里叹了口气，露出悲伤的神情，"没有它我活不了。"

胡小兵嘿的一声。"是母狗？"

"嗯，一出生就带着，到现在两岁了，从来没分开过，连睡觉也一起——'傻妹'是我的心肝宝贝，比我老爸老妈还亲。"

"怎么丢的？"

"不晓得。一觉睡醒就没了。像变戏法一样。"

女孩有些懊丧地跺了跺脚。在墙上刷了糨糊，"啪"的一下，重重地把一张纸粘上去。狗头与赵胡子的头并列着，一张彩色一张黑白，一张大些一张小些。胡小兵忽然觉得自己挺吃亏。

"你这样贴在我的旁边，别人就光注意你的，不会注意我的了。"他提出抗议。

女孩愣了一下。"怎么会！本来你的小传单根本没人注意，我这张一贴，看的人多了，顺便也就会注意到你——这是连带效应你懂不懂？你应该谢谢我才对。"

胡小兵心里哼了一声。

"寻狗启事"最后一行的悬赏金额，用大一倍的黑体字打的，异常醒目。后面还跟着三个感叹号。女孩没有留手机，而是留了个QQ号。落款是"傻妹的姐姐"。

"其实——"胡小兵停了停，有些促狭地说，"你有没有想过，说不定你的'傻妹'早就被人抓走，红烧烧清炖炖，成了——"他瞥见女孩有些愤怒的眼神，耸了耸肩，做出开玩笑的样子，"我也是猜测,你晓得,它不过是一条狗,又不会自己跑到公安局——要是碰到天桥下那些饭都吃不饱的人,这个,你自己想吧。天气冷,狗肉煲最补了——"

女孩拿着一叠传单,恨恨地离开了。临走还朝他白了一眼。胡小兵吹着口哨,心情似乎有所改善。女孩的背影窈窕多姿,短裙下的双腿笔直。雨又滴里嗒拉地下起来。落在头顶柔柔软软的,像羽毛,很轻。胡小兵拿脚打着拍子,嗒嗒嗒——把口哨吹的像一支交响乐。

依旧是到阿三那里吃饭。在附近超市买了瓶零拷的黄酒,老是过去吃现成的,怪不好意思的。酒再便宜,总归也是份心意。阿三是不会说什么,可还有他女人呢,女人心眼小些。零拷的黄酒便宜归便宜,味道还是过得去的。两人对些下酒菜,再热上一斤黄酒,可以聊上几小时。

超市走出来,脚碰到旁边一个什么东西,软软的,起初还当是一团塑料袋。再一看,是只半大不小的沙皮狗,身上穿件黄澄澄的狗背心。胡小兵已走了过去,又折回来。脑子里电光石闪一下,陡的想起墙壁上那个彩打的狗头。

"傻妹。"他试着叫了声。

沙皮狗呜的一声,朝他看。停顿几秒,又叫了几声。

胡小兵想,龟儿子的,这么巧!一时倒有些诧异了,世界原来真的这么小。"傻妹"在角落里瞪着他,脸皮耷拉成一层一层,像个八十多岁的老头。胡小兵凑近了,发现自己在狗的瞳孔里,有些怪异的神情。一人一狗对视了半天。胡小兵没有迟疑,径直上前抱起它。

他把"傻妹"带到阿三家。又出来,到老地方撕下一张《寻狗启事》,随即找到一家网吧,上了QQ。"傻妹的姐姐"在线。

"我找到'傻妹'了。"他打字很慢,半天才一行。

"真的?!"

"奖金怎么给我?"他继续缓慢地打着字。

"一手交狗,一手交钱。"

"行,那你说个地方。"

依然约在那个小区门口。女孩原本说晚上就交易,他说第二天早上。想让女孩再急上一晚,吊吊她胃口。胡小兵其实也挺迫切,那笔奖金比他落在赵胡子手里的钱还多。龟儿子的,一条破狗也这么值钱。比人还贵。

胡小兵哼着小调,回到阿三家。进门便闻到一股香味。

"龟儿子的,什么东西这么香?"他笑着问。

阿三女人穿着围裙从厨房出来,手里拿着菜勺,"三七开,回来啦?"胡小兵是三七分的发型,她一直叫他"三七开"。

"狗肉煲,天冷补一补——"她有些外突的门牙,说话微微漏风,常年锁着眉头,即使笑,眉间也是一个深深的"川"字。

胡小兵跟着笑,问阿三去哪儿了。阿三女人说,家里没酱油了,买去了。胡小兵哦了一声,又问要不要帮忙。阿三女人说,你们男人哪懂得厨房的事,坐着吧,待会儿陪我们阿三多喝两杯。胡小兵应了,在沙发坐下。忽地想起什么,飞快地站起来,奔去阳台。

"狗呢?"阳台上空空如也。他几乎是有些惊惶地问。

"锅上炖着的不是?"阿三女人说。

胡小兵呆住了。一股冷气从脚底直逼上来,直冲到头顶,背上都发毛了。兀自有些回不过神来,脑子里一阵发胀,都听到嗡嗡的声音了。

阿三开门进来,把酱油交给女人。瞥见他的神情,好笑:"怎么了,撞鬼了?"

胡小兵踉踉跄跄地冲到厨房,掀开锅盖——满满一锅肉块,上层扑扑冒着泡,香气扑鼻。他直瞪瞪地看着,整个人僵得像冰。阿三女人倒了些酱油下去,拿勺捣了两捣,又盖上锅盖。阿三说胡小兵,愣着干嘛,出来呀,厨房不是男人待的地方。

胡小兵给他说得都快哭出来了。

"大哥——"半晌,他带着哭腔,"这种狗你也宰得下手?"

"是你嫂子宰的。饭店里干的,还怕这个?"阿三嘿的一声。

胡小兵都不晓得说什么好了。

这顿饭吃得像死囚饭。阿三也彻底懵了,"不早说——"他女人在一旁傻乎乎地道,"这锅肉给她送回去,狗头还在呢,不怕她不认账,死狗也是狗,奖金给打个对折总成吧。"阿三在他女人身上拍了一记,"滚你的,少胡说。"

胡小兵想着第二天的碰头,要给女孩打电话,犹犹豫豫的。终究是没有。一晚上都没睡着。第二天起床,眼圈都是黑的,像被人打了一拳。坐着又抽了会儿烟。连着抽了十来根。烟雾袅袅,把脸都遮没了,像戴了层面纱。一边抽,一边思考。满地都是烟蒂。

烟抽完了。他出门买烟。见小卖部门口都贴了"寻狗启事"——硕大的狗头瞪着他。他不敢看,心里都有些发毛了。想到自家阳台上吊着的那个狗头。他买完烟,飞快地走了。

约好是十点钟。还剩一个半小时。拿塑料袋包了狗头,真有些想按阿三女人的意思,死狗也是狗,多少换点钱——想想罢了,真要这么做了,只怕会被那小女人吃耳光。想着寻狗启事上那笔金额,连肠子也悔青了。不该牵着狗去阿三家。阿三在上海待得再久,骨子里还是个农民,把人家好好一条沙皮狗当农村的草狗哩。讲出去只怕要笑死一大片。胡小兵想着想着,也觉得有些好笑,随即又难过起来。自己天生就该是个穷光蛋，一丁点发横财的命也没有。

　　他想，干脆回家睡觉算了。被子兜头一蒙，睡到昏天黑地，什么也记不清为止。最好把赵胡子那档子事也忘了，只当那钱还好好存在银行呢。赵胡子说话时两撇胡子也跟着动，胡小兵刚认识他时，觉得他长得像小时候看的美术片里的长胡子仙人，一点儿也不像坏人。他很大方，请客吃的都是大餐，不像阿三，都是老婆打包回来的东西。初时胡小兵对他印象挺好，觉得这哥们够义气。他提出合资时，胡小兵几乎没怎么考虑就把钱给了他——两万块钱放进信封里，手有些抖抖的，"大哥，钱不多，可也是一分一厘攒下来的——"赵胡子一把拿过，"放心放心，钱交到我手里，比交到人民银行还稳妥。"他跟着笑，笑得蠢蠢傻傻的。那一阵尽做发财的梦了。老娘打来电话，问他过年回不回家。他说回的，问父亲的老咳嗽好些没，要不要他买些虫草带回去。又说买了妹妹最喜欢吃的费列罗巧克力。"家里该用就用，千万别省，钱不是问题——"老娘说他口气像个暴发户，钱还没挣来呢，口气倒大了。电话里，他扳着手指算给老娘听，木材进价是多少，卖出是多少，好几个下家等着货呢，这生意怎么算都不亏，"你们就等着过个好年吧。"

　　胡小兵掏出皮夹，里面还剩三张一百块和几张零票——他目前的所有财产。自己看着都想笑。比天桥下那些拾垃圾的人好不到那里去。龟儿子的赵胡子，操他娘十八代祖宗，不得好死的王八蛋崽子——胡小兵骂着骂着，便觉得鼻子痒痒的，也不晓得是天气干燥还是怎的，反正就是不舒服。与此同时，"寻狗启事"上那粗体字的悬赏金额，像电影里的特写镜头，在他眼前定格。微微晃着，都有些头晕了。

　　十点正。胡小兵准时出现在约定的地点——手里抱着一只沙皮狗，身上黄澄澄的狗背心异常醒目。老远便看见"傻妹的姐姐"——女孩站在那里，戴一顶雪白的绒线帽，靴子也是白色的。

"是你？"她见到胡小兵，有些讶异。随即瞥到他怀里的狗，激动起来，"傻妹——"伸手便要去抱。胡小兵一让，她扑个空。

"怎么回事？"她朝胡小兵看。

"一手交钱，一手交狗。"胡小兵缓缓地道。

女孩停顿一下，撇了撇嘴。"你不让我看清楚，我怎么给你钱？"

"你的狗，现在就在你面前，你还要怎么看清楚？"

"隔那么远怎么看的清，我又不是千里眼。"

"这条狗背心是你给它穿上的吧？狗你不认识，狗背心总归认识吧？"

"你让我抱一下，我确认后，肯定给你钱。"

胡小兵坚决地摇头。"不行——你也晓得，我吃过亏的，不敢随随便便相信人。还是那句话，一手交钱，一手交狗。"

"咦，你这个人怎么这样？先让我抱一下——"女孩有些急了，又要去抱沙皮狗。

"那算了，"胡小兵抱着狗转身就走，"我也不要你的钱了，就当没这回事。拉倒。"

他走出几步，听到女孩在身后叫："好吧好吧，钱在这里。"

一手交钱，一手交狗。女孩从包里掏出三叠人民币给他。他去接。她手一缩。"我的傻妹。"她提醒他。

穿着黄澄澄狗背心的沙皮狗，被女孩抱在怀里了。"傻妹、傻妹——"女孩像在叫自己的小孩。胡小兵逃也似的走了。狗是阿三向一个熟人买的，五百块钱。毛色是染的，阿三让宠物店老板给它打了针安定，让它乖一点，免得穿帮。

"它怎么没精打采的？"他听到女孩在身后发出疑问——心跳加快，

大步往前走去。

"它——好像——哎,你等等,先别走——"女孩大声叫道。

胡小兵脚下不停,快得像一条鱼,瞬间便溜走了。女孩的叫骂声回荡在街道上空,越来越尖利。像身后追着的一把飞刀,颈间都感到寒意了。隔了好远才渐渐淡去。不知不觉已出了一身冷汗。胡小兵连着跑了几条街,没命地跑。半天才停下来。大口喘着气,手触到内袋里那叠钞票,带着体温。手心都是汗,紧紧捏着钞票的一角,很快便湿了。几个路人经过,见他气喘吁吁地站着不动,都好奇地指指点点。胡小兵脑子一片空白,心都快跳出胸腔了。

阿三安慰他,"怕啥,她贴'寻狗启事'本来就不合法,就算去报案,公安局也不会睬她。"

胡小兵觉得,现在问题的关键好像不是怕她去报案——那倒还在其次了,而是感觉非常别扭。别扭得一塌糊涂。三叠钞票端端正正地摆在桌上,像三块白胖的糕点。阿三女人啧啧说,买几十条狗都够了——三七开,那丫头是钱多了没地方用,你帮她用掉一点也好。

这时手机响了。胡小兵接起来,还未放到耳边,便听到女孩激动的咆哮声:

"把钱还我,你这个骗子——"

胡小兵手一抖,差点把电话摔了。

"你信不信我去公安局去告你?"女孩恶狠狠地。

胡小兵忙不迭地挂了手机。

阿三在一旁问,"是她?"胡小兵点头。阿三老婆说,怪了,她怎么有你手机号码?胡小兵苦着脸说,肯定是从寻人启事上看的。阿三老婆叫起来,"那你还不快点把那些纸撕了?"

"现在再撕有个屁用?"阿三说,"来不及了——换个手机号,快点。"

胡小兵第二天便去换了手机号码。顺便把钱存了。三万块整。拿到存折那瞬，心里稍稍安定了些，钱是定惊茶、回魂汤，有了它就踏实多了。回去时经过赵胡子那个小区，见墙上"寻人启事"后面被人用红笔添上"这人自己也是个骗子，活该！大家不要相信他！"——有些触目惊心，应该是那女孩的手笔。胡小兵慌慌张张地走开了。

阿三劝人很有一套，"谁有谁没有，老天爷都算好了，你被赵胡子骗掉的钱，现在兜个圈不是又回来了？所以不要觉得不好意思，这本来就是你的钱，只不过换个方式回来而已。你的就是你的，谁也拿不走。"

胡小兵表示异议，"这是那个小姑娘的钱，不是我原先被赵胡子骗走的那笔。"

"老天爷统筹安排，逐个分配，'让一部分人先富起来'——这道理你都不懂？"阿三完全一副经济家的口吻。

"可是，"胡小兵还在不识趣，"我被骗走两万，现在回来了三万——这个，多了一万。"

"利息！"阿三斩钉截铁地下了定义，"是利息！"

胡小兵完全心安理得了。在小饭馆订了个位，请阿三夫妻吃饭。点了一桌子的小菜，还有两瓶嘉善黄酒。阿三女人啃着鸭头，笑嘻嘻地说胡小兵，"三七开，我总算也吃到你请的饭了——"胡小兵给她说的挺难为情，"嫂子，平常多亏你关照，来，我敬你一杯——"

酒过三巡，阿三问他，"那寻人启事，还打印不？"

胡小兵想了想，"钱不是都回来了——"

"那又不是你的钱。"阿三嘿的一声。

"你不是说，老天爷统筹安排，逐个分配嘛。"

阿三朝他看，半晌，点了点头，"好，随便你。就是便宜了赵胡子那小子。"

又喝了一阵，胡小兵忽道："其实——想想这龟儿子也不容易，成天躲在外面有家不能回，老婆孩子也见不着面。跟狗似的。"

"别提狗，"阿三提醒他，"再说了，有时候人还不如狗呢。你要是把自己弄丢了，你爸妈出得起三万找你吗？"

胡小兵咧嘴笑了笑，抿下一口酒，"那倒也是。"

"所以啊，活该他妈的小女人丢狗，谁让她有钱！"阿三大着舌头咕哝了句。

"就是！"胡小兵醉醺醺地附和。

第二天早上醒来，睁开眼睛，看到一个硕大的狗头——先是一惊，随即想到昨晚喝多了，趴在阳台上睡了一夜。"傻妹"的头已有些变色，脸皮耷拉得更严重了，完全下垂了。乍一看很有些怖人。胡小兵用报纸包起它，走下楼，扔进垃圾桶。

"扑通！"很沉闷的声音。

胡小兵在垃圾桶旁站了一会儿。像是默哀。

中午时看见好几家商场门口都挂上春联灯笼了。年一天天近了。这才想起换手机的事还没跟家里说，便打了个电话回去——是妹妹接的。问他几时回家。他说，还没想好。妹妹说，临近过年火车票紧张，要提前买。他说，我知道。电话里传来老头子的咳嗽声。他问，爸还咳得厉害？妹妹说，前阵子还行，这两天冷了，又咳了。

胡小兵去中药店，想买些虫草。一看价格牌，又缩了回去。早听说虫草贵，但没想到会这么贵。比黄金还贵。装模作样看了会儿，讪讪地退出来，犹豫了一下又进去了，买了些西洋参。也是润肺去火的。又去超市买了费列罗巧克力。那种一条三粒的，买了两条。

从超市出来,往旁边一瞥,惊得差点叫出声来——只见墙上贴着一张纸:

寻人启事……男,三十五岁左右,身高一米七出头。此人卑鄙无耻、欺凌妇女、骗人钱财,如有人知其下落,重赏五万元。

文字旁边还配有一幅素描——虽然画得不是很像,但胡小兵还是一下子便猜出这人就是自己。三七开的发型,大鼻子,朝外突出的嘴唇——好几个人驻步在看,有说有笑,似是觉得滑稽。胡小兵忙低下头,快步走了过去。一路上看见不少同样的寻人启事,趁人不注意,他撕下一张放进怀里。素描放得很大,占了整张纸的三分之一,悬赏金额照例又是用粗体字打印——龟儿子的死女人,居然来真的了。

阿三女人对着那张素描笑得半死,"三七开,你成名人了,还有人给你画像耶——"

胡小兵去理发店剪了个平头。发型师说他的头型其实不适合剪平头,"只有那种很饱满的头型剪平头才好看,你这样尖尖的橄榄头,剪平头很怪。"胡小兵没吭声,那人又推荐他染发,"平头染一点点黄绿色,很时尚。"胡小兵先是不语,忽地火起,"妈的龟儿子的,老子已经够倒霉了,你还让老子把头染成绿油油的,啥意思啊?"

回去的路上,觉得许多人都盯着他看,也不晓得是心理作用还是怎的。那丫头出了五万悬赏,原来他还这么值钱——到了阿三家,听她女人和阿三说笑,"把三七开交出去,顶我好几年的工钱——"阿三嘿的一声。胡小兵想,他找赵胡子出五千,这丫头现在出五万,奖金也他妈的通货膨胀了。

阿三劝他最近老实点,"没事少出去,等风头过了再说。"

他买了几包饼干和两大瓶水,天天窝在家里,吃了睡睡了吃,冬眠似的。连着下了几天雨,又放晴了。眼看着没几天就要过年了。想出去买火车票,却总是懒得动。好像也不光是害怕,还有些别的原因。一颗心不上不下的。人也是空落落的。手机开着。阿三找过他两次。还有老娘。依然是问他什么时候回家。他含糊答着,自己也不晓得说了什么。说到后来,竟有些委屈了。没来由的,心酸的很。连带着鼻子也酸了。

　　饼干和水吃完了,出去采购了一圈。超市门口的寻人启事还在。像是撕掉过又重贴的。他给自己找了顶帽子,把围巾遮住半个脸,做贼似的。周围是越来越有过年的气氛了。窗玻璃上到处都是倒过来的大红"福"字。红红火火的模样。站在人堆里,他感觉自己像块冷冰冰的木头疙瘩,格格不入的。太阳再耀眼再暖和,仿佛也照不到他。

　　旁边有人盯着他。狐疑地,又去看墙上的头像,"咦——"胡小兵没等他反应过来,快步走了。回到家,风卷残云地一包饼干下肚,再哗哗倒下去一瓶水。胃顿时疼得难受。趴手趴脚地坐在椅子上,像个傻子那样一动不动。

　　过年终于还是没有回四川。这阵子过得混混沌沌的,等回过神来去买火车票,早卖空了。阿三夫妇回老家过年去了。他们一走,就更冷清了,连个说话的人都没有。

　　除夕晚上买了半只电烤鸡,一瓶黄酒。看春节联欢晚会。屏幕里金碧辉煌、花团锦簇,明星们一个个笑得没心没肺。电烤鸡外皮烤焦了,里面却还未全熟,老板应该是急着收摊回家吃年夜饭,失水准了。胡小兵拆了包鱼皮花生,下酒。吃得哑巴有声。

　　远处已零零落落有些鞭炮声了。还未到十二点,已是迫不及待了。一会儿又安静了。这么看着好像和平常也没什么两样。各家过各家的年，冷暖自知。谁也不管别人的闲事。

吃的一手油，去拿纸巾，才发现纸巾用完了。顺手拿过旁边一张纸，一看，原来是当初找赵胡子的《寻人启事》。赵胡子咧嘴笑，两撇胡子不知羞耻地向上扬着。胡小兵正手反手，把一手油统统揩在他脸上。

"个龟儿子的——"胡小兵骂。

午夜十二整。鞭炮以惊人的气势响彻整个城市，炸开窝似的。夜空被染得通亮，像夕阳落下的那刻，红霞密布天边，似是穿上了一件绚烂无比的衣裳。胡小兵把头蒙在被窝里，然而声音却像长了翅膀，直往他耳里钻。辗转了片刻，索性不睡了。穿上衣服，到阳台上抽了根烟。

一个长长的流弹似的鞭炮朝他飞来，夹着火光。他下意识地往旁边一让。火光在半空中化作灰烬。龟儿子的，他骂道，放鞭炮还是杀人啊。

他预备出去转转。戴上围巾遮住大半个脸——一半是御寒，一半也是免得麻烦。新年新势弄点晦气就不好了。镜子里看到自己的样子——平头，围巾把眉毛鼻子嘴巴都遮住了，只露出一双眼睛，微微泛黄的眼珠，眼角往下耷——倒有些像"傻妹"了。

胡小兵想到"傻妹"，不禁叹了口气。

漫无目地逛了一圈。路上人不多，多半是出来放鞭炮的。大的小的，裹件棉衣，嘴上叼根烟，手里拎串长长的鞭炮，或是圆圆方方的一桶烟花，威风凛凛的模样。胡小兵在角落里看了会儿。其实烟花鞭炮这东西，自己买并不实惠，人家放了还不是一样看？又何必自己费钱。

不知不觉走到一个小区门口，觉得有些熟悉，再一看，竟是赵胡子家那个小区。门卫室灯亮着，门卫披着厚厚的军大衣，坐在椅子上睡着了。这个三瓣嘴曾经报过好几次警阻止胡小兵贴寻人启事，白天凶神恶煞的——晚上睡着时的样子原来是这样的，嘴半张着，眼睛并不全闭，而是留了条缝，似是睡梦中也要行使门卫的职责。胡小兵朝他看了会儿，嘿的一声。

正要走开，才跨出一步，忽地一人迎面过来，两人撞个满怀。

"对不起哦——"那人道歉。

胡小兵听到他声音，全身一震，再看去——那人穿一件羽绒服，戴着帽子，两撇胡子颤啊颤的——路灯下看得真切，不正是赵胡子？

赵胡子转身便走。他应该没有认出胡小兵，夜这么黑，胡小兵又是全副武装，标志性的三七开也成了平头——他没有停留，径直往自家那幢楼快步走去。

胡小兵在原地停顿了几秒，兀自有些回不过神来，很快，心便提到嗓子眼了——除夕，这小子终于熬不住了，回来看老婆孩子了。中国人就是中国人，好人坏人都一样，到了除夕肯定熬不住。年，是孙悟空头上紧箍的咒，到时候一念，自然就箍紧了，箍得人喘不过气来，一点法子也没有。等过了年，就松了。再过一年，到了时候又会箍紧，周而复始的。一年又一年的。

赵胡子进了单元门。胡小兵跟在后面，脑子像被冷空气冻得僵了，一时还没想好怎么办——眼睁睁地看着他上了楼。几分钟后，他家黑乎乎的屋子，开了灯，亮了。

胡小兵站在一棵树下，朝上看。似是能听到他女人的惊叫声。还有小孩的欢呼声。

他扳着手指，这一家三口该有半年多没碰面了吧。他女人倒是时常见到，拎着篮子去买菜，在小区门口碰到他贴寻人启事，也只是看一眼，便立即走开。这女人瘦削的脸，长相有些阴鸷。挺有城府的模样。不像阿三女人，什么都放在脸上。胡小兵和赵胡子关系不错的时候，也去过他家吃饭，这女人待客并不十分热情，总是似笑非笑的神情——大概也只有这样的女人，才熬得住丈夫长长久久地不在家，换了阿三女人老早翻天了。

一会儿，赵胡子和他女人走到阳台上。胡小兵头一缩，生怕被他看见。只见夫妻俩拿出一串鞭炮，挂在丫杈上，点燃了伸出去——很快响起劈里啪啦的声音。震耳欲聋。他儿子大约是也想出来看热闹，被赵胡子斥了回去，"小心鞭炮炸到你脸上！"胡小兵还是第一次看到他女人笑，挽着男人的臂弯，头歪着，很恩爱的模样。

"再恩爱你龟儿子也是个骗子！"胡小兵恨恨地骂了声。

胡小兵想冲上去，犹豫了一下，没动。也许是阳台上小孩的笑声，制止了他这么做。

他想了一会儿，决定让这龟儿子再舒服一夜，大过年的，人家夫妻好不容易见个面，这么冲上去有点损阴德——胡小兵很为自己感到骄傲，即便是冤家对头，该遵守的原则还是得遵守，人嘛。但过了除夕，无论如何不会再对他客气。

想到这里，他走过去在楼梯口坐下。这是龟儿子离开的必经之路，逃不了。他给自己点上支烟，打起精神，免得睡着。

周围一点点安静下来。放鞭炮的人想必也陆续睡觉去了。他有些困，打了个呵欠。走出来，往上看，赵胡子家的灯灭了，应该是睡觉了。他倒是舒服，大过年的一家团聚，有老婆儿子抱。

都说欠债的比追债的潇洒。真是一点不错。

胡小兵忽地想起"傻妹的姐姐"——那女孩也不晓得怎么样了。都怪阿三和他女人，否则是多么两全其美的事啊，她拿回狗，他拿到钱，欢欢喜喜过个年。不是有句老话叫"人生不如意十之八九"嘛，原来还真的是这样。有钱的也好，没钱的也罢，都是不如意的事情多。

他又重新坐下。这时手机响了。

老娘的声音还是那样沙沙哑哑。问他年夜饭吃什么。他胡诌道，跟两个朋友去馆子撮了一顿。大鱼大肉，美美的。老娘说，你寄回来的洋参和巧克力都收到了。你爸吃了洋参，这几天咳嗽好多了。他笑说，哪有那么灵，又不是仙丹。老娘叮嘱他注意身体，又问他明年过年回不回来——今年这年还没过完呢，已惦记着明年过年了。他心里忽地有些难受起来，说，回来的，明年一定早点买火车票。

挂掉电话。眼皮一点点重了，迷迷糊糊的，有点冷，又有点倦。

很快，竟真的睡着了。

## 又见雷雨

**清晨六点**,阳光从窗帘缝里漏进一缕,延伸开来,先是窗台,再是地板,随即又爬上张一伟的脸,从额角到下巴,细细长长,像粉笔画的一道。认识他八年了,郑苹还是第一次离他这么近,看得这么仔细。男人长了张圆脸,皮肤又白净,多少缺些英武气。所以他留了络腮胡子。过了一夜,胡子愈发浓密了。郑苹起身拿来剃须刀,涂上泡沫,替他刮胡子。小心翼翼地,连下巴与头颈接缝那样难处理的地方,也刮得干干净净。他动也不动,任凭她摆布。刮完了,她又拿自己的润肤露,替他薄薄打上一层,免得皮肤发涩。

她朝他看。这么一番折腾,他依然是不醒。

"是睡着了,还是昏过去了?"她凑近他,往他耳里呵着热气,手指在他脖子轻轻挠着。他没忍住,扑哧一笑,随即一把抓住她的手。她另一只手去搔他腰眼,他呵呵笑着,将那只手也抓住。随即在她嘴上亲了一下。她朝他看,忽地,很严肃地道:

"过来，让我吃一记耳光。"

他一怔："什么？"

"这些年，你让我受的委屈，一记耳光便宜你了。"她正色道。

他把脸凑过去，"打吧。"

她举起手，高高扬起，轻轻落下，嘻的一声，按在他脸上，捋了捋。"算打过了，"她自说自话地点头，"——以后不可以了，晓得吧？"

他看了她一会儿，那一瞬忽有些心酸，抓过她那只手，放在自己掌心里，"其实我不值得你这样，"他道，"你是个好女孩。"

"这年头，好女孩都喜欢坏男人，"她叹道，"没法子的事。"

吃早饭时，郑苹接到维修铺小弟的电话，说手机修好了，让她有空去拿。郑苹答应了，说今天就去。挂掉电话，兴冲冲地告诉张一伟，"我爸那只手机修好了。"张一伟道："那么老的手机，还能修？"郑苹道："修是不难的，就是利太薄没人肯修，亏得老耿有个亲戚在手机店。蛮快，前天刚送过去，今天就修好了。"张一伟替她庆幸："好险，这个手机要是修不好，难保你不去跳黄浦江。"郑苹在他背上拍了一下，嗔道："没那么夸张。"

手机是父亲的遗物。八年来郑苹一直用这个手机。她曾把手机里的视频给张一伟看——父女俩在草地上搭帐篷，因是刚买的帐篷，不怎么会弄，两人嘻嘻哈哈折腾了半天，郑母在镜头这边数落他们"笨手笨脚，有这功夫，人家房子都造好了"。那天风很大，图像有些抖，呼呼的风声，比说话声还大。这是郑苹与父亲最后一次合影。之后不到两周，父亲就去世了。手机摔过几次，有点故障，上不了网，视频和照片都导不出来，郑苹只能把手机带在身上，想念父亲的时候便拿出来看。手机上了年头，隔三岔五便出状况。但通常是小毛病，凑合着能用。这次大修是因为前天跟周游吵了一架，激动时随手拿起手机便朝他抡去，砸在墙壁再掉下来，摔个稀烂。

"没跟他拼命？"张一伟问。

"他贱命一条，宰了他我还要抵命，不值得。"

"为了什么？"他朝她看，"还动手？"

"社里的事，你也晓得，搞艺术和满身铜臭的人，总归说不到一块去，"她岔开话题，"昨晚的事，——后悔吗？"

他笑起来，"这话应该男人问女人才对。"

"我不后悔，这你八年前就该晓得了。"

"女人都不后悔，男人说后悔就忒不上路了。"

"主要是昨晚大家都喝醉了。否则我也不问了。"

"酒醉三分醒。"

"那又怎么样？什么意思，我不懂。"

"再说下去就少儿不宜了。"他一把搂住她的肩膀。

郑苹不喜欢他说话的语气。人还在床上呢，就算撇清，也该有些过渡才是。没一句话超过三两，都是轻飘飘的。——其实也是意料之中。她和他之间，始终是隔了些什么。八年前，同一天，同一个殡仪馆，她的父亲，还有他的父亲。那是郑苹第二次见到张一伟。她也不知道怎么会踱到那里。一间间过去，哭声是会重叠的，这边已入尾声，渐渐隐去，这边又掀起一阵，原先那些还未退尽，低低和着，又过一阵，又不知哪里的哭声掺杂进来，衬托得这边更加层次分明。哭声不同笑声，笑的人一多，便觉得烦，自顾自的节奏；哭声却是往里收的，一两个人哭不成气候，哭的人多了，悄无声息地蔓延开，是另一种沉着的气势。郑苹到的时候，张一伟父亲已经推去火化了，张一伟母亲被几个亲戚拥着坐在一边。一个十八九岁的少年站在角落里低声啜泣。郑苹之前与他见过一面，是周游父亲安排的，请两位遗孀出来相谈。

那天郑苹与张一伟对面坐着，大人在桌子那边谈事，他们静静坐着。有人给他们倒上饮料，郑苹喝了一口，张一伟碰都没碰。车祸是由于张父过马路闯红灯，周父开车送周游去学校，经过时避让不及，车冲上非机动车道，又把骑车的郑父撞倒。郑父当场死亡，张父送到医院急救无效，当晚去世。走路的、骑车的，都死了，按法律规定，即便事故原因与周父无关，机动车司机也必须承担相应责任。周父花了些功夫打点，很快便全身而退。至于两家的赔偿金，他开出了一个相当不错的数目。郑母不作声。张母还未开口，张一伟已站起来："我不要钱，把爸爸还给我。"说完走到周父面前，霍地亮出一把水果刀，直直朝他胸口刺去。周父没提防，竟被他刺个正着。送到医院急救，医生说再往左边偏半寸，命就没了。追悼会上，周父给两家都送了花圈，人没到场。那天张一伟倒是表现得很平和，郑苹在门口静静看了他一会儿，想，这人和自己一样，都没了爸爸。郑苹看到他的眼泪，始终在眶里打转，却不落下来。本已平息下来的悲恸，那瞬间重又被勾起来。替自己，也替这个少年。

窗台上放着一罐纸鹤。是郑苹八年前叠的。花了整整一周的时间，在张一伟十九岁生日那天送给他，里面还附了张卡片："做朋友好吗？"——结果被张一伟连东西带卡片退了回来。那天恰恰是郑苹动身去英国读高中，行李都搬上车了，当着郑母和周家父子的面，张一伟放下东西就走。郑苹也不说话，面无表情地把纸鹤塞进包里。这事后来被郑母一直挂在嘴上，说郑苹你这样的人还会叠纸鹤啊，不像你的风格，做手榴弹土炸药倒还差不多。

他看见纸鹤，先是一怔，应该是想起了当年的事。随即瞥见郑苹的目光，停顿一下："现在送给我，行吗？"郑苹摇头："送给你不要，现在又来讨。"他笑笑："男人都是贱骨头。"郑苹嘿的一声："喜欢就拿去吧。"停了停，又问他：

"现在，你当我是朋友了吗？"

"不是朋友是什么？"他反问。

"不晓得，"她老老实实地道，"我总觉得你一直都挺恨我。"

"就算恨，也是恨周游他爸。恨你干吗？"

"因为我妈嫁给周游他爸了，所以你恨我也不是一点没道理。"

"那，就算是爱恨交织吧。"他想了想，"其实，应该说是'同病相怜'更恰当。——同一天成了没爸的孩子。"

"所以啊，我们更要对彼此好一点，"郑苹一本正经地，"我们都是受过伤的小孩。别人不疼我们没关系，我们要自己疼自己。——天底下没有比我们更合适在一起的人了。"

有八年前的教训，她故意扮傻大姐，把真话说得像傻话。这样即便被他弹回去，也好少些尴尬。她以为他听了会笑。谁知他只是低下头吃盘里的煎蛋，像是走神了。她等了他一会儿。女孩子这么说，男人一点表示没有。多少有些难为情。郑苹打开收音机，尖锐的女声陡的跳出来，"我爱你，轰轰烈烈最疯狂，我爱你，轰轰烈烈却不能忘——"

吃完早饭，张一伟先走了。郑苹奔到阳台，本想喊他回来带把伞，今天说是有雷阵雨。但这男人走得匆忙，连背影也是义无反顾。郑苹便有些气不过。老夫老妻也就罢了，怎么说也是第一次留下过夜，一步三回头也在情理之中。可他的脚步毫无留恋。直到他走出小区，郑苹才回屋。收拾一下，上网看微博。

照例在搜索栏里打入关键词"郑寅生，雷雨"。一条条看下去。大多都是老话，"民营话剧社进驻上海大剧院小剧场"、"场景漂亮，演员演技好"，也有人说"一张票送一大盒费列罗，差不多就值回一半票价了。人家亏本赚吆喝,我们乐得捧场。"往下翻,有人说"那个演鲁贵的演员,长得像唐国强,好像以前也有点名气的,怎么会让他演鲁贵?"下面跟着一长串评论,有人说"没错,这人一看就是正义凛然的那种,演鲁贵看着真别扭,他每次低声下气地跟在周朴园边上说话,我都想笑,感觉他像个潜伏在资本家身边的地下党。反倒是那个演周朴园的,看上去獐头鼠目,一点也不像大资本家。也不晓得是怎么选的角!"也有人反驳"谁说长得像唐国强就不能演坏人?好人坏人从脸上能看得出来吗?再说周朴园也不是好人啊。照我说,让他演鲁贵才好呢,老是本色出演有什么意思,反差越大越是能考验演技。"又往下看了几页,与前阵子一样,许多微博说的都是"鲁贵",一边倒地认为这演员与以往的"鲁贵"似乎有很大不同。

上月《雷雨》刚上演时,有记者采访郑苹,说作为一家民营话剧社,能入驻大剧院演出实属不易。而且在营销上别出心裁,比如母亲节那场送康乃馨,凭票根参加抽奖,有咖啡券、电影票、联华OK卡、双飞自由行……特等奖甚至是一辆小轿车。"网上有您亲自颁奖的视频。您觉得,这次话剧演出之所以大获成功,是否与这些营销手段有关?还有,成本预算方面,您是怎么控制的,说的更明确些,您不怕亏本吗?"记者口气里难掩好奇。郑苹回答得很简单,"说句实话,我办这个话剧社,不是为了赚钱,至于亏本,大家也不必替我担心。我有赞助。那些营销策略,都是别人替我想出来的,我只管排话剧,其他事情统统不管。"记者又问起骆以达,"有趣的是,十年前在上海人艺演出的那场《雷雨》,骆老师扮演的是周朴园。时至今日,他竟然演起了鲁贵,来了个一百八十度大逆转。请问,您是如何请到他加盟的?又为什么想到让他来扮演鲁贵?是一种噱头吗?"郑苹没有正面回答,只是笑笑:"你说是噱头,——那就算是吧。"记者最后问:"你们话剧社叫'郑寅生话剧社',请问,'郑寅生'是谁,以他命名有特别意义吗?"郑苹如实相告:"郑寅生是我父亲,他生前也是个话剧演员。"

关于抽奖的事,郑苹很早就对周游表示了不满,"玩得太过了,连公交车上都是《雷雨》的广告,你看过哪个话剧搞这么大?送电影票咖啡券也就算了,你还给我弄辆小轿车出来,怎么不送别墅送游艇?"周游说:"我就是怕搞得太大,所以才没这么干。别墅有现成的,你要是答应,下次我就直接去三亚买游艇了。"郑苹无语,对付这样的纨袴子弟,话一定要往狠里说,"我非常不喜欢这样,"郑苹明确告诉他,"别学你爸捧戏子,他那是老一代的做派,八百年前就过时了。"周游说:"我不捧戏子,我只捧你。你是戏子吗?你是艺术总监。"郑苹道:"我不是我妈,别说游艇,你就是买飞机也没戏。"周游照例是笑笑,不妥协,也不跟她真吵。八年来,两人像亲戚,又像朋友。周游跟她同岁,月份稍大些,初见面那阵客客气气,有些半路兄妹的味道,后来熟了,就比亲兄妹还随便,说话行事游离于自己人和外头人之间,好起来无所顾忌,狠起来又是剥皮拆骨。当然这主要是郑苹单方面对周游,尤其是郑母刚嫁给周父那阵,面上看着无异,心里只当他是半个仇人,眼神都是夹枪带棒。说起来还是周游难得,待郑苹就不用说了,对郑母也是不错,按理说十几岁的少年,对后母耍些刁也在情理之中,偏偏他这层看得极开。他曾对郑苹半开玩笑地说,我爸是多情种子,这点我随他。郑苹只当听不懂:"你爸讨三个老婆,你也随他?"他道,"就算讨三个老婆,你也是最后白头到老的那个。"郑苹嘴上照例又是一顿挪揄,心里晓得这话不假。她在英国读书那几年,他每隔两个月便飞去看她。她回国办话剧社,是他给她张罗,人脉上资金上,料理得妥妥当当。连话剧社门厅正中那幅山水画,也是他周少爷的真迹。"换了别人，一百万求我一幅，我都不肯。——你自己要拎得清。"周游从小习画，这几年因为跟着父亲学生意，便搁下了。在别人面前，他是少东家太子爷，唯独对着郑苹，就成了喽啰跟班。抽奖那事，连他父亲都有些看不下去了，吃饭时半真半假地训他，说"总经理我另外找人当，下次调你去营销部，看你是把好手。"以郑苹的性格，贴心贴肺的朋友不多。周游算是仅有的一个。愈是这样，说话便愈是不讲究，心里想的便是嘴里说的，一点不加工。也亏得他才忍受得住。他也惯了，好的坏的，中听的不中听的，都当补药吃。从不与她较真。唯独前天那次，他不知怎的，竟动了真性子。话越说越僵。

"张一伟要是真的喜欢你，我把头割下来当球踢。"

"他不喜欢我，干嘛跟我在一起？"

"说了你要生气。"

"我不生气，你说。"

"其实我不说你也晓得，这些年他明里暗里搞的小动作，加起来都有一箩筐了。在检察院当了个小办事员，就人五人六起来。他也不想想，我爸要真跟他顶真，单凭八年前那一刀，他早就进大牢了——"

"这跟我有关系吗？"郑苹打断他，"说重点。"

"怎么没关系，你妈嫁给我爸，你就是半个姓周的，在那家伙眼里，你跟我们是一伙的。"

"那又怎么样？"郑苹好笑，"所以他想要始乱终弃，或者，先奸后杀？"

周游叹了口气，"郑苹你就装傻吧。智商135的人，装35，不累吗？非要我把话说得那么明白是不是？那好，我一条条列给你听。先说那个姓王的女人，是他介绍进来当会计的吧？你也真是到位，二话不说就把老刘给辞了,给人家腾地方。他是变着法子来查账,你不知道吗?亏得现在是没事,要是真有些什么,我爸、我,还有你,统统都要吃牢饭。"

"你都说了没事,那怕什么?"郑苹冲他一句。

"还有他妈,淋巴瘤晚期,是你自己说的,三个礼拜化疗一次,每次打两支'美罗华',一支两万多。丙种球蛋白,营养针,五百多一支,两三天就要打一支。八年了,他早不找你,晚不找你,偏偏挑这个时候找你。为什么?难不成找人要结婚冲喜?本来这也没什么,男人玩女人要花钱,女人玩男人当然也要花钱,我找个小明星睡一晚几十万,你给他妈住贵宾病房,大家都是花钱找乐子,什么玩不是玩,是吧?可你要是来真的,就没意思了。"

"还有呢?"郑苹朝他看,"——说下去。"

"是你让我说的,"周游犹豫了一下,没忍住:"也好,索性我给你兜头浇盆冷水,让你彻底清醒——男人嘛,就那么回事,追了他那么多年,顺风蓬也扯得差不多了,见好就收。你长得不难看,身材也过得去,又是自己送上门,这么便宜的事,不要白不要——"

手机就是那个时候砸坏的。周游的额头也撞出个桂圆大小的包。事后郑苹多少有些后悔,吵就吵了,还动手,又不是小孩子。况且愈是这样,便愈显得自己心虚。该一笑了之才是。一股邪气因那人而起,竟全出在周游身上。郑苹又想起前一日晚上,她和张一伟都醉了,他先送她回家,到了她家门口,她邀他进去坐坐。他没有拒绝。两人坐在沙发上看电视,他伸手去解她的衬衫扣子,她问他,"你喜欢我吗?"两人都醉得很厉害,脑筋跟不上手,耳朵跟不上嘴。她完全不记得他是怎么回答的,怎么想也想不起来。只记得墙上的挂钟"哒哒"地走着。是时间流动的声音。此刻不知怎的,那句话忽然一下子从某个角落蹚了出来。——那时，他大着舌头，贴着她的耳朵，轻声道：
"我说喜欢你，你信吗？"

**上午九点**，郑苹来到社里。"郑寅生话剧社"位于卢湾区与徐汇区的交界处，闹中取静的一条街道，二层楼的小洋房，门前铺了满地的梧桐叶，车马不兴。阳光从密密的树荫漏下来，过滤掉表面那层焦灼，硬生生拉下几分热度，也不觉得十分难熬。与陕西路口的环贸广场只隔了两条马路，那边人声鼎沸，这边却静得仿佛另一个世界。连踩在梧桐叶上沙沙的声音，也似是透着几分空灵，隐隐有回声。

桌上放了豆浆油条，照例又是老耿买的——就是《雷雨》里演周朴园的那位。老耿去年签的约，其他演员只有排练时才来社里，他则是天天准时报到。在路口的点心铺吃完早饭，再替郑苹带一份。初时郑苹让他演周朴园，他只当自己听错了，及至剧本送到手里，才知是真的。老耿今年五十多岁，演了三十年的戏，从没台词的小龙套，到现在依然是面熟陌生的配角，心态倒也不坏。他早年离婚，一直没再娶，无儿无女，回到家也是孑然一身，倒不如在戏台上混，短短一两个小时，便历尽人生，白云苍狗，那些生活里没尝过的滋味，戏台上全尝了个遍。演过儿孙满堂，也演过人间帝王。角色虽说是假的，投入的感情却是真的。演戏的时间加起来也有小半个人生了，老耿想得很穿，就算活八十年，实打实的二十年在台上，那假的也成真的了。台下倘有五分不如意，与台上那些凑一凑，便可减去一两分。

郑苹边吃早饭，边与老耿聊天。晚上是最后一场《雷雨》。"耿叔这段时间辛苦了，总算能休息一阵了，"郑苹捧了个场，"——您演的好。"老耿摇头，"千万别这么说，我都觉得对不住您呢，看网上那些评论，我都恨不得找个地洞钻下去。"

"演得再棒,也不可能人人都说好。"

"形象差太远。周朴园要是长成我这样,四凤她妈和繁漪就是两个近视眼。"

郑苹笑起来,"那也不一定。剧本上又没说周朴园长得有多英俊,关键还是要靠演技。"

"我知道您的想法,是想辟条新路子,其实偶尔玩个新鲜还行,时间一久,什么角色该什么人演,还是有一定路数。演戏就是演戏,天生一张主角的脸,就得演主角,配角也是一样。都说人不可貌相,可这世上,以貌取人的多了去了。久而久之,就成道理了。"老耿是正宗上海人,可一口京片子抑扬顿挫,甚是好听。

"别老是称呼我'您',我比您小了两轮都不止。"郑苹道,"我看过您的简历,您59年生的,比我爸还大三岁。"

"我知道你爸,以前市里开会碰到过两次。挺可惜。"老耿叹道。

郑苹沉默了一下。"那天采访我的记者,他知道骆以达,说十年前骆以达演的是周朴园,可他却不知道'郑寅生'是谁。其实当年那张《雷雨》的海报上,就有'郑寅生'的名字,——我爸演的是鲁贵。"郑苹说到这里停下来,瞥见老耿并不意外的神情,便有些后悔说这个。笑笑,拿起杯子,让老耿:"耿叔您喝茶——"

老耿换了个话题:"您母亲今晚上场,准能掀个小高潮。"

"十年前的繁漪,谁还记得?"郑苹嘿的一声,"——都是周游爸爸想出来的噱头,说把这一场的票房收入全捐出去,再请些社会名流捧场。其实就是给自己挣名气,没意思。"

"您还年轻,不晓得您母亲当年的风头。说是'风华绝代'也不过分啊。"

正说着,郑苹手机响了。她接起来,是周父,"苹苹,过来帮你妈挑旗袍，晚上穿的。"郑苹答应了。走到外面，有些起风了，夹杂着热乎乎的粘人的湿气。天气预报说有雷阵雨，看样子不假。路上很顺，一会儿便到了。走进去，郑母在换衣服，周父坐在沙发上看报纸。郑苹叫了声"周伯伯"，瞥见店员一旁候着，手里拿着几套旗袍。

郑母穿着一袭墨绿色的旗袍走出来。五十来岁的人了，身材依然保养得当，薄施脂粉，长发松松地扎起来，在顶上盘个髻。见女儿来了，照例是懒懒的神情，眼角一夹，并不停留。在周父面前转了个身，问他"怎么样"。周父连声称赞："这套比刚才那套还要好——"随即对郑苹道，"我还有个会，你陪陪你妈，差不多就定下来，反正她穿什么都好看。"郑苹还没说话，郑母已是轻轻哼了一声，"男人就是这样，嘴上功夫。"周父笑道："怎么是嘴上功夫呢，我可陪了你半日了。——苹苹，"又转向郑苹，"挑完衣服再陪你妈去恒隆逛一圈，卡地亚或是宝格丽，把晚上的首饰也定一定。"

店员送上茶水。郑苹坐下来，挑了本画报。郑母也坐了下来："怎么样？"郑苹头也不抬："不是说了吗，你穿什么都好看。"郑母不作声，喝了口茶，拿出化妆盒，补粉。

"昨晚留那姓张的过夜了？"她拿粉扑在脸上轻按。

郑苹一怔，还未开口，郑母径直说下去："不是周游说的，别冤枉人家。"

"那是谁？"郑苹问。

"没人说，我就不知道了吗？"郑母收好化妆盒，"——下午把人叫过来，跟我再对一遍。"

"昨天不是排过了？"

"十年没演了，还是再排一遍的好。省得丢你的脸。"

"你怎么会丢我的脸呢？"郑苹似笑非笑，"您可不是一般人。"

郑母淡淡地:"你走吧,该干吗干吗去,我不用你陪。"

"好,"郑苹停顿一下,"——要我打电话把骆以达叫过来陪你吃午饭吗?"

郑母朝女儿看了一眼。"我自己会打。谢谢。"

"有一阵子没去他那儿了,怎么,吵架了?还是他毒瘾太大,看不下去?"郑苹叹了口气,"其实妈你也该劝劝他的,前天跟他见面,一条手臂伸出来,全是针眼,让人看了多不好。台上化了妆不觉得,面对面站着,瘦得跟个骷髅差不多。啧啧,也作孽。他这副样子,再过一阵,连鲁贵都演不成了。只能演赤佬(鬼)。"郑苹说完,拿起茶喝了一口。

郑母目光投向窗外:"不用你操心。"

"我怎么能不操心呢?"郑苹叹道,"你是我亲妈又不是晚娘,妈在外面找相好的,做女儿的多少也要出点力。我也算是不错的了,又给他工作,又给他钱,隔三岔五还去看他,上个月生病了还陪夜——亲生女儿都没我这么道地。"

"差不多了。"郑母提醒她。

"其实有时候想想,真的挺有意思。撞死我爸的人,成了我的后爸。我妈的姘头,我好茶好饭地侍候着,一口一个'叔叔',叫得比自己老爸还亲。下午有人夸你是'风华绝代',想想还真是这样。要不然这么复杂的关系,除了妈你,还有谁可以处理得这么一团和气,你好我好大家,跟一家人似的。我爸在天上看了,肯定也特别欣慰——"

"别总是一副欠你多还你少的神情,"郑母说女儿,"你也不是天使。"

"我知道,但至少不是狗屎。"

"那张照片是谁拍的?"郑母朝她看,忽道。

"又来了,"郑苹嘿的一声,"说了很多遍了,不是我。"

"你爸去世没几天,照片就到了他领导手里。你逼得他走投无路,工作没了,老婆跑了,每个人都戳着脊梁骨骂他。你把他逼到绝路上了,他才会去吸毒——那时候你才几岁啊,二十岁都不到,郑苹你才不是一般人——"

"你是他什么人?"郑苹不客气地问母亲,"你替他抱屈,那我爸呢,谁来替他抱屈?姓骆的再怎么样,总归还活着,可我爸死的那么惨,是谁害的?"

"你说是谁害的?"郑母摇头,"我本来不想跟你吵的,可你这个小神经隔一阵就要发作一次,比来例假还准时。"郑母冷冷地看她,"——是谁打电话让你爸去城隍庙买小笼包?他要不是特地跑去买小笼包,能走那条路吗?他不走那条路,会撞上车祸吗?啊?"

"我为什么要打那个电话?"郑苹望着母亲,一字一句地,"因为,你和姓骆的在床上做不要脸的事,我怕他见了伤心,才故意让他绕路去买小笼。如果我知道走那条路会遇到车祸,我怎么可能会打电话给他?就让他回来看见你轧姘头吧,哪怕再伤心,至少不会送命——"

郑母把茶杯重重一放,水泼出来,沿着桌角流下去,滴滴答答。

店员上前擦拭。母女俩沉默着。店员退下去。郑母先是不语,随即幽幽地说了句"看样子恋爱谈得不太顺利",走进更衣室。再出来,郑苹已不在了。

郑母缓缓走到镜子前,望着里面的自己。旗袍将身形衬得极好。她腰细,但髋部有些大,穿别的衣服一般,唯独旗袍是最合适的。所以正式场合她通常是穿旗袍。家里的旗袍加起来,不下二十件。她记得初时与他交往时,他便说她"天生就该演繁漪",说她是那种民国女子的气质，中西合璧、内外兼修，静若处子，动若脱兔。他说了一连串的成语，惹得她笑个不止。她与他，还有郑寅生，是大学同窗。毕业后都分到人艺。八十年代，看话剧的人多，最鼎盛的时候，她走在路上，都有人叫她"繁漪"，那时的粉丝还比较含蓄，通常是叫一声，便在旁边看着，恭恭敬敬的。她与他，被人称作"金童玉女"，台上搭档，台下也是搭档。她以为嫁给他是早晚的事。但结果不是。他妈妈不喜欢他找个圈内的妻子，反对得很厉害。他要做孝子，便跟她分了手。他很快结了婚，办喜事那天，她喝了农药。遗书上写"我先走了，来世再给你一次机会，如果你还是这样，那来世的来世，就不用见了。"她就是这样的脾性。农药分量下得很重，差点就救不回来了。嫁给郑寅生，一是因为这男人从大学时便对她用心，鞍前马后的，二来鬼门关走了一圈，多少有些心灰意冷，想着人生不过数十载，得过且过吧。婚后第二年，便有了郑苹。她以为自己会怨他一辈子，最恼的那阵，单只听到"骆以达"这三个字，便要绕道行。爱得愈深，恨起来也愈深。但后来的事，让她晓得恨与爱一样都不容易。恨他的那个，是嘴上的她，可心里的那个她，依然是爱得他入心入肺。他身上有磁石，与她刚好是正负极，只要过了安全距离，自然而然便会吸在一起。这是她的命。让她顾不上去考虑是对是错。床照那事捅开后，他和她走到哪里，背后都有人指指点点，都是有家有室的，更何况她还刚死了男人。照片拍得很露骨，脸和身子都清清楚楚。那阵子，在众人的眼里，她与他，就是潘金莲与西门庆。她不理会，对他道：只要你一句话，我马上就嫁给你。他有些抖豁：你不怕？她道，只要你不怕，我就不怕。她说这话时，其实已经猜到了他的答案。果然，他又一次退缩了。她这次倒是表现得很平静，连一滴眼泪都没落。几月后便嫁给了周父。她与他是缘分，可谁又能说她与周父便不是缘分呢？

那几年什么都变得快，今天这样，明天便是那样，心思分分钟都在活动。戏台上那些小精彩，渐渐便打动不了人心了。进剧院的人少得可怜。可只要有她的戏，台下人数总是能保证的。那男人是她的超级粉丝，放在过去，就是包她的场，往台上扔金戒指的那种人。她都不晓得他在她身上到底花了多少心思和金钱。嫁给他后，她甚至还问过他："我男人不会是你故意撞死的吧？"他瞥见她认真的神情，一时竟不知说什么好。"这就是缘分。你是演员，台上演的就是无巧不成书。难道还不信这个？"

郑苹车开出一段，便停在路边。下车抽了支烟。读大学时抽过一阵，后来戒了，不太彻底，但至少瘾是没了。可此刻，她迫切地需要一支烟。头疼得厉害。从英国回来后，她便搬出去独住，借此减少与母亲见面的机会。到底是成年人了，老是吵架不合适，不吵又忍不住，索性不见面干净。记得上次吵架，还是一两个月前的事了。母女俩吵架有固定的路线图。话题不管是什么由头，走向都是一样的，三言两语，七拐八绕，总会到达那个点。——那个要命的点。

空中传来一阵阵闷雷声，眼看着要下雨了。八年前，也是这样的天气。那天她在楼梯口给父亲打电话，闪电一道接着一道，响雷就像打在人的头顶。她回家换衣服，恰恰看见了母亲和骆以达在床上的那幕。她第一反应就是，不能让父亲见到。她给父亲打电话，问他在哪里，父亲说二十分钟后就到家。她谎称想吃松鹤楼的小笼，让父亲去城隍庙买。——郑苹每次想到这些，心里便会一阵抽紧，疼得整个人都要散架似的。母亲说得没错，如果没有那个电话，父亲不会死。她无数次在梦里把那天的情景重演，她没有回家，也没有看见母亲和骆以达，没有打电话，父亲也没有死。她整夜整夜地做梦，一会儿笑，一会儿哭，醒来时整个人都是空的。这些年，她对母亲有多恨，其实便是对自己有多恨。

旁边驶过一辆公交车,缓缓靠站。车身上是巨幅的《雷雨》海报,浓墨重彩的色调,"繁漪"占了大半的位置。端坐着,红唇雪肤,细眉入鬓,眼神冷傲中带了三分漠然。郑苹与她对视了一会儿。随即将半截烟往地上扔去,踩灭。

**中午十二点**,郑苹与张母坐在饭店靠窗的位置,远远看见张一伟走进来,便朝他挥手。张一伟走近了,坐下,"怎么突然想着一起吃饭了,还把我妈拉出来?"

"伯母偶尔也该出来逛逛,吃顿饭喝个茶什么的,"郑苹叫服务员上菜,亲昵地替张母把餐巾铺好,"伯母这阵气色不错,蛮好。"

"好什么呀,过一天算一天了。"张母摇头。

"别这么说,医生都说化疗效果很理想,您身体底子又好,这么下去,笃笃定定能活到一百岁,"郑苹笑吟吟地,转向张一伟,"没影响你上班吧?"

"没有,反正中午本来就要吃饭。"张一伟道。

郑苹邀张母晚上去看话剧,"是最后一场,结束后有个慈善酒会,还能抽奖。您就当凑个热闹,给我捧个场。"张母忙说不用,"我这种土包子,上不了台面,去了反而给你丢脸。"郑苹说,"怎么会,您是一伟的妈妈,也就是我的妈妈,别人不到没关系,您是一定要到的。"张母求救似的朝儿子看去。张一伟道,"妈你就去吧,也难得的。"张母这才不作声了。

"衣服我都给您准备好了,"郑苹拿过旁边一个纸袋,递给她,"我拿您旧衣服去比照的,尺寸应该不错。"张母接过,有些局促地,"这个,真是的——"郑苹又给她一张名片,"您下午去做个头发,再做个脸，就这家店，钱我付过了，您人过去就行。"张母更加不安了："这辈子都没做过脸——"郑苹笑道："您先试试，要是合适，我再帮您办张卡，以后每个礼拜都去一趟。到您这岁数，再不对自己好点，做女人就太亏了，是吧？"

吃完饭，郑苹先送张母去美容院，再送张一伟去单位。路上，两人都不说话。张一伟朝她看："怎么我妈一下车，就没声音了？"她道："你不是也没声音？"他道："我是不敢发声音。"她嘿的一声："为什么？"他道："做错事了。"她问："做错什么了？"他道："其实应该我把你妈请出来才对。请吃饭、送衣服、做美容，这些都应该让我先来——男人不主动，被女人抢了先，就是做错了。"他说完笑笑。

郑苹不作声。半晌，道："张一伟，我觉得你变了，跟以前完全不同了。"

"哪里变了？"他问。

"说不上来，反正变得不伦不类，文不文武不武的，像整容没整好，豁边了，走样了。"她不客气地评价。

"哪个更好？"他又问。

"你说呢？"她反问。

一会儿到了。车停在路边。他道："晚上我和我妈一起过去。"她嗯了一声。他下了车，朝她挥手。她摇下车窗，也朝他挥手。踩下油门，反光镜里见他站在原地不动。心里莫名酸了一下。停了几秒，见他依然伫着不动，便又把车倒回去。

"怎么不进去？"她问他。

"没什么，就觉得挺对不起你的。"他朝她看。

她嘿的一声，"莫名其妙——"停顿一下，"知道对不起，那就对我好一点。"

"再好,也比不上你对我好。"

她哑然失笑,"演戏吗?早知道今晚让你上台了。"

他在她脸颊上轻轻一捏,"我进去了,——晚上见。"

"晚上见。"

郑苹径直去了电脑城拿手机。维修铺的小弟很客气,说还让你专门跑一趟,不好意思。这人是老耿的远房表亲,一口本地话刮拉松脆。郑苹看了,果然视频和照片都在,便放下心来,"下次叫上耿叔,一起出来喝茶。"小弟答应了。

心情顿时好了许多。手机握在手里,便觉得踏实。父亲用了四五年,放在那时都是旧款。前几日周游还说"拿着这个,跟你出去谈业务,都觉得底气不足,阿诈里(骗子)似的。现在连民工都不用这种老古董了。"周父也说过一次,"苹苹很节省啊——"郑苹猜他其实是知道的。他那样的生意人,大处精明,小处也不会糊涂。看在母亲的面上,这些年只把她的好挂在嘴上,坏处半分也不提。有时候郑苹也觉得自己是有些过分了。八年前,母亲再婚那天,郑苹去找了骆以达,说我妈请你喝喜酒。骆以达当然是拒绝了。郑苹不依不饶,说我妈说的,如果你不去,就让你们团领导来请你。骆以达不跟小女孩计较,只是劝她回去。郑苹一不做二不休,又以骆以达的名义包了个红包和一束鲜花,叫快递送到喜宴上。亏得酒席上人多事杂,郑母敷衍过去。郑苹到底是没有再出现。周父也不提这茬,反过来劝郑母,这个年纪的女孩,是难弄些。话剧社成立后,那时骆以达已是个不折不扣的烟鬼,演不了戏,靠老房子收租度日。她晓得他缺钱,吸毒的人瘾上来,便是让他去偷去抢,他也做。她高薪签下他,却不让他演主角,单单挑些不起眼的小配角给他,就像父亲当年演过的那些。父亲临死都不知道妻子和这个男人在床上的龌龊事,郑苹是在替他报仇呢。有些秘密是藏不住的。"郑总和骆老师有仇——"话剧社里大家私底下都这么说。连周游都提醒过郑苹了——"别做得那么明显"。关于这种桃色新闻，每个人的神经都是异常敏感，只需一鳞半爪，便能将现场还原个清清楚楚。郑苹猜周父也是知道的，但他从来不提。郑母是他的第三任，大家都不是白纸。周游的生母是高干子弟，周父靠她才发的家。之前好像还有一位。郑苹隐约听周游提过，但她不太在意。郑母也不在意。她一直是这样的人。郑苹从记事起，便觉得母亲整日都是一副淡漠的神情，对什么都不上心。周游对郑苹说过，"你妈是冷美人"。郑苹想，你是没见过她跟骆以达在一起。当然这话不能说出来，否则就真是过分了。对于骆以达，郑苹其实也已经谈不上多么恨了，更像是一种惯性，八年来只存着一个心思，便是要把骆以达弄得灰头土脸，要多狼狈有多狼狈。

车子到社里停下，周游变戏法似的蹦出来："哈罗！"

她吓了一跳，"作死啊——"瞥见他额头那个包还未全消，便有些内疚，"还疼吗？"

"早不疼了，"他指着自己胸口，"就是这里还有点疼。——伤了头，问题不大，伤了心，就比较麻烦些。"

郑苹嘿的一声，"我有创可贴，待会儿给你的心包扎一下。"

周游没吃午饭，办公室有方便面，替他泡了一碗。郑苹坐在对面，看他吃得香甜，"怎么来了？"他回答："你妈说要换人。"郑苹一怔："什么？"他道："你先冷静，听我说——你妈想让骆以达演周朴园。"郑苹一拍桌子："胡说八道！"

"就知道你会这样，所以我才过来，"周游道，"我爸特意叫我关照你一声，就让骆以达跟老耿换一下角色吧。"

"晚上就要演了，这时候换人，开玩笑啊？"

"姓骆的演了那么多年周朴园，稍微整理一下就行了。那个姓耿的，以前也演过鲁贵，问题应该也不大。反正待会儿还要再排练，就着重排他们两个的，不就行了？"

郑苹不语，拿起电话要拨号码，被周游拦下："别弄得大家不开心。你也晓得，晚上那个酒会，我爸是很看重的。你别让他下不来台。"

"我就是怕他下不来台，才一定要打电话。再说排这戏花了我不少心力，我说什么也不能让它毁在这最后一场。"她说着去拿手机。周游一把抢过，嗖嗖几下，又把座机的线也全拔了，"——是你妈又不是你仇人，老跟她对着干，不累啊？"

郑苹去抢，抢了半天没抢到，索性拿过桌上的车钥匙，"我当面去跟她说——"周游抓她手臂，她挣脱不掉，有些急了，一口咬下去。好在他早有提防，一让，她扑个空。

"那个要不是你妈，就算你们抢菜刀，我也不管。——我是为你好。"他恳求的口气。

她到底是没去成。两人走到楼下，倚着树抽烟。一会儿，她说要喝酒，他不敢动，怕她又要走。郑苹道，"我真要走，你以为你拦得住？"他飞也似的去便利店买了半打啤酒回来。两人也不上楼，就坐在台阶上喝了起来。算起来，两人好久没这样喝酒了。最嚣张的是刚认识那阵，一个高三，一个大一，时不时地便去酒吧喝到深夜。统一口径，对爸妈只说是温习功课。郑苹初时的想法，是听周游诉说车祸时的细节。父亲去世的那一瞬，只是短短几秒，她央求周游，仔仔细细地，把这几秒拉长、放大。再拉长，再放大。父亲是从哪里骑过来的，骑在哪条道上，靠里还是靠外，当时路上行人是多是少，父亲是一下子就去了呢，还是挣扎了一阵，他脸上表情如何，说了什么话，等等。周游是被这女孩吓到了。倒不是嫌烦，而是诧异于她这个年龄，居然那样冷静地谈论生死，不带任何感情，只是单纯想知道那时的情形。她隔几日便求他说一遍。他说的时候，她眼睛微闭，眉心稍稍攒着，手心也捏着，虔诚的神情。她听得那样仔细，以至于偶尔他说错，她会立刻指出他的前后不符。后来两人渐渐熟了，他会开玩笑地问她，"你小时候听'百灵鸟'少儿广播，是不是晚上听一次，第二天中午再要听一次重播？"她说："有时候我真想杀了你爸爸——就跟他一样，在你爸胸口捅上一刀。"周游知道这个"他"是谁，"那为什么不捅？"郑苹停顿一下，沉吟道："是啊，我为什么不捅呢？——非但没有捅他一刀，还和他成了一家人，吃他的用他的。我恨我妈嫁给他，可我为什么也要跟过来呢？我是成年人了，有手有脚，就算扔在大街上也不至于会饿死。我要是再有骨气一点，还可以跟我妈断绝母女关系——所以有时候，我自己都不知道自己是个怎么样的人，心里在想些什么。"周游听了便有些黯然，"我爸也不是故意的。"郑苹感慨："所以这就是最尴尬的地方了，谁都不想故意做错事，但就是有人受伤害。"周游是第一次听到十几岁的女孩这样说话。"如果有一天我喜欢上你，不是因为你漂亮，也不是因为你聪明，而是因为，你太奇怪了。"

半打啤酒很快喝完。郑苹还要喝，周游不让，"准备待会儿打醉拳吗？"她嘿了一声："我妈练过铁布衫，一般外家功夫根本没用。"他坏笑："那我陪你练玉女心经，就杨过和小龙女练的那个。"她白他一眼："你先把葵花宝典练好再说吧。"

他笑起来，问她："还是跟我在一起更自在吧？"她知道他的意思，没接口。他又道："劝你一句，别老跟你妈过不去。我爸跟我妈离婚那阵，我也特别恨我爸，觉得这老家伙忒不是东西，可后来再一想，他就算坏到天边去，总归是我爸，杀又杀不得，打又打不得，既然这样，索性好好过吧。"

"那是因为你妈现在还活得好好的,"郑苹道,"漂亮话人人会说,没轮到自己头上,说什么都是假的。"

"那也不见得非得死个爸或是死个妈才有资格来劝你吧?"

"不用劝,劝了也没用。我和我妈,这辈子就是冤家对头,不可能好的了。"

"说了你又要怪我多管闲事,可把你爸的死全怪在你妈头上,也不公平。这世上真的好人和坏人都不多,绝大部分都是中间地带。你、我,还有你妈,我爸,都属于这个范畴。做人嘛,就那么回事,没必要太执着。——你那个张一伟,又是什么好东西了?"

"干嘛又扯到他头上?"郑苹皱眉。

"我爸就算是为富不仁,他也不见得是出淤泥不染,"周游嘿的一声,"摆出一副替天行道的模样,伪君子,我见了就想吐。"

"少借题发挥,"郑苹提醒他,"我现在是热恋阶段,智商30以下,听不进。"

"没关系,"周游豁达地,"我这人有耐心,别说你们才刚开始,就算你和他结婚了,我也等着你们离婚的那天。不是我触你霉头,早早晚晚的事。"

"你就胡诌吧。"郑苹摇头。

他笑笑。停了停,忽地问她:"——你妈预备和我爸离婚,你知道吗?"

郑苹一怔,有些吃惊:"啊?"

**下午两点**,社里排练《雷雨》。话剧社二楼是排演室。将原先的主人房、书房连同小茶厅打通,家什统统搬走,空荡荡的一大间,不算很正规,但也过得去了。每隔几天,演员们便到这里排演。导演是当下风头正盛的红人，靠周游出面，好不容易才将他请到。起初周游劝她自己当导演，"你在英国学的不就是戏剧编导嘛。"郑苹不肯，说学编导不见得就能当编导，我名片上印"艺术总监"已经很难为情了，如果再当导演等于是寻大家开心，拿您周少爷的钱开玩笑。周游郑重地表态："我的钱就是你的钱"。这话郑苹早听惯了，只是笑："少豁胖，你的钱是你爸的钱。"周游涎着脸："我爸也是你爸。"这话让郑苹不舒服，"我爸在天上。"周游只好自找台阶下："你爸先走一步，早晚都能碰头。"

"周朴园"和"鲁贵"到底是换了角色。跟老耿打招呼时，郑苹都不晓得该怎么开口，觉得挺不好意思。倒是老耿想得穿："没啥，本来就该这样。演了一个月的周朴园，算是尝了个鲜，也够了。"郑苹还是抱歉："临时换角，怎么都讲不过去。"

导演挺窝火，不好意思对女人发作，拉着周游数落半天。周游对付郑苹没辙，但对付别人，场面话加实在话，软的硬的真的假的，很快便平息下去。一会儿，郑母姗姗来迟，见了导演说一句"抱歉，来晚了"，随行的小助理递上纸巾，她轻轻按着妆面，嘴上对着导演，眼睛却瞟过不远处的骆以达。也是不落痕迹的。导演是80后，资历上差了一个辈分，"没事，也才刚开始，还没到您呢——"周游亲自把郑母迎进去，恭恭敬敬地，一口一个"阿姨"叫得贴心贴肺，"阿姨今天气色真不错，晚上肯定是个满堂彩。"郑母不答，见郑苹背对着自己，只当没看见似的，也不在意，径直走到一边坐下。

……

"你怎么还不去？"

"上哪儿？"

"克大夫在等你，你不知道么？"

"克大夫,谁是克大夫?"

"跟你从前看病的克大夫。"

"我的药喝够了,我不预备再喝了。"

"那么你的病……"

"我没有病。"

"克大夫是我在德国的好朋友,对于妇科很有研究。你的神经有点失常,他一定治得好。"

"谁说我的神经失常?你们为什么这样咒我?我没有病,我没有病,我告诉你,我没有病!"

"你当着人这样胡喊乱闹,你自己有病,偏偏要讳病忌医,不肯叫医生治,这不就是神经上的病态么?"

"哼,我假若是有病,也不是医生治得好的。"

……

这段"繁漪"和"周朴园"的对手戏,郑苹从小到大不知看过多少遍,隔了十来年,"周朴园"老了、瘦了,两颊那里瘪下去,与胶原蛋白一起消逝的,是一去不回头的好年华,流水似的,稍不留神便没了踪影。"繁漪"依然是旧模样,妆化得浓,灯光一打,竟似比当年更艳丽了几分。这些年养尊处优,台上台下都是贵太太,气场也更接近了。

"繁漪"先下场。助理送上茶水,她喝了一口。导演道:"您演得到位。"她笑笑。一会儿,"周朴园"也下场了,与她隔了两个座位。郑苹远远站着,见"繁漪"撩了一下头发,脸朝他那边转去,不说话,很快又回到原位。他眼神微微一转,其实是与她打了个照面的,但不动声色。——有时候郑苹也想,若是她与他真的结婚了,只怕未必有多么恩爱。反不及眼下这么若即若离似有似无,"求而不得"或许是男女间的最佳状态,夹缝里生出的那朵花最是撩人。郑苹心里叹了口气。是替父亲,也替自己。

目光不经意间与骆以达相对。郑苹微微欠身,做了个"骆叔叔"的口形。骆以达点头。表情多少有些尴尬。除去陈年旧事那段,上周他还问她预支了八万块薪水。不是第一次了。每次都是旧账未消,新账又来,一笔叠着一笔。他也实在是狼狈。银行信用记录是零级,亲戚朋友也不管他,走投无路了。只好问郑苹借。郑苹是有求必应。心想着就看你能走到哪一步。八年前床照的事,已经让他身败名裂了,吸毒的事小圈子里大家也是心照不宣。再说花的也不是自己的钱。周游都说过她几次了,"把我当死人——"郑苹说,"不是把你当死人,是当好人。"周游说,"你就欺负我吧。"郑苹说:"钱等于是我妈问你拿的,她不方便出面,只好我来。是她欠你人情,跟我没关系。"周游道:"你们母女俩,合起来欺负我们父子。"嘴上这么说,脸上却作出撒娇的神情。郑苹想起以前张一伟说的一句话,——"逼债的和欠债的团团坐,一屋子祥和。"他嘲讽地说,天底下每起车祸要是都能这么和谐地解决,那法官和警察就统统没事做了。

骆以达坐着不停地打呵欠,鼻子揉了又揉,都红了一片。他瘾是越来越大了。一双手伸出来,鸡爪似的,指甲倒是还修剪得整齐——他年轻时也是个相当注重仪表的人。郑苹听父亲说过,他读书时与骆以达一个宿舍,睡上下铺,骆以达每天都拾掇得山青水绿,而父亲则不修边幅,穿了一个礼拜的衬衫,领口都发黄了,身上一披,照样大摇大摆地走出去。那时两人是关系很近的好友。很长一段时间里,逢年过节,郑苹都会收到骆以达的礼物和压岁钱。那时郑苹去的最多的地方就是剧团,坐在角落里看排练。骆以达通常是站在居中的位置,灯光最亮。然后某个不经意间,郑父上场了。——"鲁贵"佝偻着身子,因为惶恐而有些结巴:"老、老爷,客、客来了。""周朴园"道:"哦,先请到大客厅里去。""鲁贵"道:"是,老爷。"腰弯得愈发低了,正眼也不敢瞧一眼。——郑苹那时总是对母亲抱怨,爸爸在台上一点儿也不像他。"是演戏呢,"郑母向女儿解释,"台上那不是你爸爸,也不是骆叔叔,是另外两个人。"小郑苹便很想不通,私底下关系那么好的两个人,到了台上,原来可以演成那样。灯光一打,脸和身形还是和原先一样,人就成了另一个。"演戏"两字,在郑苹心里是另一层概念,有些像"变了"的意思,——人没变,心变了。是含着些伤感的成分的。所以渐渐的,郑苹就不喜欢看话剧了,说不上来为什么,就是不喜欢。即便不进去,站在剧院门口,也隐隐觉得难受。及至父亲与骆以达下了台,见到他们卸了妆的模样,还是不舒服。郑母常说这小姑娘有些奇怪。"看个热闹罢了,"她道,"没必要想太多。台上有人富贵有人倒霉,台下也是如此——你索性别念书,出家当尼姑算了。"

  手机响了,拿出来看,是张一伟发来的短信:"排练得怎么样?"

  她回过去:"还行。"

  "快下雨了,带伞没?"

  "开车,不需要。"

  他接着便没声音了。她猜他或许调了个闹钟,差不多时间便动静一番,纯粹礼节性的。

  那罐纸鹤,他到底是没拿走。应该是忘了。她听他那样说,倒是重新擦拭了一遍,瓶盖有些生锈,拿铁丝球擦了半天,才又锃亮了。当年那张卡片,她也拿出来放在旁边。那句"做朋友好吗",看着竟有些好笑了。当年生涩的小丫头,明明额头上写着"屁都不懂",偏偏还要故作老成,脸是板着,眼里的殷切却是怎么也遮不住。被他那样拒绝，眼泪都涌到鼻尖了，强自忍着，一口一口咽回肚里。

导演冲到台上骂人。那个演四凤的女孩子，叫刁瑞，不是科班出身，因为认识周游，有些公关手段，便也挤了进来。脸蛋是一流，演技连三流也轮不上。导演都跟郑苹说过几次了，这人不行。郑苹再去跟周游说。周游回答得也很实在："我的人，你替我罩一罩。四凤嘛，只要漂亮就行，要不然怎么周萍和周冲都喜欢她？"郑苹又好气又好笑。有时候周游对她疯话说多了，她便拿这些触他的霉头："别的不说，光我社里的女演员，跟你好过的，加起来五个不止吧？"他扳着手指："不止，算上刁瑞一共七个——不玩女演员，我砸那么多钱办话剧社，吃饱了撑的？"郑苹点头："大实话，我喜欢。所以啊，你玩你的，少来惹我。"他恬不知耻："玩归玩，老婆还是你。"郑苹摇头无语。他说下去，"这么多女人，我只给你画过肖像——"他指的是她二十岁生日那天，他硬逼她坐着不动，给她画了幅素描。那时她还留着一刀平的厚重刘海，鼻子上有颗青春痘，唇线不太清晰，脸颊比现在要丰润些。他把这些特点更加重几分，让她看上去显得有些傻乎乎。她不满意，作势要把画扔了，他不答应，死活让她收起来，"等你老了，回想起来，我是第一个替你画肖像的男人。"他说这话时，眼里没有一丝开玩笑的意思，神情一本正经得像个孩子。

被导演训了几句，"四凤"求救似的转向周游。周游扭头不看，瞥见郑苹似笑非笑的神情，耸了耸肩。"刁瑞"用上海话念与"貂蝉"是同一个音。郑苹常取笑周游，"找了个貂蝉，绝世美女啊——"周游说刁瑞这个人挺难弄，"姓刁的，一听就不好对付。"前阵子她居然怀孕了，拿着检查结果找他要说法。他被逼急了，只好搞了张已结扎的医生证明，把她吓了回去。郑苹笑说"四凤都演上了，怀你周少爷的孩子还不是早点晚点的事？"周游摇头，"没意思，到这分上就没意思了,胃口太大,弄不好吃进去的全部吐出来。"

导演气吼吼地下台来,对郑苹说"马路上随便拉一个过来,都比她强"。郑苹笑笑,没接口。吃这碗饭的女孩,心思一半在台上,一半在台下。刁瑞属于没掌握好比例的那种。有些失调。平时见了她一口一个"阿姐",叫得很是亲热。郑苹劝她有空可以去读个戏剧表演课程,补一补台词功底,还有走位什么的。她也只是敷衍。郑苹办话剧社,本意是想替父亲出个气,圆个梦。进来了才晓得,原来之前听说的那些,十之八九都是真的。做人的套路,台上台下都差不多,台下是浩瀚的人生,台上是浓缩的世情。想得到的,想不到的,分分钟都在发生。剧本讲究的是"情理之中,意料之外",现实每每也是如此。

排练中场休息。郑苹坐着看手机,一条短信跳出来:"——六小时内本市将有雷电灾害性活动,请市民留意。"再随意翻看。——照片和视频果然是都还原了。当初手机交给老耿时,郑苹千叮嘱万叮咛,"别的无所谓,那些照片和视频,一定要给我留住。"老耿说,"放心,你和你爸的回忆丢不了。"她眼圈顿时就有些红,不自觉地低下头,"我这人有些傻——"老耿看着她,叹气:"这不叫傻,最多是痴。"

照片一张张飞快地翻过去,忽觉得不对,再翻回来——脸色不由得一变,下意识朝旁边看去,把手机合上。原地怔了几秒,思路有些跟不上。猛的站起来,撞到旁边椅背上,跟跟跄跄朝前冲了几步,差点摔倒。快步上了楼,走进办公室,把门锁上。脑子兀自是嗡嗡的,做梦似的。手机握在手里,都不敢碰了。过了片刻,才又重新拿起来,翻看。

——手机里的视频与照片,都是熟得不能再熟了。几乎都能背下时间地点。只是突然间多了一张,时间久了画质不甚清晰,但依然能看清是一男一女在床上，正是郑母与骆以达。郑苹怔怔看着，大脑起初是一片空白，像被人撞击了一下，渐渐的，思路一点点理顺了。看照片的存档时间，正是车祸前几日。——手机是父亲的，照片自然是他拍的。将照片发去团领导那里去的人，也只能是他。领导有他们的考量，收到照片后未必马上动作，或许拖了几日，事情因此在父亲死后才爆发。这些都是有可能的。父亲将照片发出后，应该是立刻便删除了。只是他万万没想到，店员在修复手机的时候，竟然将已经删除掉的文件也统统还原了。当年陈冠希也是由于这个原因，才引出一场"艳照门"。——郑苹觉得额头有些凉，一摸，竟然全是汗。手脚有些发麻，紧接着，全身不自禁地颤抖起来。眼前闪过"鲁贵"那张因为堆笑而有些扭曲的脸，躬着身，嘴里叫"老爷"，因为脸上作得厉害，人又矮着，便看不清眼里的神情。——郑苹拿过一瓶水，咕噜咕噜灌下半瓶。喘着气。重重地甩了一下头，像要把什么东西狠命甩出去。细想一下，中午那小弟的神情是有些异样，想笑又不敢笑似的。——不该是这样。她心里一遍遍地说。不该是这样。

回到排练室，周游见到她，吃了一惊，"脸色这么差，不舒服？"她摇头，"没事。"坐着继续看排练，然而只见到台上人影在动，什么也没看进去。一会儿，一人在旁边座位坐下，她侧目看去，是老耿。"累了吧，"他说她，"看你眼睛都直了。"郑苹勉强笑笑，瞥见老耿神情与往常无异，猜想他或许不知道这事。又有些吃不准，按常理，那小弟是他远房亲戚，手机该他拿回来才对，而让她亲自去一趟，似是有故意撇清的嫌疑。

郑苹指着手机，"修好了，谢谢耿叔。"他道："小事情。"她道："都没收钱，挺不好意思。"他道："你平常那么关照我，这点小事再收钱，我也别做人了。"郑苹道："话不能这么说，亲兄弟还要明算账呢。"边说边留意他的反应,并不觉得有什么。想或许是自己多心了。老耿又劝她:"换个手机吧,一个时髦大姑娘,拿着这个怪别扭的。"郑苹不语。老耿又道:"等到了我这岁数你就明白了,世上没什么是放不下的,你这么放不下,苦的是你自己。想开点,你才几岁啊。"

去卫生间洗了把脸,站在镜子前半天。莫名的,有些害怕。不敢出去,不敢开口,不敢面对别人。像半夜做个噩梦,一脚踩空,醒来有些无所适从。郑苹走出来,到阳台抽烟。见到一辆黑色小轿车缓缓驶近,停下,司机匆匆出来开门——周父从车里走下来。便怔了怔,想他怎么也来了。抽完烟,回到排练室,周父已坐在那里。郑苹上前叫了声"周伯伯"。周父笑吟吟地,在她肩上一拍,"苹苹辛苦了——"导演指着旁边两箱饮料,"周总给我们发补给来了。"周父道:"今天晚上结束后,夜宵我请。"众人都鼓掌。郑母坐在边上不动,静静地看剧本。骆以达也不动,依然与她隔了两个座位。周父主动与他打招呼,叫声"骆老师"。骆以达要站起来,他做了个往下按的手势,"您坐您坐——天气热,大家辛苦了。"骆以达道:"房间里有空调,倒还好。"周父道:"总归辛苦的。骆老师最近怎么样?"骆以达道:"蛮好。"周父点头:"瘦了,不过精神看着倒比上回好些。"骆以达嘿的一声:"好什么,都五十好几了,老了。"周父道:"骆老师就算到八十岁,气度风采还是在的。——您呀,是人不老、心也不老。"说着笑起来。骆以达停顿一下,也笑了笑。

周游"嗤"的一声。郑苹旁边听见了,问他:"怎么?"他耸耸肩:"没怎么——鼻子有点痒。"郑苹道:"有话就说。"他停了停,"要是你嫁给了我,再跟那个姓张的搞七捻三,我可做不到我爸这样。"郑苹摇了摇头,没作声。周游又道:"我要是女人,也喜欢骆以达。"郑苹问:"为什么?"周游回答:"不知道,就是有这种感觉。男人看男人,其实更准。讨女人喜欢的男人，男人一闻就闻出来了。"

周父重又回到郑母身边，坐下。"真人比海报更漂亮。"他递给郑母一张塑封的海报，是这一场《雷雨》的特别版。郑母接过，看了一眼，"PS得都不像我了。"周父笑道："你也知道PS？"郑母嘿的一声："我是外星人，连PS都不知道。"周父便笑着转向郑苹："你瞧你妈，越来越懂经了。"又说预备把晚上这场的收入全部用于慈善，"你看怎么样？"他问郑母。郑母道："你都定了，还来问我？"周父去揽她肩膀："要夫人拍板了才行——"

这边说说笑笑，那边骆以达一人独坐着。手里拿着剧本，也是看看停停。郑苹见周围无人留意，便走过去，从口袋里掏出一样东西塞到他手里，骆以达接过一看，竟是一根针管，顿时张口结舌起来，"这——"郑苹道，"落在走廊里，我捡起来的——小心点，给人看见总归麻烦。"骆以达涨红了脸，把针管收好，嚅嗫着，"苹苹——"郑苹道："下月排新戏，《茶馆》。"骆以达停了停，"黄胖子还是刘麻子？"郑苹一句"庞太监"在嘴里打了个转，瞥见他鬓角与胡须泛着雪白，心头涌上一丝酸楚，犹豫着，"——再看吧。"

**黄昏五点**，雨还没落下来。天色已是难看得很，像顶着口锅盖。风一阵接着一阵，越来越凌厉。将窗帘吹起九十度角，仙人掌的刺针都在沙沙抖动。老天爷憋着劲，似是要把这铺垫做到最足，才肯爽爽气气地落一场。

周父站在窗边，眉头微皱，似是不太满意这天气。旁边一人问他："周总不喜欢下雨天？"他笑笑："那倒不是，只不过今天是大日子，下雨总归烦心些。"那人凑趣："周总见惯大场面了，还怕这点小雨？"周父便嘿的一声："你不晓得，人跟什么东西较劲都可以，唯独不能跟天较劲。人在老天爷面前,就跟个小蚂蚁没两样。说一个人'天不怕地不怕',那要么是假的,要么就是傻子。"

排练结束后,郑母说想去附近走一走。周父道,"七点半开场,时间有些紧,况且天气也不好。"郑母道,"只走一会儿,用不了多久。"周父拗不过,只得随她,"我待会儿还有事,——苹苹陪你吧。"郑母想说"我不用人陪",郑苹已接了口,"好。"不禁有些意外,朝她看去。郑苹到抽屉里拿了把伞,"——顺着襄阳路走到复兴路,从那头再绕回来。"

母女俩缓缓走着。这一段因为毗邻陕西路、淮海路,也算得半条主干道,虽规定了单行道,但马路窄,还是显得逼仄。郑母的高跟鞋,室内走得漂亮,室外走就有些辛苦。一路"叮叮"地过去,一脚高一脚低,自己受罪,旁人看着也难受。郑苹道:"一会儿要是下雨,你这双鞋就废了。"郑母道:"习惯了,在外面不穿高跟鞋就跟没穿衣服似的。"郑苹嘿的一声:"累不累?"郑母道:"做人哪有不累的?"郑苹道:"那你索性踩高跷吧。"郑母摇头:"又来了,——你累不累?"郑苹道:"不是说了,做人哪有不累的?"

郑母停下来。郑苹瞥了一眼她脚踝处,都磨红了。从包里拿出创可贴,蹲下身子,替她贴上。站起来,与母亲目光相对。郑母停顿一下,"随身还带这个?"郑苹道:"以防万一。"郑母道:"你倒是周全。"郑苹道:"天底下的事情,今天保不准明天。全靠自己当心。"

母女俩复又向前走去。

"和那男人怎样了?"郑母问。

郑苹停了停,没有正面回答,而是问母亲:"男人对你是不是真心,怎么看得出来?"

郑母思忖一下,"有时候得凭感觉。讲不清的。"

"他呢?"郑苹问,"是不是真心?"

"谁?"

"明知故问。"

郑母沉吟着,"应该是吧。"

"那我爸呢?"郑苹没头没脑地来了句。

郑母怔了怔,还不及回答,郑苹又问:

"我爸是个怎么样的人?"

"你爸,对我不错。"

"你和骆以达的事,我爸知道吗?"郑苹径直问下去。

郑母又是一怔,"——还是到此为止吧,晚上有演出,大家都别坏了心情。"

"我没想跟你吵架,"郑苹踢着脚下一块小石头,"——就是有点好奇。"

"你爸那个人,就算知道了也只会憋在肚子里,不会声张,"郑母停顿一下,"他是个老实人,其实挺有才气,就是运气不好。"

郑苹不语。过了片刻,又问,"——听说你要离婚?"郑母诧异地,"——周游说的?"郑苹学她之前的口气:"没人说,我就不知道了吗?"

一辆助动车从后面驶来,郑苹将母亲朝里推些。郑母觉出这动作有些反常的亲昵,心头一暖,"你说——我下半辈子要是跟他过,怎样?"

"你哪里还有下半辈子?最多三分之一了。"

"所以啊,"郑母并不以为忤,"三分之二都浪费了,再不抓紧,就来不及了。"

"我无所谓,你开心就好。"

"都这把年纪了,也不是为了开心,——安心还差不多,"郑母道,

"他都落魄成那样了，再撇下他，实在说不过去。"

郑苹不吭声。瞥见母亲的侧脸，颊骨与下巴连成一个圆润的线条，睫毛颤着。五官也是柔和之极。母女俩许久没离得这么近聊天了。风愈来愈大，将她前面一绺刘海吹得不断扬起，她拿手去拃，刚拃上去，又落下来。拃了几次，便索性不管了。

"有事？"郑母朝女儿看。

郑苹一怔，把表情做得更自然些，"——没事。"

"今天有点奇怪。"

郑苹嘿的一声，掩饰地，"在你眼里，我一直是奇怪的。"

回到话剧社，司机已等在路边。郑母上了车。郑苹到办公室去拿包，经过排练室时，见门虚掩着，里面似是有人。走进去，见骆以达一人坐着，动也不动。老僧入定般。连她推门进来也未察觉。

"骆叔叔。"郑苹叫了声。

他一震，猛然醒觉，"哦。"

"怎么还不走，一个人坐在这里？"

"啊，这个——"他似是还未回过神来，霍地站起来，"我马上就走，马上。"

郑苹见他脸色发白，整个人竟似在发抖，不禁吃惊，"您没事吧？"

"没事，没事。"他朝外走去，脚不知被什么绊了一下，险些摔倒。郑苹扶住他，说声"小心"，摸到他手心一片冰冷。他勉强笑笑，出去了。

老耿也没走，在阳台抽烟。郑苹问他，"刚才我和我妈出去那会儿，没发生什么事吧，怎么骆以达脸色难看成那样？"老耿表情有些微妙，"没什么，就周总拉他聊了一会儿。"郑苹没再多问，心想周游爸爸这就有些失分寸了，晚上还要演出呢，兴师问罪也不该挑这时候。

拿出手机要给母亲打电话，让她安抚一下。想想又放下了。这当口多一事不如少一事。老耿还在说刚才排练的事，"老骆演周朴园，到底是不一样。"郑苹嗯了一声。老耿又加了句："你妈也是，功架在那儿，原先那个完全没法比。"郑苹有些心不在焉，只是笑笑。

正要出发去剧场，忽然接到导演的电话，火急火燎的声音：

"刁瑞的事，你知道吗？"

郑苹一愣，"怎么了？"

"这小女人，莫名其妙给我发了条短信，说她晚上不演了，让我另外找人。"

郑苹诧异极了，"怎么回事？"

"谁知道，下午还好好的，突然说不演就不演了，她要早说倒还好，我老早就想把她换下了。可现在这个时候，让我上哪儿找人去？"导演气急败坏地，有些口不择言，"今天是怎么了，一会儿是换角，一会儿又给我玩人间蒸发，老的小的，存心想把我弄疯是不是？"

郑苹说声"我来想办法"，挂了电话，立刻便给周游打过去。

"你们家貂蝉怎么回事？"她问。

电话那头停顿一下，有些诡异的口气，"——那得先问你们家张一伟怎么回事。"

郑苹愣了愣，一时没明白。

"你的男朋友，把我的人藏了起来，什么意思？"

"再说明白点。"郑苹有些不耐烦。

"电话里说不清楚，你来剧场再说。"不待郑苹回答，那头已先挂了。

去剧场的路上，郑苹不停给张一伟打电话，都是忙音。把油门踩到底，小厢车当跑车开，呼啸着来到大剧场。一众演员都在。导演不停地打电话,联系"四凤"的候补。勉强找到一个,但也没敲定,说还要再看看。导演气吼吼地对周游道:"你把酬劳给我往死里开,现在只能拿钱压人了,压死一个算一个。"周游答应了。郑苹把周游拉到一边:

"说吧,到底怎么回事?"

"还能怎么回事,——姓张的想整死我。"

郑苹愈发吃惊了。"什么意思?"

周游停顿一下,"上个月,我叫刁瑞陪个土地局的处长过夜,替我搞定一个项目。姓张的肯定是知道这事了,所以先把刁瑞藏起来。刁瑞要是上庭作证,这官司我非输不可。"

郑苹倒吸一口冷气。这才知道事情的严重性。

"你怎么知道是张一伟把她藏起来了?他要是真想整你,直接上法庭不就行了,干嘛还告诉你?"郑苹想不通。

周游不说话,把手机递过来,给她看上面的短信:"最后给你一次机会,如果你不答应,那我们法庭见。做不成夫妻,那就做仇人吧。你好好考虑。"

郑苹一怔,随即明白是刁瑞拿这事要挟周游。摇了摇头,把手机还给周游,"你活该。她不是你的人吗,还让她去陪什么处长?——真不要脸。"

"这女人,别把我逼急了。"周游咬着牙。

"乌七八糟——"郑苹皱眉。

"别说得你像天上下来似的。这世界就这样,你不知道?"

郑苹晓得他心烦,不跟他计较。这时,周父和郑母也到了。周父应该是已经知道了,但神情依然无异,笑吟吟地安抚众人:"这就叫好事多磨——"只是叮嘱了郑苹一句,"待会儿酒会的开场,苹苹你替我盯好。"郑苹答应一声。酒会开场有个仪式，是她负责的。找了个专业的晚会策划，按周父的要求，要弄得风风光光。

周父近年来开始涉足慈善界，成立了一个基金会，就在今晚揭牌。张一伟说他是"老鸨子改行当妇联主席"，这话有些刻薄。郑苹觉得张一伟太钻牛角尖了。郑苹也爱钻牛角尖，比如父亲那件事。但郑苹的牛角尖，是就事论事的钻。张一伟不同。他喜欢把问题上升到另一个层次，再呈放射状向外延伸。在郑苹看来，其实是有些不讲道理。当年那笔事故赔偿金，张家到底是没有收下。因此这些年，他和他母亲过得很苦。他很少与郑苹聊起这事。唯独有一次，他与郑苹在墓地偶遇。两家父亲都葬在嘉定松鹤公墓。两人本来话不多，但在这种场合碰到了，出于礼貌，便各自到对方的父亲墓前鞠了个躬。郑苹看碑上的照片，张父长相很温和，眉眼淡淡的，像老太太。算下来，走的那年是四十三岁，比郑父还小了一岁。

那天，张一伟告诉郑苹，其实是他妈不肯收那笔钱。他妈是个很硬气的人，也吃得起苦。他父亲去世前在一家私营工厂干活，后来厂长卷了钱跑了，拿不到工资，家里开销就靠他妈给人家做钟点工。他父亲的意思是，上海待不下去了，看样子还得回苏北老家。他妈不肯，说老家原先的棉纺厂也倒闭了，回去也是饿死。她说实在不行就做点小生意，卖大饼油条，或是沙县小吃什么的。"他们是希望再撑个几年，等我考上大学，好歹能有个盼头。可没想到——"张一伟说到这里，哽咽了一下，又说到那笔赔偿金，"想拿钱买我爸的命，没门。"郑苹觉得这话好像不对，但一时也不知该怎么反驳。他讲话毫不顾忌，"我挺佩服你妈，居然会嫁给撞死自己老公的人。你也是，一点也不觉得别扭吗？换了我，一把火烧个干净，然后直接上少林寺了。"郑苹听了挺不舒服，但不想在他面前失态，把话说得四平八稳："你爸和我爸的死,不能全怪周游爸爸。"他有些嘲弄地看她一眼,"他要是个穷光蛋,你也会这么说吗?"这话更加过分,不给人留余地了。郑苹那时才二十岁不到,换了别人早就发作了,但张一伟是例外,女孩碰到心仪的男生,总是会装腔作势一番。郑苹记得自己那天修养很好,始终保持着三十六度七的健康体温,打定主意就算他当面骂娘也绝不还口。她对他说,天底下的事情,其实讲不清的,没必要每件事都去争个是非对错,你劝劝你妈,把那笔钱收下来多好。——她终是纠结于他没有收下那笔钱。她有个老邻居与他上同一所高中,隔三岔五便把他的事情告诉她。他每天都带饭,基本上是白饭加咸菜。永远穿一双鞋。学校里凡是要花钱的活动全部不参加。除了上学,所有的时间都用来打零工。他甚至在校园里捡同学喝完的饮料瓶子,装进书包。——郑苹本来也恨周父,后来再大些,将心比心,便觉得周父也不容易,毕竟责任不在他,换个面黑心冷的,一句"谁让你爸自己闯红灯"便能把你弹回去,更何况人家还挨了一刀。收下那笔钱,接受人家的歉意,与人方便,自己方便,是两全其美的事。可张一伟不同意。他咬牙切齿地对她道,"大家都是人,凭什么别人撞死人就要坐牢,而那老家伙撞死人,一点事也没有?他凭什么这么嚣张?有钱就可以逍遥法外,就可以为所欲为?他头上长角么,有免死金牌么?"张一伟的语气充满了不平与愤怒。郑苹无言以对。她猜他这么偏激,应该与他之前的家境有关。她不知道该怎么劝他,她和他的思路是两条平行线,交不了集。

没心没肺起来,她也曾把他的话学给周游听。周游道:"在穷人眼里,总觉得天底下的有钱人,统统都是为富不仁。其实这也是一种心理变态。姓张的就是个彻彻底底的变态。"唯独提到张一伟,周游才会把话说得这么促狭。他曾经问郑苹,到底喜欢张一伟哪里?郑苹答不出来，说，喜欢就是喜欢，没道理的。那时他才二十出头，为此大受刺激，几天后大学里期末考试，居然一个人跑去西藏，回来时整个人晒得乌漆抹黑，包里塞满了皱巴巴的画纸。门门功课都缺考，成绩单上清一色的零分。周父没收了他所有的信用卡，罚他在家反思。换了别的女孩，也许会安慰他一番。可郑苹没有。她觉得还是不理他比较好。她甚至在他心情平复了以后，很认真地替他分析，"为什么张一伟会说你们为富不仁？换了他，心情再糟糕，也不敢不考试，因为大学文凭对他很重要，他的前途，他和他妈妈的将来，都要靠这张文凭。可你无所谓，哪怕你只有小学文凭，你爸照样可以安排你到他公司去上班，你是太子爷、接班人。所以说，不是你有个性，是你有资本。在我看来，你这种举动一点也不帅，反而说明你小儿科。"周游吃瘪。男人碰到促狭的女人，其实挺头疼，打不得也骂不得，只能投降。有时候郑苹也觉得挺对不起周游。别的不提，单是话剧社那幢小洋房，便是周游买了给她的。她死活不要，周游劝到最后，也烦了，丢下一句"是借给你用，又不是把产权给你，你每月付房租就是了——"她才答应了。心里清楚，她占着他的好处，却又不承他的情，忒不厚道了。连郑母都提醒过她几次，"你要怎么收场？"郑母自己情路坎坷，于男女间的进退算度，便看得极为清透。彼此花在对方身上的用心，像天平上的砝码，多一分，少一分，立刻便显现出来。她说郑苹，女人最忌讳话说得不清不楚，要么是虚荣，要么就是糊涂。郑苹想想也是，跑去对周游交了底，"你再怎么花心思也没用，这辈子不可能的——"谁知周游只是"哦"的一声，听过便算。接下去一切照旧。郑苹觉得，不是自己说得不够清楚，而是那位脸皮太厚。但不管怎样，郑苹对周游还是心存感激的，倘或没有他，这些年她会过得更糟。比起张一伟，周游其实更像个孩子。她记得他大学毕业后，第一次陪父亲去谈生意，直至半夜才回来，敲开她的门，呆呆一坐就是半响。他说他不喜欢那种环境，不喜欢酒席上大家说话的模样，别扭极了，"看样子以后要一直这样了，——怎么办？"他一脸苦恼，茫然地看着郑苹。郑苹其实也没有答案，连安慰的话也不知从何说起。照例又是喝酒。周游说他高考填志愿时与父亲几乎大打出手。他想报考美院，可周父硬要他读"企业管理"。周父说，等你坐到我这位置，便是一天画十幅也无妨，画画这玩意儿，是锦上添花，跟打高尔夫玩赛车差不多，靠它吃饭就没必要了。他拗不过父亲。原则问题上，周父从不会退让半分。两个半大不小的孩子在那晚断断续续地感慨着人生，说着"人生不如意十之八九"、"天涯何处觅知音"。酒精让思路时而停滞，时而跳跃，继而是混乱无比。他问她，我本来能当画家，你信不信？她很郑重地点头：信。——后来的日子里，无论周游在生意场上磨砺得如何滴水不漏、收放自如，郑苹始终觉得，那天晚上那个愁眉苦脸的傻小子，其实才是真正的他。

周游的电话响了。他到一旁接听。片刻后，走到焦头烂额的导演身边，拍了拍他肩膀：

"朋友，别烦恼了，——刁瑞一会儿就到，照旧演她的四凤。"

**晚上七点**，大剧院后台，一众演员都已化妆完毕，各自坐着待命。郑母有独立的休息室，闭目养神。助理替她按摩后颈。阴雨天，颈椎就酸痛，老毛病了。门半开着，正对着骆以达，瞥见他拿着一本书在看。这是他多年的习惯了，临上场前要看书。二十年前他最喜欢看苏联小说，《安娜卡列琳娜》、《罪与罚》、《复活》……厚厚一本拿在手里，说是最能稳定情绪。她不一样，嫌看书太累，费脑子，倒把好不容易记住的台词给忘了。他出自书香门第，父母都是大学老师，再往上，他爷爷是国民党的高官，49年去了台湾。他家教很严，要不是赶上那段乱哄哄的六七十年代，他父母无论如何不会让他去当演员，尤其是他母亲，很高傲的模样，看谁都觉得是下九流。郑母有时候也想，亏得没嫁给骆以达，否则婆媳关系处不好，也难受。各人有各人的缘法，她和他，命中注定便是要这么折腾。几周前，她把意思跟他说了。他瞪大眼睛，半晌，又是那句："你不怕？"她也还是那句："只要你不怕，我就不怕。"她面上无异，心里其实是有些忐忑的，怕这人又往后缩。他都到了这个境地了，退无可退，该她患得患失才对。倘若他口里再说出个"不"字来，她打定主意，这辈子是不会再与他见面了。——幸亏没有。他抖抖豁豁地，把她揽入怀里。她听到他隐隐的哽咽声，那一瞬，心头一酸，眼泪也跟着落下来。

骆以达合上书，起身去卫生间，一张卡片似的东西从书里掉出来。他没察觉。一会儿回来，见郑母站在那里，手里拿着那张登机牌，心里咯噔一下，与她目光相接。两人不说话，也不动，就那样站着。僵持着。旁人见他们的模样，都诧异不已，也不敢出声。只隔了几秒钟，便似几个世纪那样漫长。骆以达嘴巴动了动，想说话，却一个字也发不出来。喉口被什么堵住了。

"要去澳洲？"还是郑母先开的口。

"嗯。"他有些涩然的声音，像含着口痰。

"旅游？"她看他。完全询问的口气。

他深吸一口气，又吐出来，似是斟酌了许久，"——不是。"

话说出口那瞬，他看到她眼里有什么东西闪了一下，随即涅灭了。像萤火虫逝去的时刻。从绚烂到枯竭，只是一秒钟的功夫。他甚至听到她身体里"崩"的一声轻响，什么东西断了。他内疚得都不敢看她了。周游爸爸很道地，买的是头等舱的机票。话说得也贴心贴肺，"澳洲是好地方，养老最合适。那边都安排好了，完全不用你操一点心，这两天收拾一下，下礼拜二就走——"他一百个不情愿，可完全没有招架的余地。藏毒罪不大不小，判起来可长可短，周父一手拿着澳洲的移民资料，一手握着他的小辫子。全中国那么多吸毒的人，本来家里放一点海洛因也是寻常事，可真要是有人拿这个做文章，上上下下再通点路子，也是要吃不了兜着走的。周父的口气一点儿也不像威胁，"——是去澳洲享福，还是要在牢里待个三五年，骆老师您自己决定。"骆以达收下登机牌的时候，手抖得厉害，几乎都握不住了。眼前发黑，身子晃了几下，扶住椅背才勉强撑着不倒下去，又狠狠地想，你有什么资格昏倒，你就是死，也是不够格的。你就卑微地活在这世上吧。他想到"卑微"这两个字，竟窘得有些想笑了。

郑母站了会儿，说声"蛮好"，便要回到原座。骆以达依然是不动。周父旁边走过来，亲亲热热地扶住她的肩膀，"骆老师这么快就公开了？不是说等话剧结束才宣布嘛。——也对，好事情，晚说不如早说。上海 AQI 指数那么吓人，换了我也想移民。恭喜啊骆老师。"

众人回过神来，纷纷向骆以达表示祝贺。郑苹有些担心地看向母亲。后者只是轻轻摇了摇头，便走去卫生间。郑苹跟上她，也不说话，只是与她并肩。郑母说，你去吧。郑苹嗯了一声，却不走开。郑母又说一遍，去吧，让我静静。郑苹这才停住。瞥见众人的神情，嘴上说着"恭喜"，却都是有些异样。后台的气氛陡然变得有些诡异。骆以达坐着，不说话也不动弹。周游走到郑苹身边，幽幽地来了句：

"人生如戏啊。"

郑苹不语，想起下午问母亲"男人对你是不是真心，怎么看得出来"，母亲那时的口气，其实也不是很有把握的。说到底每个人只能对自己负责，再亲再熟的人，一颗心终究是隔了肚皮，完全估不准的。

郑苹心里叹了口气,又想起父亲拍那些照片,把所有人都蒙在鼓里。母亲至今仍认定那照片是她拍的。世上出乎意料的事情太多了。郑苹记忆里的父亲,话很少,好好先生的模样,母亲说什么,他就听什么,从不违拗,跟骆以达也是亲兄弟一样的交情。她无论如何想象不出,父亲躲在暗处拍照时,会是怎样一副情形。按下快门那刻,瞳孔收缩,拳头握紧,扭曲的快感。台上输给他的,台下双倍来讨。连同她给他的屈辱,一起来算。郑苹猜想,父亲对母亲,应该也是真心的。周游说过,讨女人喜欢的男人,男人一闻就闻得出来。女人也是如此,讨男人喜欢的女人,女人也能闻出来。加上周父,母亲占了三个男人的心,却一点儿也不快乐。这些年来,郑苹头一次觉得母亲可怜。

"怎么搞定刁瑞的?"郑苹问周游。

周游不说话,鼻子里哼出一口冷气。

郑苹猜到了答案。"她真缠着你结婚,怎么办?"

"那就结吧,"周游恶狠狠的口气,"——你等着我,我早晚弄死她,再来寻你。"

郑苹朝他看,不合时宜地笑了笑。如果不笑气氛就更不对了。明明是六月里的天,毛孔竟生生滋着冷气。停了停,她傻乎乎地说句:"结吧,早晚总要结的,讨个貂蝉也不错。"

正说着话,一人从外面进来。正是张一伟。穿得很正式。西装领带,头式也很清楚。他绕过众人,径直走到郑苹面前。郑苹怔了怔,还未说话,他已先开口:

"我妈坐下了。——我进来看看你。"

郑苹停顿一下,"哦。"

"还是头一次来后台,挺有意思的,"他瞥过一旁的刁瑞,神情不变,又朝周游点点头,算是打招呼,"周公子,这阵子还行吧?"

"托你的福,蛮好。"

"气色不错。"张一伟加上一句。

"天天吃野山参,大拇指那么粗的。"

"天气热,当心上火。"

"不吃饱人参,怎么有力气跟神经病斗智斗勇?"

张一伟嘿的一声。周游揉了揉鼻子,作势抠鼻屎,往地上弹了弹。不远处的周父也朝这边投来视线。张一伟只当没看见,自顾自地拉起郑苹的手,捏了捏,"你忙,我先下去了。"郑苹点点头。瞥见刁瑞自始至终低着头,不敢看他。又想,张一伟统共也只来过话剧社两三次,竟能策反这女孩,不晓得是怎么做到的。可惜这女孩太想飞上枝头当凤凰了,他这么做,费心费力,却也只是给她一次要挟的机会罢了。

对讲机里通知"各就各位"。郑母站起来便朝外走,周父拉她手臂,有些惊惶地:

"你做啥?"

她轻轻甩脱,"做啥?——去外面透透气,抽根烟。"瞥见他不太相信的神情,又冷哼一声,"放心,我是演员,不会开这种玩笑。"说着又要走。周父不松手。她有些嘲弄地看他一眼,"早知如此,又何必挑今天呢?——我知道你是想让他演完才说的,可惜,人算不如天算,包袱提早抖开了。"她难得对他说这么多话,语速又是极快的。周父依然是不松手。脸上神情做得若无其事。碍着旁人在,她说话也是极小声。

"先坐下。"周父压着音量,语气却是有些严厉了。

她朝他看。忽地,重重地甩开了他。他没提防,往后跟跟跄跄退了两步。她径直朝外走去。高跟鞋在地上踏得清清脆脆,旗袍勾勒出的腰肢,随身形微微摆动。经过骆以达身边时,她停下来,虽只是一秒钟不到的时间,也很明显了——似是等他交代什么,说些话,或是做些什么。——可惜没有。他背对着她,动也不动,木头人似的。她一颗心直沉下去。再不停留,快步往前走去。舞台督导早下了指令,所有演员在后台待命,但见她这样,也不敢拦。郑苹上前跟着母亲,见她开了侧门出去,果然点了支烟。

"要吗?"郑母拿着烟,问她。

郑苹接过。母女俩还是第一次一起抽烟。郑苹知道母亲会抽烟,但从未见过。郑母抽烟姿势很漂亮,纤长的手指夹着。但一看便是花架子,烟多数吐了出来,并不真吸进去。两人不说话,各自朝着一边抽烟。很快抽完了,郑母把烟头在墙上掐灭。

"进去吧。"她道。

话剧演得很顺利。台下几乎是座无虚席。不少是二十年前"繁漪"的粉丝,专程冲着她来的。隔了这么久,"周朴园"和"繁漪"都还是当年的面孔。舞台会转,像地球一样,到了一定时候又会转回来。人都还站在原地呢。演员有新旧之分,观众也是如此。新观众看的是热闹,老观众看的是情怀。逝去的年华是本书,翻一页过去,便在心上留道印迹,一页一页,密密麻麻。还未开演,心里已是满的,及至看见人,岁月的感觉袭上心头,立刻便满溢出来,哭与笑,喜与悲,台上台下都是相连的。

很快,演至结尾高潮处。"繁漪"痛苦地:

"萍,你说,你说出来;我不怕,我早已忘了我自己。(向周冲)你不要以为我是你的母亲,你的母亲早死了,早叫你父亲压死了,闷死了。现在我不是你的母亲。她是见着周萍又活了的女人,她也是要一个男人真爱她,要真真活着的女人!"

"周冲"心痛地:"哦,妈。"

"周萍"对着"周冲"："她病了。（向繁漪）你跟我上楼去吧！你大概是该歇一歇。"

"胡说！我没有病，我没有病，我神经上没有一点病。你们不要以为我说胡话。我忍了多少年了，我在这个死地方，监狱似的周公馆，陪着一个阎王十八年了，我的心并没有死；你的父亲只叫我生了冲儿，然而我的心，我这个人还是我的——"

"繁漪"说到这里，忽然停下来，走到台前。饰演"周冲"的是个年轻演员，经验不足，见她对白说到一半，与排练时不符，便也愣在那里，不知所措。"繁漪"对着台下，哀伤地望向远处，一动不动。灯光打在她的脸上，五官像瓷器般纹理细腻，透着光。很美。剧场里静寂一片。连"繁漪"轻轻的一声叹息，都听得清清楚楚。她说下去：

"就只有他才要了我整个的人，——可是他现在不要我，又不要我了！"

这句对白，她本该是对着"周萍"说的。此刻却是对着台下，第一排的观众都看到她眼里噙的泪了。她停顿一下，又说了一遍，"——他又不要我了！"话冲出口那瞬，喉口立时便哑了。什么东西涌到鼻尖，涩得发苦。每个字都似是带着翅膀，在剧场内盘旋，还有回音。台上站着好几个演员，观众却只盯着她一人看。她是舞台的中心。有熟悉《雷雨》的，已觉出些不对，但又怀疑是新版的噱头，故意这么演的。

"繁漪"说完那句，停下来，静静地看着前方。"他又不要我了！"——她满脑子都是这句，接下去的台词，竟是一点也想不起来了。她完全不担心，反而一身轻松，想，索性就这么一直站着吧。脑子里是空白的。她又往前跨一步，再一步。脚像踏在云朵里，整个人似是飞了起来。跳下舞台那瞬，她眼前闪过他的脸——是初见面时的那张青青涩涩的脸，孩子似的纯真眼神，看她时有些露怯，看一眼，停一停，再看一眼。反倒不及她大方。他替她把行李拿到宿舍。她听到别人叫他的名字，骆以达，骆以达，她心里念了两遍，顿时便记住了。他笑的时候，居然还有酒窝。左边那个深，右边的要浅一些，不对称，但依然好看。——她觉得自己很没有出息，这当口还想着他。这场戏没有他，他该是坐在后台，揣着那张去澳洲的登机牌。她晓得他有苦衷。这些年，他每回都有苦衷。否则他早娶了她。可又怎么样呢，他终究是没有。"苦衷"在她看来，跟"借口"差不多。天底下又有多少恋情是一帆风顺的？那些负心的，谁的嘴里又倒不出几汪苦水来？——她竟忍不住想笑了。不知是笑别人，还是笑自己。

她直直地往前倒去。舞台很高，摔下去必死无疑。她想，比喝农药好，演员死在剧场里，那是最妙的结局。——忽然，一双手抓住了她。众人惊呼声中，"周朴园"变戏法似的出现了，牢牢抓住"繁漪"。她兀自没有反应过来，及至被他抱在怀里，闻到他身上那再熟悉不过的味道，不由得呆了。他抱得她那样紧，完全不管不顾地。她几乎要透不过气来，一阵晕眩。想，这是梦吧。肯定是。否则他怎么会当着这么多人的面抱她？这么大的场合，这么亮的灯光，这么多双眼睛看着——不是梦是什么？她听到他的心跳声，还有自己的。扑通扑通。也不知过了多久，她终是忍不住，眼泪夺眶而出，像个孩子那样哭了起来。

**晚上九点半**，慈善酒会准时开始。就在大剧院楼上的望星空宴会厅，布置得金碧辉煌。正中是"怡基金揭幕酒会"几个大字。郑母换了套衣服出来。周父揽着她，笑吟吟地招呼客人。有客人问起郑母，身体怎么样。郑母还未回答，周父已抢在前头，"为了穿旗袍漂亮，连着十来天都不吃主食，女人就爱这么作践自己。"说着朝郑母看，"你呀，早劝过你了，演戏也是体力活，不吃饭，别昏倒在台上才好——被我说中了吧？"

郑母不语。望向远处角落里的骆以达。他也在看她。

"最后一次了，"入座后，郑母对丈夫道，"——明天就去办手续。"

"那他呢？"周父问。

"他要是坐牢，我每天探监便是。"她淡淡地道。

周父嘿的一声，拿起酒杯，微笑着朝旁边客人让了让，再转过来，眼里笑意全无。"——随你。"

郑苹是主持人，先说了段开场白，便请周父上台致辞。周父说得很简短："我夫人名字里有个'怡'字，所以我设立了这个'怡基金'，主要是想帮助那些无父无母的孤儿，让他们能够健康地成长，能够上学。这件事具体实施起来会有难度，但我一定竭尽全力，持续地做下去。"

掌声过后，台上的 LED 屏幕便开始播放关于"怡基金"的宣传片。PPT 是郑苹请专业人员做的，一共二十分钟。郑苹走下台，坐到母亲身边。见她脸色兀自有些发白，神情倒是透着悦色。刚才那瞬，心都跳到嗓子眼了，也亏得骆以达反应快，否则后果真是不堪设想。郑苹又想，在那么多人面前那样，这比盖一百个章都管用，是板上钉钉的意思。酒会还没开始呢，那边倒已先揭了幕。——就不晓得接下去会怎样。

忽地，屏幕上出现偌大的三个字："伪君子！"

众人一阵哗然。"伪君子"用了血红的特大号字体，占了屏幕的大半，甚是醒目。紧接着，又是一句："踩在尸体上发财的不良商人。"后面有文字说明，几年前周父公司的一个楼盘在建筑过程中，发生倒塌事故，造成十来名工人死亡，结果只是草草了结，无人追究。还配有照片，先是一张工地事故现场的，惨不忍睹，接下去连着几张，是家属哭天抢地在周父公司门口讨要说法，被保安强行拉走。再接着，是已竣工的楼盘正面照，坐落在黄浦江畔，广告语是"坐拥极致，享尽奢华"。与前面形成鲜明对比。最后一张照片，是该楼盘获得年度沪上最佳楼盘的称号，周父上台领奖，意气风发。

后台放映人员兀自不知，前台一干人也是呆了，忘了该如何应对。周游冲到后台，嚷着"你他妈给我停下来——"急急地按下"停止"键。放映员才知道闯祸了。这么一来一回，也已是过了三四分钟了。

现场顿时鸦雀无声，众人面面相觑。饶是周父久经沙场，这会儿也是脸色铁青。郑苹匆匆拿出备用的U盘，交给放映员。音乐声中，屏幕上出现一群孩子，举起手，殷切地捧出一颗红心，映衬着"怡基金"几个大字，巍为壮观。她再看换下的那个U盘，外观与她原先的一模一样，里面的PPT文件名也是完全相同。很明显是被人调了包。早上起来还在电脑上检查过一遍，并无异样。郑苹不禁朝张一伟看去。他也在看她，目光在半空中相接，干涩得像是深秋地上的落叶。——U盘自然是他换下的。日子也是他算好的，不早不迟，恰恰是酒会的前一晚。U盘就放在写字台上。趁她上厕所、洗漱，或是准备早餐的时候。机会多的是。她转过头，再不与他相对，心里忽然羞愧的要命，满脑子都是"自作多情"这个词。他又怎会真喜欢上她？要说喜欢，八年前就喜欢了，哪会等到现在？——是她多心了。女追男隔层纱、日久生情、精诚所至金石为开⋯⋯这些对他统统都不适用。他对她的心，与八年前退还纸鹤那刻绝无二致。

宣传片结束后，大厅响起轻柔的华尔兹音乐。周父站起来，上身微躬，伸手向郑母邀舞。郑母迟疑了一下，还是与他相握。两人到舞池中央,缓缓起舞。郑母瞥过一旁的骆以达,见他脸上带着微笑,便也报以微笑。此时此刻,两人再无嫌隙,彼此心照。

"知道我第一次见到你是什么时候吗?"周父在她耳边道。

郑母不语。周父径直说下去:

"我猜你肯定想是在人艺舞台上。其实不是,比这个更早,是你大二那年,我刚好去上戏办事,看你们在排练《雷雨》,那时你演的是四凤。你一直以为我是看了你演的繁漪才喜欢上你的,我也从没跟你说过,其实比起繁漪,我更喜欢你演的四凤。男人嘛,说到底口味都差不多,周萍不也是喜欢四凤?周冲就更别说了。繁漪那样的脾性,放在舞台上出彩,生活里就有些过了。还是四凤好,简简单单。"他说着又加上一句,"——女人还是简单些好,自己舒服,别人也舒服。你说呢?"

郑母依然是不说话。

"你再考虑一下,"周父劝她,"那么多年都过来了,也不急于一时。"

"不用考虑。"郑母回答。

周父朝她看了一会儿,叹了口气,伸手在她肩上捋了捋,"你这人啊——"喉口一紧,后面的话居然没跟上,像被什么绊了一下。这对他来说已是绝无仅有的了。便是当年与第二任妻子谈判,那女人干部家庭出身,思路清楚,口才也好,摆出要让他净身出户的架势。他脸上是笑的,手条是硬的,到头来也没让她占着一丁点便宜。他心里清楚,没有那女人,他无论如何到不了今天的光景。那段婚姻在他眼里只是场交易。所以他能硬起心肠。但此刻情形完全不同。他对她,别说手段,便是狠话,都扔不出一句。

"我,对你不好么?"他想问她。瞥见她并不看他。——顺着她目光划去，那头是骆以达。——心里嘿的一声，把那句话咽了回去，脸上兀自笑容不变。他是主人家，开第一支舞。接着，宾客们也开始纷纷起舞。

张一伟来到郑苹座位边，伸出手："跳支舞？"

郑苹不动，"没精神。"

"有话跟你说。"他道。

"说吧，我听着。"她头也不抬。

他停顿一下，在她身边坐下来。"我不预备说对不起——"郑苹哈的一声，竟有些好笑了，心想这男人连道歉也懒得敷衍了。"没关系，"她道，"说不说都一样，反正我也不会接受。"又想自己这话仍然像是赌气，该更无所谓些才对。索性不睬他，拿起香槟喝了一口，头转向另一边。停了几秒钟，终究是忍不住，又别回来，对他道：

"你另找个位子坐吧。"

"我晓得，你现在很生气，"他看着她，"不过我这么做，你该明白的。"

"嗯，"她点头，"——替天行道嘛。"

他不理会她的嘲讽，停了停，又道，"其实我今天想做两件事，除了刚才那件，还有一件。"

郑苹心念一动，瞥见他裤袋那里凸起一块，似是有什么东西，"求婚啊，"她笑笑，"口袋里装的是戒指？啧啧，你张一伟梁山好汉似的人物，原来也会做这种事——拿出来我看看，当众求婚，钻石总不至于太小吧。不过也难讲，你这人不能以常理论之，到时候掏颗玻璃球出来，也不是没可能的。我要是不答应，你准会说，你凭什么不答应，凭什么这么嚣张？你有什么了不起，你头上长角么？"她学着他之前的语气，笑吟吟地一路说了下去。

他有些诧异地看她。认识她到现在,还是第一次见她这么促狭。她霍地停下,朝他看:"你是不是觉得我特别好欺负?"他一怔,还不及回答,她又道:

"嗯,不能叫'好欺负',应该叫'自作自受',或者是'傻到极点'才对。"她说到这里,鼻子一酸,强抑着不让眼泪流出来。嘴上却是愈发凌厉起来:

"你知道吗——去年年底你跑来找周游爸爸,那天我刚好也在,就在你们隔壁。"

他一凛,脸色顿时变了。

"其实我也不是存心偷听你们说话,可你这个人呀,就算是问别人要钱,也是一副闹革命的模样,好像别人前世欠了你的,不给不行,"她嘲弄地迎住他的目光,"——我只是不明白,你不是恨他入骨嘛,道不同不相为谋,怎么会跑来问他要钱?你的原则呢,你的铮铮傲骨呢?怎么,那阵子没喝牛奶,比较缺钙,是不是?"

张一伟不说话。郑苹瞥见他嘴唇咬得很紧,隐隐有牙齿摩擦的声音。脸上一阵青一阵白。完全被刺痛的神情。她晓得这几句话的杀伤力。她以为自己会藏着一辈子不说,女人对着心爱的男人,嘴巴原本就是去芜存菁的。她甚至都快忘了这些了。如果不是此刻,他让她难受得想死,她真的会憋一辈子的,睁只眼闭只眼,不去想个究竟。他是怎样的人,对别人怎样,于她又有什么关系呢,她只要他对她的一颗心,就足够了。可到底是落空了——她感到一阵报复的快感,却又有什么东西在胸口直沉下去。很爽,却又很憋屈。是自暴自弃的心情。

"是因为我妈的病。否则我妈只有等死。不为别的。"他看着她,一字一句地进出。

"他没答应,所以你就更加恨他了,对吗?"

"他答不答应，我都恨他。这是两码事。"他沉声道。

郑苹嘿的一声，完全不给他台阶下："也就是说，就算他把钱给你了，你也不会给他好脸色，照样骂人家为富不仁坏事做绝。——你不觉得你很可笑吗？我倒要问问你，你这么做，是把自己放在什么位置？你凭什么这么了不起，这么嚣张？你是上帝么，你头上长角么？"

他被她问得有些呆住了。"所以呢，"他道，"我应该像你一样，拿了人家的好处，就把自己原先姓什么都忘了，——是吗？"

"那也比你好，至少我不会说一套做一套，又当婊子又立牌坊。"这话出口，她自己都是一惊，有些恶毒了。

他沉默了一下，"既然如此，你干嘛那么恨你妈？——我猜你将来也是走你妈的老路，嫁个小开。周游不错啊，现在先吊足他胃口，弄得他服服帖帖。女人都喜欢玩欲擒故纵，你郑小姐属于玩得出神入化的那种。站在男人的角度，我劝你见好就收，差不多就行了，别把篷扯得太足，当心断掉。不过也难讲，你做事那么有分寸，应该也没问题。少了个老爸，现在又多了个老爸，还赚个未来的老公，蛮好。别看你面上棱角分明咋咋呼呼的，其实骨子里很会为自己打算。我挺佩服你。"

"什么意思？"郑苹看他。

"没什么意思，"他耸耸肩，"夸你呀，——只要实惠，不要牌坊。多灵光。"

两人对视一眼，便立刻把目光移开。其实是不敢与对方互望，你一言我一语的，每句话都是刀刃朝着外面，轻轻一擦便能看见血光。说的时候很畅快，像把前一阵肚子里积的东西一股脑吐了出来，剥皮拆骨。及至吐出来，又觉得浑身空落落的，没有一丝力气。两人都不曾料到会从对方嘴里听到这些。那些话，完全不由自主地，蹦一句出来，又蹦一句出来。其实是把双刃刀，这边受伤，那边也在流血。两败俱伤的架势。

"我从没说过自己有多么高尚。"半晌，郑苹说了句。

"我也没有！"他忽地提高音量，倒把她吓了一跳，抬头看去，见他眼睛布满了血丝，竟红得有些怖人，那一瞬，五官也与平时不同，声音也因为绷得太紧而沙哑了，整个人似是陡的老了六七岁。他下意识地抓着头发，"我也没有、我也没有——"他重复着这句话，像是喃喃自语，又像是辩解什么。眼神定定的，眼珠动也不动。郑苹被他这模样惊得呆了，拿手去抚他肩膀。他一让，她扑个空。停了停，又去抚，这次他不动，她触到他微颤的肩头，心里难受得很。她原本是打算在他面前做一世乖女孩的。他与她，都是一样的境遇。她看他，有时候其实像在照镜子，又像左手跟右手下棋，再怎样七拐八绕都是差不多的路数。这手棋还未落定，下一手已晓得会怎样。这些年她想起他，脑子里最先冒出的，便是"怜惜"二字。这二字通常是用在女人身上。可不知怎的，他那样高大健硕的一个男人，竟会让她有这样的情感。此时此刻，更是如此。她不自禁地在他肩上拍了两下。他霍地站起来，拿过服务生端来的一杯酒，头一仰，一饮而尽。说声"我去洗手间"，转身便走。郑苹在座位上呆了半晌，一抬头，瞥见邻座周游似笑非笑的目光。猜他一直关注着这边，忙把头别开。周游已走了过来。

"你是前世欠了他的，我是前世欠了你的。"他摇头。

"刁瑞呢？"郑苹岔开话题，"刚才看见你和她在跳舞。"

"给了她一张空白支票，让她随便填。"

"结果呢？"

"没要，还给我了。说爱的是我这个人，不是钱。"

"那挺好。"

"这话要是真的,母猪都会上树。"他嘿的一声。

郑苹也笑笑。"看来真的要喝你喜酒了。"

"还要谈。我没那么容易妥协。"

"你爸怎么说?"

"说了,这事让我自己摆平。如果摆不平,就自己兜进。"

郑苹知道这话不假。周父待她母女宽厚,对周游却向来严苛。膝下只他一个独子,偌大的家业将来都要交给他,老派的想法,自是要多管教些。想着安慰他两句,周游已说了下去:"要是我真的进去了,老头子发发功,也许只关个三五年就出来,到时候我还不到三十,生意不管了,家产也去他妈的统统不要了,照旧画我的画——你愿不愿意等我?"

郑苹怔了怔,见他一脸认真,话说得又是这般孩子气,不禁心头一酸,嘴上道:"到时候你小貂蝉都出来了,哪里还有我的事?"

刁瑞走过来,朝郑苹打招呼,"郑姐。"郑苹点点头,识相地走开了。听见周游在身后道"寻个地方再聊聊",刁瑞哈的一声,不说好,也不说不好。心里叹了口气,想这世上真正称心如意的人只怕也不多,在旁人眼里,周游算得是天之骄子了,却只有她晓得,遗憾的事情不止一桩。又听周游隐约说了句"上天台聊——",心想眼看着就是一场雷阵雨,上天台做什么。

现场督导提示郑苹上台,——抽奖环节到了。

郑苹走上台,说了流程。每人的请柬后面有个号码,已统统输入电脑,依次抽奖。先是三等奖和二等奖,热闹了一番,最后大奖是一辆宝马 X6,由周父亲自抽取。他上台来,大屏幕滚动号码,他按下鼠标,又滚动了几下,落定在一个号码上。

"75号。"郑苹道,"请这位幸运儿上台来。"

台下并无动静。郑苹又说了一遍,"请75号的先生或是女士到台上来,恭喜您获得了大奖。"依然是无人响应。众人正纳闷间,忽见一人站起来,缓缓地走上台。——正是张一伟。

郑苹不与他对视,退到一边。周父亲自为他送上车钥匙与鲜花,握手那一瞬,靠近他,轻声说了句"本来是X3,听说你来,临时改成X6了。"张一伟怔了怔,瞥见周父眼镜后那道光闪得狡黠,停顿一下,"这算是贿赂吗?"他问。

"你说是,那就算是吧。"周父微笑着,示意他面向台下,接受众人的鼓掌。郑苹偷偷朝他看,见他低着头,似在思忖。X6最低配也要百把来万,周父这礼送得不小。不由得又有些担心,怕这人现在闹将开来,那便不好收拾。忙拿起话筒,"让我们再次以热烈的掌声向这位先生表示祝贺。"目光依然是避开他,倒不是为了别的,而是怕他难堪,拿着那把特制的大钥匙,在她面前下不来台,别当众做傻事才好。

张一伟到底还是拿过了她的话筒。对着台下众人:

"这辆车,明天我会开到二手市场卖掉。就当是周总托我转交给那些家属的赔偿金。"

此言一出,台下俱是哗然。与此同时,屋外传来响亮的一记雷声,使得厅里几乎一震。张一伟不再停留,径直下了台。郑苹不自禁地朝周父望去。见他笑容不变,也走下台来。郑苹又朝四处张望,没见到周游和刁瑞。没来由的有些担心,想,不会真去天台了吧。周游再怎么说说笑笑,那件事到底是有些惊心动魄的,况且又是夜里,又是天台,还下着雨,这气氛竟有些森然了。

郑苹给周游打电话,那头接起来,"什么事?"郑苹问他"在哪里"。他回答,"动之以情晓之以理呢。"郑苹关照"吓唬吓唬就行了,别太过分。"那边扔下一句"我晓得",挂了。

酒会结束,客人陆续离席。周父与郑母站在大厅门口送客。张一伟独自坐在角落里,郑苹远远望着他,并不上前。他应该也是感受到了她的目光,也不抬头。两人僵持了一会儿,张一伟站起来,四处张望,应该是找他母亲。郑苹缓缓走过去。

"伯母呢?"她找个由头开口。

"大概去厕所了。"他看表,"去了有一阵了。"

"我替你找找。"郑苹说着,又朝他看一眼。他说声"谢谢"。她道"不用"。——两人客气得过了头。她去了附近的卫生间,并没看见人。又见客人已走了六七成,大厅门口也只剩下郑母一人,上前问她"周伯伯呢",郑母回答:"张一伟妈妈找他有事,两人走开了。"郑苹便有些意外,想这两人竟然也有话说。这时手机响了,接起来,是导演,说他一个包落在后台上,让她替他先收着,"下周我去话剧社拿。"郑苹答应了,踱到后台,一个人也没有,拿了东西正要离开,忽听见隔壁有人说话:

"你让我放过他,不如先劝他放过我。"正是周父的声音。

郑苹愣了一下,悄悄走近,隔着一扇偏门,果然见到周父与张母站在里头。背着光,两人的脸都浸在阴影里,看不甚清。

"算我求求你,行不行?"张母恳求的口气。

周父嘿的一声,"你不用求我。反过来倒是我要求你,你儿子是要把我往绝路上赶啊。"

"我求求你,——我从来没有求过你吧。当年你要和那女人结婚,我一句话不说,全由得你。八年前,你撞死我男人,我也没有求你,没要你一分钱——"

281

"我要给的，是你自己不要！"周父打断她，沉声道，"你一个女人带个孩子，我晓得你艰难，房子给你，钞票也给你。是你自己别着一口气，死活不要。我晓得你的心思，是存心不领我的情，把我变成个大恶人。既然如此，你生你的病，又何必让你儿子来求我？"

"什么？"张母惊讶道，"几时的事情？"

周父咦的一声，"原来你不晓得。——你儿子只当我不答应，嘿，他也不想想，单凭郑苹那小丫头，能请到那么好的大夫治你的病？还有几千块钱一晚的 VIP 病房，上海滩那么多有钱人，多少人排着队等，怎么就单单轮到你？——我也算仁至义尽了。这些年睁只眼闭只眼，倒被人欺的得寸进尺。刚才的情形你也看见了，当着那么多人的面——是他不仁在先，别怪我不义了。"

"他是小孩子，你别跟他计较。我求求你。"张母依然是恳求。

周父冷哼一声，并不回答。

张母似是哽咽了一下。"是我不好，不该让他知道我们之前的事情。这孩子脾气犟，想事情一条筋，心疼我这些年吃的苦。况且他同他爸爸关系又好——"

周父又是哼的一声："怎么你没说吗？——我是陈世美没错，为了千金小姐抛弃糟糠妻，这些你告诉他也没什么。怎么他爸爸的事你倒不说了？他是怎么撞到我车子的，监控拍得清清楚楚，我是顾及你，才没说的。现在你儿子反倒为这个恨得我咬牙切齿。"

"你让我怎么说？"张母哽咽道，"告诉他，他爸爸其实是碰瓷，存心讹人钱吗？——你不晓得，他爸爸是多么老实巴交的一个人，我们早上卖煎饼，少找别人一块钱，他都要追上去还给人家。要不是实在过不下去，也不至于——"说到这里，她已是泣不成声。

"你不要同我说这个，"周父似是有些不耐烦，"现在我也被你儿子弄得快过不下去了——你哭哭啼啼算怎么回事,你这个女人,你不要以为这样,我就会心软。你儿子现在就是我眼中钉肉中刺,非拔掉不可。机会我给过他很多次,是他自己不识趣。"

"你——"

"好歹夫妻一场,将来你养老送终,总包在我身上便是。"

屋外又是一记响雷。震得人耳膜发疼。

郑苹怔在那里。这一天里发生的变故太多,脑筋都转不过来了。她想起周游说他父亲以前在苏北老家有个妻子,没想到竟然是张母。一场车祸撞死两个男人,剩下两个女人,一个后来嫁给了他,一个竟是他前妻。都说戏台上是无巧不成书,现实生活竟更是匪夷所思了。她还是第一次听周父这么阴恻恻地说话,背上不自禁地起了冷汗。

停了半晌。张母似是下了很大的决心,"你听我说——其实,他是你的儿子。"

郑苹闻言一惊。只得周父嘿的一声,似是好笑:"你觉得我会相信吗?"

"我不骗你。他是八七年六月生的,你自己算日子。你八六年九月最后一次回的老家,十一月就写信来说要离婚。我恨你变心,就没跟你说这事。本来想打掉的,医生说我体弱,这胎打掉,弄不好以后就不能再生。——你再想想,这孩子的长相,是不是像极了你年轻时的模样?"

周父不语,似是沉吟。

"你如果还是不信,就去验 DNA,这总做不得假吧?"张母急得声音都有些哑了,"——本来我想瞒你一辈子的,可今天再不说,我怕你害了自己亲生儿子。"

周父蹙着眉,依然是不语。沉默了片刻,他缓缓地道:

"你去跟他说。"

张母答应了。他又叮嘱道:

"还有他爸——你前面那个男人的事,也一并跟他讲清楚。"

张母犹豫了一下,"这又何必?"

周父嘿的一声。

"教他晓得这世界不是他想当然的模样。人跟人的边线,不是铅笔描的那种,而是水彩颜料晕染出来的,泾渭哪有那么分明。——要做我儿子,这层先要想明白。"

郑苹匆匆离开了。回到宴会厅,见张一伟还坐在那里。很快,张母走了过去,拉住儿子说话。没说几句,张一伟的脸色便变了,霍地站起来,说"不可能!"张母又拉他坐了下来。郑苹冷眼旁观,想,换作是她,这会儿肯定也接受不了。八年前跟着母亲刚到周家那阵,她天天算着周父上班的时间才出房间,连跟他打照面都觉得尴尬。仇人一下子变成亲近的人,那感觉真是要命的。更何况那个还是他的亲生父亲。郑苹心里叹了口气,想,够这人难受一阵了。朝四周打量,依然是没见到周游和刁瑞。

"我不信,你骗我!"张一伟忽然大叫一声,起身朝外冲去。张母叫他名字,他只是不理,转瞬便出了宴会厅。张母呆坐在当地,神情委顿。郑苹停了停,上前,"伯母,没事吗?"

张母摇了摇头。郑苹给她拿了杯水。她接过,说声"谢谢"。有气无力地。郑苹细看她,与母亲差不多年纪,却似大了七八岁还不止。女人一辛苦,就显得苍老。张一伟说他母亲性子倒比他父亲更像个男人,里外都靠她操持。郑苹想也是如此。年纪轻轻便被丈夫抛弃,带着儿子再嫁,个中苦处自是难以言喻。偏偏第二任丈夫又是早逝。她一人把儿子拉扯大,便是境遇再糟,负心男人的钱,她也是绝计不收。

硬气如此。况且又得了绝症。郑苹想到这里，对眼前的老妇人更多了几分敬重，"伯母你坐一会儿，我去给你们叫辆车。"

一道闪电从眼前划过，即便是室内，也觉得刺眼，像一条金龙舞过。接着，"啪！"一个惊雷，在头顶炸开。

与时同时，听到一人惊呼："有人被雷打中，从楼上摔下去了！"

宴会厅里顿时乱作一团，都问"怎么回事，是谁？"众人七嘴八舌。很快，有人补充，"是两个人，一男一女，从天台摔下去了！"郑苹一惊，立刻有种不祥的预感。果然一会儿，又有人冲进来，惊惶至极的神情："是周总的儿子，被雷劈到，这么高摔下去，人都摔脆了。还有个女的，演四凤那个，都烧得不成——"这人话到一半便打住，看见周父站在一边，顿时期期艾艾："周总，这个，周总——"

周父脸色惨白，身体抖了两抖，强自撑着。有人报了警。一会儿，他一个随行匆匆进来，走到他边上耳语了几句。周父先是不动，嘴唇突然像抽风那样抖动起来，想说话，却又发不出声。他立时便要冲出去，被人死死拉住。他挣扎了几下，便不动了。就那样定定地站着，眼睛成了两个黑洞，完全没有神气，也不知看向哪里。半晌，整个人剧烈地颤抖起来，撕心裂肺地叫一声：

"啊——"

正混乱之际，又有人叫："那辆车，中奖的车，撞到电线杆上了！"

众人又是一惊。还没反应过来，张母已叫了出来："一伟、一伟——"

"人怎么样？"又一人问。

"人都从车里飞出来了。怕是不行了。"

又一道闪电划过。"啪"！雷声像是打在人的心上。把五脏六腑都要惊得蹦出来。那瞬，郑苹脑子忽然一片空白，莫名的，手脚开始发麻。张母疯也似的冲出大厅。周父终究还是撑不住了，整个人瘫在

285

地上。旁人七手八脚，抬手的抬手，抬脚的抬脚。郑母的声音："掐人中——"郑苹怔怔地站在那里，傻了似的。忘了接下去应该干什么。眼前发花，只见到人在动，机械得像木偶似的。世界似是变成了黑白色，线条冷峻，简约是简约，看久了一颗心便空荡荡的。她记得有一次周游教她画素描，白布上放本书。她觉得颜色太单调，不好画。他说素描最重要就是区别黑白灰的层次感。他说，不能只盯住一个地方，否则会失衡。从桌子到白布，到书，再到书的每一页，都要连起来看，要对比着画。她依然是不喜欢，说宁可学水彩画，鲜艳些。他说，"把那些颜色都卸下来，才是这世界真正的样子。你以为这世界是五颜六色的吗？——你闭上眼睛，想一想，这世界是什么颜色？"她竟真的闭上眼睛。却被他趁机在脸颊上亲了一口。他为她画的肖像，她放在抽屉里。隔了几年，纸张有些发黄了，上面那个少女手托腮，脸朝这边，眼睛却瞧向另一边。画的右下角有一行小字：给亲爱的苹。那时她嫌这话肉麻，死活要擦掉。周游把家里所有的橡皮擦都藏起来。那天，两人闹得很欢。真像两个孩子了。

警车和救护车很快到了。三具尸体被抬走。郑苹站在一边，没撑伞，雨水顺着额头落到颈里。雷声与闪电不断，天空像在放着巨大的鞭炮，还有烟花。郑苹奇怪自己竟然一滴眼泪也没有流。就像八年前，看到父亲的尸身那刻，泪腺被堵住了似的，怎么也哭不出来。那天，她想，索性就让雷把我打死吧。又想，跟父亲说的最后一句话是什么呢，是那句"买好小笼快点回来"——从那以后，她再也没有吃过小笼。

一个小盒子从张一伟的裤袋里掉出来。郑苹捡起，打开一看，是一只金子打造的小仙鹤，大拇指那么大小，十分精巧。——刚才她对他说"不会是戒指吧"，原来竟是这个。盒子里还附了张纸条，是他的笔迹："本来也想叠一罐纸鹤的，可我这人手笨，等做好恐怕头发都白了。别人都讲心意是最珍贵的，金的银的反而俗气。我想，俗气就俗气吧，不喜欢也请你收下。等将来有机会，你教我叠纸鹤，我叠一屋子心意给你，好不好？"

郑苹看着，怔怔的一动不动，似是痴了。渐渐的，有液体从脸上流下来，不知是雨水，还是别的什么。一张纸随风飘了过来，落在她脚下。正是《雷雨》的海报。那一众人大大小小的脸，被雨水淋个透湿，又因是抛光的材质，五官都完全不像了。俱是望着天空，哭笑都看不甚清，脸浮凸起一片，朦朦胧胧的神情——看久了，竟觉得有些可笑了。

## 尾声

周父与郑母离婚后，找了个老和尚，不久便皈依了。他变得话很多。逢人便说"早晓得就让他画画了，学什么生意。是我害了他，该遭雷劈的是我——"初时人们还劝他几句，见他说得多了，便也烦了，索性由他去。

警察看了那晚天台的监控录像，周游和刁瑞先是说话，渐渐的，似是吵架了，周游推了刁瑞一把，她没站稳，便到了天台边上。两人越吵越凶。忽然一个闪电，刁瑞被雷劈中，一个踉跄，便朝楼下跌去。周游上前拉她，结果两人一起摔了下去。警察由此排除他杀，裁定这是一起意外。至于张一伟，法医在他体内验出酒精含量超标，属于酒驾。

骆以达进了戒毒所。郑母每周去看他一次。郑苹问她,几时办证。她说倒不急了,这把年纪,领不领证,心意都在那儿。她也去看过周父。说他变了个人似的,生意也不做了,听了师父的话,要洗清前世今生的孽,全副家当都投进"怡基金"。

"唉,"郑母说起他便叹息,"白发人送黑发人。"

郑苹心想,黑发人其实是两个。

《雷雨》下档后,话剧社开始排《茶馆》。老耿演黄胖子。一次午饭后,他来找郑苹。

"我想演王掌柜,您看行不行?"他开门见山。

郑苹有些意外。"这个——都安排好了,不好意思啊耿叔。"

他摸了摸头,"本来也没什么,演了那么多年配角了,被人家叫千年老龙套,都习惯了,可人就是有这毛病,演了一回主角,尝了甜头,就觉得还是主角好啊,"他说着,看向郑苹桌边那部手机,"——手机修得还行吧?"

郑苹一怔,"蛮好的。"

"里面的照片啊视频啊,还清楚吧?"老耿朝她看。

郑苹又是一怔。

"您别误会,我没别的意思,"老耿道,"我是这么想的,您当初让我演周朴园,也是想圆您父亲的一个梦,长相和主角配角没多大关系,关键是演技,您是这个意思,对吧?黄胖子刘麻子我都演了八百多回了,为什么?就因为我长得不正气,换了别人会这么想,可您不一样啊,您能让我演周朴园,就能让我演王掌柜。您就再给我一次机会。"

郑苹不作声。半晌,道:"我要是觉得不合适呢?"

"那也没法子,"老耿有意无意地又朝桌上的手机看去,"您是老板，让我演什么，我就演什么，这是做演员的规矩。我规矩了几十年了，总不见得为这个就怎么样。免得将来人不在了，被人指着脊梁骨骂不仗义。人是走了，看不到也听不见，可身后的名声也要紧啊，我们中国人都看重这个。您说是不是？"

郑苹嘿的一声。

老耿继续道："您别笑话我。当初我还劝您呢，说开辟新路子也要有个度，什么角色该什么人演，都有一定路数。——讲起来也难为情，都到这把岁数了，戏台上过了半辈子，以为什么都想开了，人生如朝露，富贵如浮云，谁晓得临老了，反倒是看不透了，托您的福演了回正角，竟把心思给演活了，勾出了瘾。您说的有道理，谁说主角就该长成那样、配角就该长成那样呢？天底下的人，要是一眼就能分个好坏忠奸，那岂不是成了笑话？照我说，每个人其实都该是看不透的，看着这样，其实那样。演员要能把这层意思演出来，那就是了不起——"

郑苹听着，不觉有些走神。瞥见老耿的嘴巴不停地动，久了，就有些倦意。以至于他说什么，反倒不甚在意了。窗台上那盆蝴蝶兰开得正娇，粉紫的花瓣仿佛要振翅开去，姿势摆得极好——终是个样子罢了。盛夏的午后，容易犯困。不自觉便打了个呵欠。老耿停在那里，朝她看。最后那句是"您父亲要是还在世，王掌柜必然也想演的——"

郑苹朝窗外看去，这角度正对着门口那块招牌：郑寅生话剧社。她依然是不语。余光瞟见老耿依然等着，也不催促，恭恭敬敬地。——是鲁贵候着周朴园时的模样。忽然间，门开了，一人走了进来。近前一看，竟然是父亲。——还是八年前的模样。郑苹顿时呆住了，一句话也说不出来。父亲也不说话。父女俩就那样互望着。一会儿，父亲转身出去。她急得去拉他衣角，"爸，别走——"父亲朝她笑笑，说了

声"你好好的",依然是走了出去。郑苹想追出去,身体却似不听使唤,只是在原地。只得大叫:

"爸——"

整个人一震,双足在地上一蹬,睁开眼睛,哪里有半个人影?——原来是个梦。本想闭目养会儿神,谁知竟睡着了。郑苹想着梦里的情景,觉得脸颊凉凉的,一摸,竟全是泪水。

隔日便换了个新手机。排练时拿在手里,老耿见了,笑说"早该换了",又问"旧手机呢?"郑苹说:"扔了"。话一出口,下意识地朝他看。

"新手机挺漂亮。年轻女孩子就该这样,多好。"老耿说着,那边导演叫"黄胖子",他应了一声,上场了。

郑苹走到窗前。街边的梧桐开花了,萼片状的浅黄色花瓣微微卷曲着,从楼上往下看,仿佛铺满整条马路。美得清雅,毫不张扬。为这干巴巴的城市添了几分趣致。让人看了便觉得舒心。仿佛随那尖尖的花瓣一起生长出来的,还有些别的什么。